ALBANUMA, LA CIUDAD PERDIDA

ALBANUMA, LA CIUDAD PERDIDA

Jorge Vivanco Maldonado

LUGAR COMÚN
EDITORIAL
Colección Ojo de Vidrio

Albanuma, la ciudad perdida

Library and Archives Canada Cataloguing in Publication

ISBN 978-1-987819-39-7 (Libro impreso)

Publicado por Lugar Común Editorial
Ottawa, Canadá, 2017

www.lugarcomuneditorial.com
info@lugarcomuneditorial.com

Canadá

A mi hija
María Manuela,
portadora de semillas.

1

Cuando José abrió los ojos, el viento levantaba la arena hasta sus narices y un sol durísimo lo golpeaba en plena cara. Bajo el cielo gris, una cadena interminable de dunas se extendía hacia un horizonte borroso y amarillo. La inmensidad y la desolación rodeaban al muchacho que, aún sin saber cómo, había amanecido allí, en un desierto.

La arena le cubría casi todo el cuerpo. Aún así, con su rostro a punto de sucumbir, José sonrió imaginándose que volvía de una pesadilla y que, dentro de un rato, cuando recobrara la conciencia en su totalidad, se vería bajo sus sábanas limpias, reconociendo los objetos queridos de su cotidianeidad: los sellos y banderines de su colección colgados en la pared de enfrente, la mesita con su computadora, el montón desordenado de libros y cuadernos, su diploma de abanderado de la escuela, la fotografía de los niños del sexto grado, en la que María Axitimbay le tiraba de los pelos justo en el momento del disparo fotográfico. Ese instante atrapado por la cámara, en el que se veía con cara de asustado, era lo que más lo hacía sonreír. Mirando esa fotografía, se desperezaba, se levantaba, calzaba al tanteo sus babuchas y se dirigía fregándose los ojos a disputar el turno para el baño con sus hermanos. Esa hora tan especial, que le abría el mundo a su medida, con sus tareas cotidianas, sus juegos y sus sueños de niño de doce años, había desaparecido, literalmente, de la noche a la mañana. La única forma de despertar ahora era sacudiéndose de la arena que lo cubría; ésa era la realidad.

El muchacho desenterró sus brazos de un solo impulso y se quedó sentado sobre la pequeña duna que se había formado sobre su cuerpo. Miró a su alrededor todavía incrédulo al descubrir ese paisaje gris y escurridizo que nunca había visto en su vida, que estaba allí, como una alucinación, jugándole una mala pasada a sus sentidos. Con un nuevo impulso quiso ponerse de pie, pero estaba como sembrado en la arena. Giró el torso lo que más pudo y, afirmándose con sus manos, logro sacar sus piernas y erguirse sobre el promontorio de arena. Ahora podía ver mejor. El paisaje parecía crecer, extenderse por donde se lo mirara, como si aquella cadena de dunas se multiplicara buscando horizontes más lejanos. José empezó a girar sobre sí mismo temiendo dar un solo paso, buscando quizás algún indicio que le señalara el camino de regreso a su querida realidad: su madre Matilde, su padre Miguel, sus hermanos mayores Lorenzo y Andrea, su casa en el barrio De los Alisos, la calle Bolívar que corría bajo los cipreses húmedos y fragantes, la plaza con sus sauces llorones, la escuela... la pequeña ciudad blanca de Albanuma ¿Dónde estaba todo aquello? ¿La gente, sus compañeros de escuela, sus profesores? ¿Qué estaba pasando? Un temblor empezó a recorrerle el cuerpo de pies a cabeza; tenía la impresión de que la arena le rodaba bajo la ropa, raspándole la piel, incrustándose en sus poros, extrayéndole un sudor frío y pegajoso. Quería sacudirse, pero solo tiritaba. Así, aprovechando los espasmos que lo asaltaban en seguidilla, logró dar un paso y luego, otro, y salir en carrera duna abajo, rodando, tragándose la arena que levantaba con sus zapatos, gritando.

—¡Mamá!... ¡Mamita Matilde!

Llamó a su padre, a sus hermanos, a sus compañeros.

—¡Dónde están todos, Diosito mío!

El viento parecía callar con cada grito y responder con el mismo sonsonete sin sentido; ni traía ni llevaba un solo rumor, nada amable que recordara a la gente. Abajo, en la hondonada, entre los inmensos conos de arena que parecían derramarse sobre él, José sintió que se nublaba su vista y que, tal vez, lloraba. El paisaje era ahora una serie de sombras grises e informes que lo atropellaban en sus sienes, que golpeaban y desaparecían para dar paso a nuevas manchas pululantes como fantasmas, desfallecientes. No había allí referencia posible para la intuición, menos para orientarse y echar a andar con rumbo alguno. Daba lo mismo, pues, tomar por la derecha que por la izquierda, ir adelante que hacia atrás, subir que descender; pero, claro, había que caminar; cualquier dirección lo llevaría a alguna parte, pensaba; y había que llegar. Era una meta confusa, pero servía, por lo menos, para mantenerse en pie y discurrir. Así dio sus primeros pasos a conciencia y enjugó sus lágrimas con un pañuelo que encontró en el bolsillo posterior de su *blue jean*. Ahora descubría que llevaba puesta tal prenda, una camiseta amarilla, un rompevientos verde oliva, un sombrero de toquilla y unos zapatones negros de excursión. No recordaba haber escogido esa vestimenta ni haberse preparado de alguna manera para deambular por un desierto; porque, de habérselo propuesto, llevaría consigo también su cantimplora de agua. Como si fuese tan simple de explicar, ahora resultaba que se había acostado en su cama mullida de esponja sintética y resortes, con su pijama de punto azul, y se había levantado desde la arena, con un traje de campaña ¡Vaya manera de cambiar de planes! Él tenía previsto, lo recordaba, asistir a los ensayos del coro con su profesor de música, y había alistado, antes de acostarse, sus partituras y su guitarra, para llegar a tiempo. Mientras hundía sus zapatos en la arena, se le fue pegando la tonadilla del último ensayo: «Mi sombra te ha de hacer falta cuando te fatigue el sol, cuando te fatigue el sol...». De pronto, alguna cosa rígida y crujiente se quebró bajo sus pies y ahogó en la arena un sonido como de cascarón. El muchacho se detuvo intrigado, removió la arena con su zapato y descubrió las astillas de una suerte de coraza calcificada. Eran de color castaño lustroso por fuera y de un gris amarillento por dentro, y una de ellas medía casi el largo de su brazo. Un crustáceo gigante, se dijo, mientras examinaba una pieza de la que aún chorreaba un líquido blanquecino y pegajoso que se le adhirió enseguida a los dedos de su mano derecha. Asustado arrojó la astilla, se retiró del sitio y empezó a restregar su mano en la arena, tratando de limpiarse de esa sustancia que ahora, quizás por efecto del sol, empezaba a despedir un olor desagradable parecido al del huevo podrido. Desde la distancia en la que estaba, terminando la limpieza de sus dedos en la pernera del pantalón, José descubrió muchos otros restos de aquel supuesto animal, que emergían con el viento rasante del momento.

Resulta muy difícil descubrir huellas en la arena, pero a José le pareció ver entre los pedazos del carapacho los trazos de una batalla feroz entre dos, o quién sabe cuántos, animales fabulosos, que algo tenían de aquellos seres que él había visto en tantas películas monstruosas, y que no le habían causado el más mínimo temor, pero que ahora, en pleno desierto y ante una evidencia tan palmaria, lo hicieron estremecerse de pavor. Rápidamente empezó a trepar hacia la cima de una de las dunas, hundiendo sus zapatos en la arena y ayudándose con las manos para dominar lo escurridizo del terreno. Pronto aprendería que la desesperación agota mucho más que la misma caminata y que, para avanzar, lo mejor que podía hacer era caminar pausadamente, dosificando las fuerzas. Así anduvo largo trecho y durante mucho tiempo, con la única consigna de conservar una sola dirección y la esperanza de llegar tarde o temprano a algún lugar: un caserío, un pueblito, un riachuelo, un oasis, algún espacio acogedor. Él había oído hablar de los oasis y los había visto en documentales y fotografías, y esperaba que alguno de ellos apareciese de pronto en la dirección que había tomado. Lo descubriría a la distancia, lo olería, sentiría la frescura de sus palmas datileras meciéndose al viento y correría a zambullirse en la fuente de agua cristalina y bebería con fruición hasta saciar toda su inmensa sed. Recién ahora, cuando había agotado paso a paso las mil presunciones que explicaran su presencia en el desierto y el sol había recorrido casi la totalidad del firmamento, se dio cuenta de su sed. Un ligero mareo empezó a jugar en momentos fugaces con su percepción; pero él sabía lo que eran los espejismos, y buscó serenarse. Se detuvo en una suerte de meseta, se sentó, tiró la cabeza hacia atrás, cerró los ojos y respiró profundamente.

—Tengo que resistir hasta llegar... ¡Dame fuerzas, Dios mío!

El sol del atardecer arrojaba sombras largas de unas dunas sobre otras y un viento fresco recorría el lomerío, como un ligero rasero que buscaba igualar la altura de las cimas. Agotado por la dura caminata de un día, José empezó a dormitar y a saborear una jugosísima naranja, de ésas que dicen que también crecen en los oasis. Habrían pasado unos cinco minutos, y el sueño ya era profundo. El cuerpo del muchacho yacía pesado e inconmovible sobre la arena, que ahora parecía querer tragárselo, llevarlo a las profundidades de la tierra, atravesando el inmenso promontorio sobre el que descansaba. Pero algo hizo que el niño se levantara de golpe y retrocediera de un salto, sin desprender la vista de lo que se movía frente a él, bajo la arena, y que pugnaba por salir. Poco a poco empezó a aparecer una cabeza que sacudía con vehemencia sus pelos alborotados y escupía bolos de arena mezclada con una baba lechosa. José dio un paso atrás, pero luego cayó de rodillas frente a aquel ser emergente, sin comprender lo que estaba ocurriendo, pero con una mezcla de alegría y estupor.

—¡Maestro Shalva! —alcanzó a pronunciar el muchacho.

Tenía el cabello alborotado y lleno de arena como si hubiese caminado arrastrando la cabeza; su barba negra lucía encrespada y chamuscada por quién sabe cuántos días bajo el sol; sus ojos irritados parecían llorar sin secretar una sola lágrima; pero su rostro regordete y bonachón hacía esfuerzos por sonreír, como lo había hecho siempre al dirigir los ensayos y presentaciones del coro de la escuela. Era el profesor de música Salvador Guamán, a quien sus alumnos lo llamaban cariñosamente «Maestro Shalva», y estaba allí, como si resucitara liberándose de un entierro, como si volviese en cuerpo y alma de ultratumba. José había sido, hasta hace unos días según las apariencias, su mejor alumno, el de la voz privilegiada y talento musical para el canto y la guitarra, y estaba allí, arrodillado frente a la cabeza de su maestro, sin saber cómo traducir su júbilo y su espanto. El niño se arrastró despacio hacia el Maestro y empezó limpiar con sus manos la arena que lo cubría. Se sorprendió al tocar en su cuello algo como una coraza rígida, como una caracha reseca que le impedía moverse con naturalidad. Iba a preguntar por el origen de esa llaga cuando, de pronto, levantando el polvo con violencia, se alzó un brazo duro y articulado que remataba en una suerte de tenaza, con la que aprisionó fuertemente la mano izquierda del muchacho. Inmediatamente emergió de la arena el otro miembro articulado con el que atenazó el brazo derecho del niño. El rostro del Maestro Shalva temblaba de furia, sus ojos brillaban y su boca echaba espuma y emitía sonidos ásperos y guturales, sin articular palabra alguna. Se diría que luchaba por decir algo, porque abría y cerraba la boca de manera extraña, hasta que de ella empezaron a salir unos cuantos pares de filamentos o antenas que vibraban buscando modular algún sonido o, tal vez, palpar el sabor de alguna presa. Mucho de animal tenía aquel ente con rostro humano, una especie de artrópodo gigante, algún arácnido cuyo aguijón empezó a elevarse en una enorme cola que, arqueándose por sobre el lomo, estaba a punto de inocular su veneno en el rostro de José. El muchacho había quedado inmovilizado por las tenazas del ser monstruoso y por el pavor. No podía gritar ni defenderse. Dosificando el aire que le faltaba, dirigiéndose a lo que algo quedaba de humano en aquel ente, alcanzó a pronunciar muy quedo:

—¡Por favor, maestro, déjeme ir!...

El arácnido temblaba, luchaba contra su instinto de clavar aguijones y chupar la sangre de sus víctimas; su cola articulada se estremecía alargándose hacia atrás y volviendo al arco amenazante; su veneno goteaba sobre la arena que aún cubría su lomo; y el rostro de aquel hombre, sañudo y tirante, se echó a llorar. Entonces el raro engendro empezó a aflojar sus tenazas y a soltar poco a poco a la presa; se arrastró hacia atrás, se levantó sobre tres pares de patas, dio media vuelta y se fue ladera abajo, arrastrando su cola y un par de extremidades más, al parecer las más largas e inútiles, otra herencia humana con la que no pudo su metamorfosis. Desde la cima se podía ver ese cuerpo deforme, un cefalotórax con tenazas, patas y cola articuladas, deslizarse por la arena a gran velocidad. Se lo vio llegar a la hondonada y trepar por la falda de la siguiente duna; subir quingueando como si arara con su cola, hasta llegar a la cumbre, donde se detuvo y empezó a mover sus tenazas de un lado a otro, en señal de despedida. José levantó su mano derecha y esbozó un movimiento parecido, pero se detuvo asombrado al descubrir que en las huellas dejadas en la falda por el arácnido, con la luz rasante del sol que se ocultaba, se podía leer claramente la frase «Que Dios te acompañe». Con lágrimas en los ojos, el niño volvió a agitar su mano, mientras el Maestro Shalva escarbaba frenéticamente con sus seis patas, al parecer buscando su refugio, como lo hacen tantos animales. El muchacho lo vio incrustarse en la arena y desaparecer. Pero, al rato, ya cuando se anunciaba la noche y empezaba a correr un viento helado, el ente volvió a aparecer en la superficie, esta vez jalando con sus tenazas un paquete de unos ochenta centímetros de espesor, que puso al filo de la ladera y lo dejo rodar hasta la angostura donde se encontraban las dos dunas. Indudablemente, se trataba de algo que se le ofrecía a José, producto de un gesto amable y posible del maestro Salvador Guamán. Por eso el chico, muy seguro de lo que hacía, se deslizó a trancos largos hacia aquella hondonada y tomó el paquete como suyo. Era un envoltorio de plástico grueso amarrado en varias vueltas con una cuerda de cabuya, que contenía en su interior una frazada de lana de vicuña, una cajita de madera con una brújula encajada en su interior y un rollo de papel pentagrama con escritura musical difícil de leer a esa hora, cuando ya la noche había caído. José armó de nuevo el paquete y subió a tientas a la cima donde el viento helado golpeaba inclemente. Algo le decía que, por seguridad, y si no quería amanecer enterrado, debía pernoctar allí y no en la hondonada. Así que tomó la frazada, envolvió su cuerpo hasta la cabeza, se metió en la bolsa plástica y se acostó boca arriba, mirando el firmamento. Nunca había visto un cielo tan cercano, tan claro y lleno de estrellas; un cielo tan desconocido, con la Alpha Centauri titilando en sus narices y la Cruz del Sur levantada sobre la última cadena de promontorios arenosos. Algo querrían decir al único habitante que ya se mecía en el sueño en esa inmensidad. Quizás, al abrir los ojos, volvería a encontrarse con los sellos y banderines de su colección en el mismo lugar de su cuarto donde los había dejado. Como estaba visto, las cosas podrían cambiar de la noche a la mañana.

2

Venía al filo de las dunas, levantando sus patas con donaire y enarbolando su cola como si fuera un penacho de morrión. Si no hubiera sido por su tamaño, se habría dicho un caballo de Berbería, alegre y diestro para dominar la arena, pero solo era un perro; una suerte de pastor alemán, por su trompa, su color berrendo de negro y castaño y su cola peluda, mezclado con chihuahua, por su tamaño mediano, sus patas cortas, sus orejas grandes y levantadas, así como su cola. Era inconfundible, aún a la distancia a la que lo avistó José, con esa forma tan especial de cruzado callejero, amigo de todos los niños del barrio, especialmente de los del coro, a quienes solía esperar a las puertas de la sala de música, en silencio, deleitándose con las canciones. Era famoso por su gran sentido musical, pues, según contaban los muchachos, solía aullar y raspar la puerta cuando alguien desafinaba en los ensayos. Venía muy seguro, como cantando con su cuerpo al ritmo de su trotecito, como si fuese un caballo brioso, ya lo dijimos, sin levantar polvareda.

—¡Dino! ¡Dino! ¡Dino! —gritó José y salió en carrera a su encuentro.

Allí quedaron tiradas bolsa y frazada, brújula y partitura, y hasta el mismo sombrero de toquilla. El niño se lanzó por la ladera dando largos trancos, rodando como fardo hasta la hondonada. Volvió a trepar hasta la mitad del montículo siguiente y, desde allí, cortando las dunas en sesgo, continuó su carrera y griterío. Ya no veía al animal que le había causado tanta alegría, pero sabía que, al llegar a la cima, se encontraría finalmente con él. Corrió y corrió sin medir su capacidad física, hasta que, ya muy cerca de coronar el montículo donde suponía se encontraría con Dino, sintió que las piernas no le respondían, que le faltaba el aire y que las sienes le querían estallar. Lívido y desesperado, quiso gritar de nuevo para pedir ayuda al único ser viviente y confiable que tenía a mano en esa inmensidad, pero apenas un hilo de aire hizo vibrar la cuerda de una aguda exhalación. Un dolor punzante se le instaló en el pecho y le cerró completamente el paso del aire; la vista se le nubló, mientras se desvanecía lentamente en una caída sin final. El viento pareció detenerse para acompañarlo, y, en ese mismo instante, el niño vio descender frente a sí, meciéndose suavemente de un lado a otro, una enorme pluma blanca, se diría del tamaño de una rama de palmera. Al tocar el suelo, el objeto insólito enterró su cálamo en la arena y empezó a abanicar el aire y a dirigirlo en forma continua hacia el rostro del muchacho, acariciándolo con un susurro en el que se distinguía perfectamente la frase «Yo soy el viento y el aliento; respira de mí y vivirás». Fue lo último que José alcanzó a escuchar, antes de caer en un profundo y sosegado sueño.

Cuando el niño abrió los ojos, Dino lo olisqueaba de pies a cabeza y le tiraba lengüetazos al rostro en señal de amistad. José lo tomó de la cabeza, le besó la frente, lo abrazó y rodó con él ladera abajo hasta tocar la base de la duna. Allí, con la emoción desbordante y su rostro lleno de lágrimas, siguió intercambiando caricias toscas con el animal, hasta que, en uno de esos revolcones, descubrió que la mascota traía colgados en su cuello un calabacín lleno de agua y una pequeña talega con una tortilla de maíz en su interior. Sin preguntarse por el origen de esos presentes, el niño desato el calabacín, le quitó la tuza que tapaba su pequeño agujero y bebió un buen trago del agua más dulce y fresca que jamás había probado. Luego quebró un pedazo de tortilla, se lo llevó a la boca y, a pesar del dolor que sintió en su dentadura por la falta de uso, pudo deleitarse con la delicada dulzura de la masa. Iba a beber otro sorbo de agua, pero se detuvo pensando que aquella porción contenida en el calabacín y la pequeña tortilla de maíz debían durarle, por lo menos, un día completo, o quién sabe cuánto tiempo más. Sin saber aún cómo había llegado a aquel lugar sin límites, el niño calculaba su estadía solitaria en cosa de unos pocos días. Sin embargo, ahora que se incorporaba para echar a caminar sin rumbo en compañía de su perro, repasando los últimos hechos, le pareció que el tiempo que llevaba en el desierto era mucho más largo de lo que había registrado en su memoria ¡Y todo ese lapso, sin comer ni beber absolutamente nada! Eso explicaría su debilidad cuando corrió al encuentro de Dino, su desvanecimiento y hasta la caída de aquella pluma fabulosa, que no sería sino producto de un delirio propio de las circunstancias. Y aquellas astillas de caparazón que le hicieron pensar en una lucha de arácnidos gigantes, y el rostro requemado de su profesor Salvador Guamán incrustado en el cefalotórax de una suerte de escorpión descomunal, ¿qué habían sido en realidad? Nada de eso resultaba confiable, ahora cuando llevaba colgados a su cuello objetos tan palpables como el calabacín y la talega, ahora que tenía a su lado, como enviado del cielo, a un compañero fiel. Es posible que no se tratase precisamente de la Providencia, pero sí de alguien, quizás su padre o su madre, que debía de estar muy cerca y que habría encargado al animalito la búsqueda del muchacho para socorrerlo, acompañarlo y, tal vez, hasta conducirlo a un lugar más seguro y acogedor. En eso pensó cuando vio que el perro se le adelantaba de trecho en trecho y que esperaba con paciencia a que le diera alcance.

El sol había rebasado ya el cenit cuando iniciaron la marcha, ladeando los montículos de arena y coronando una que otra cima, como si se buscara asegurarse de una correcta dirección. Pero, en realidad, quien trazaba las coordenadas de una ruta que el niño apenas sospechaba, y más con el olfato que con la vista, era Dino. Entonces, aparentemente, no se justificaban esas agotadoras trepadas a la cresta de las lometas; pero era ahí, precisamente, donde el animal olfateaba orientando su nariz hacia las corrientes de aire y, aparentemente, corregía el rumbo hacia quién sabe qué lugar.

Habrían andado alrededor de tres horas bajo el sol agobiante de la tarde cuando, al tocar la cima de una de las dunas, José se dejó caer sobre la arena, diciendo que no podía dar una paso más. Niño y mascota lucían exhaustos, en efecto, y ya sus pasos, tardos y pesados, se venían hundiendo demasiado en ese terreno inestable que parecía querer tragárselos. Tirado sobre la arena, José descolgó el calabacín de su cuello y se dispuso a beber un buen trago de agua, pero se detuvo inmediatamente al darse cuenta de que ese recurso vital debía ser compartido. Entonces llamó a su perro, le abrió suavemente sus mandíbulas y se aprestó a dejar caer en su trompa un generoso chorro de agua. Sin embargo, y para sorpresa del muchacho, Dino cerró sus fauces y se retiró con un poco de brusquedad. Al parecer, ésa no era la forma de darle de beber. José se arrastró hacia su compañero, hizo un cuenco en su mano izquierda, vertió en él un poco del líquido y se lo ofreció al animal. Éste lo olisqueó de cerca, besó cortésmente los dedos del muchacho y se retiró de nuevo. Era evidente que no quería saber nada de beber, quizás obedeciendo instrucciones de su posible y verdadero amo; pero, ¿era dable tal acatamiento cuando la rehidratación en esas circunstancias resultaba un asunto vital?; ¿qué era lo que hacía que este perro sumiso pudiese moverse con soltura en el desierto sin necesidad de una sola gota de agua?; y ahora que lo pensaba, ¡sin comer un solo bocado! Dino no tenía la respuesta. Recostado sobre la arena, jadeante y con su lengua afuera, observaba cómo el niño se bebía el líquido de su mano. De pronto, tras un ligero chiflón de viento, Dino se incorporó, echó unos cuantos ladridos de alerta y salió en carrera hacia una loma contigua, que coronó en cosa de minutos. Desde su lugar, sin atreverse a seguirlo, José lo vio raspar con urgencia la arena y levantar una polvareda en la que se fue perdiendo de vista. Esto inquietó al muchacho y logró que, venciendo su agotamiento, se levantara y siguiera a rastras los pasos del animal, al que finalmente encontró ya descansando junto a la bolsa plástica, la frazada y el sombrero de paja toquilla, aquellos objetos que el niño olvidara quizás el día anterior, o cualquier día, y que Dino había logrado rescatar de la voracidad del desierto.

Un sol hecho brasa se acercaba a las colinas del horizonte y anunciaba el ocaso, mientras el viento corría por los callejones repartiendo anticipadamente la helada de la noche. José revisaba la brújula incrustada en la cajita de madera y el rollo de papel pentagrama que, a lo mejor, contendría la partitura de la última canción ensayada en el coro de la escuela, cuando vio que su perro se lanzaba amenazante, en furiosa carrera, hacia la ladera del siguiente promontorio, donde lo esperaba en guardia, con sus tenazas y su aguijón crispados, aquel engendro acorazado en que se había convertido el maestro Salvador Guamán. Por la destreza de sus movimientos, se diría que no era la primera vez que Dino se trenzaba en una lucha a muerte con estos monstruos descomunales. Sabía hasta donde llegaban los lances de esos brazos articulados, los límites en el movimiento de sus tenazas, y jugaba desafiante al filo del peligro, toreando al artrópodo hasta irritarlo y hacerlo errar en sus aguijonazos, los que caían con torpeza y se incrustaban en la arena. En uno de esos golpes, cuando el extraño animal luchaba por desenterrar su cola, el perro dio un salto y aprisionó entre sus mandíbulas uno de los artejos de aquella peligrosa extremidad. Con ello logró dominar a su contendor y arrastrarlo ladera abajo, con la intención de arrancarle todo ese sistema de inoculación de veneno; pero se detuvo al escuchar la voz enérgica del niño, quien descendía a grandes trancos a defender al maestro.

—¡Déjalo, Dino! ¡Suéltalo…! Es mi amigo.

Y, para demostrarlo, cayó de rodillas en la arena y empezó a arrastrase lentamente hacia el animal acorazado, al que ya no le quedaban sino unos pelos chamuscados en lo que podría decirse rostro, como única muestra del ser humano que había sido tanto tiempo. Desde la última vez que lo vio, había perdido todos sus rasgos faciales y aquellas piernas inútiles que arrastraba como rémora. Así, pues, la metamorfosis se había cumplido en su totalidad, y habría resultado imposible identificar su ancestro, de no ser por esos mechones de barba negra que lo volvían aún más extraño como especie. De todas maneras, la nueva apariencia del Maestro Shalva hizo dudar por un momento al muchacho, quien se detuvo temblando de miedo frente al monstruo, ahora que comprobaba que Dino había obedecido al pie de la letra su mandato y que observaba desde cierta distancia sus movimientos. Como si domara a una bestia, emitiendo un sonido bajito y adormecedor con su boca casi cerrada, José levantó lentamente su mano derecha y la fue acercando hacia la tenaza del animal, que también se levantaba. «Tranquilo, tranquilo, maestro», dijo en un susurro y, como si lo saludara, le dio unas palmaditas en la dura y bruñida superficie de esa extremidad. El ente se estremeció y recogió sus patas como agazapándose para dar un salto, aunque bien pudo tratarse de una reverencia, y empezó a emitir un sonido quedo muy parecido al que hiciera el muchacho, algo así como una respuesta en un diálogo elemental. Debió de ser ésta la intención del arácnido, porque así, con ese susurro, se fue retirando cuesta arriba, moviendo sus tenazas torpemente y dibujando en el aire la sonrisa que no pudo esbozar en su rostro. José lo vio alejarse con una profunda tristeza y perderse en las sombras de la noche que ya empezaba a cerrarse sobre el inmenso arenal. Luego, con la cabeza gacha, seguido de su perro, trepó a la cima donde habían quedado aquellos objetos que recibiera en donación y que le recordarían por largo tiempo al Maestro Shalva.

A esa hora corría un viento muy helado que zumbaba y atormentaba con sus ráfagas hirientes. El cielo inconmovible, una inmensa cúpula con agujeros, parecía caer lentamente y oprimir cada rincón de la tierra. Desde su mínimo lugar sobre el montículo de arena, envuelto en su frazada y metido en la bolsa plástica, José recorrió con su mirada todo el sistema estelar que se encerraba es sus misteriosas espirales, en esas manchas vaporosas donde titilaban miles y miles de interrogantes. Durante el tiempo que llevaba deambulando en el desierto, noche a noche, había sumado sus preguntas inmediatas a la gran incógnita universal, y así se había dormido, con una estrella incrustada entre ceja y ceja. Ahora, mientras Dino le susurraba al oído su calor y fidelidad, rumiando los acontecimientos del día, o los de haría una semana, el niño reparó en las únicas palabras que había escuchado en el desierto: «Yo soy el viento y el aliento; respira de mí y vivirás». Cierto es que aquella sonoridad leve y adormecedora la había percibido en un estado previo a la inconsciencia; pero, ante la sucesión de acontecimientos extraordinarios e incontrastables, dedujo que aquello también había sido verdad y, siendo así, habría alguien detrás de esa voz, un ser enigmático que andaría por ahí, asistiendo a los menesterosos del desierto. Todo es posible, se dijo con un suspiro, antes de cerrar los ojos.

Desde todos los rincones de la tierra, los menesterosos del desierto caminaban a rastras hacia una montaña verde que cada cual divisaba en su horizonte. Los guiaba y les daba aliento una gigantesca pluma blanca que trazaba senderos en el aire y se multiplicaba para alcanzar a todos con su asistencia. Era una sola, pero su movimiento vertiginoso, que dejaba estelas blancas alrededor de la montaña, daba la impresión de miles de saetas que se clavaban en las estribaciones. Allí, entre las grietas que se abrían en la superficie negra y rocosa, bajaban cientos de riachuelos de agua cristalina y fresca, llegaban al pie de la montaña y volvían a filtrarse hacia el interior de la piedra, en un movimiento continuo de reciclaje. Entre las torrenteras se veían las franjas cónicas y verticales de una vegetación exuberante, en medio de la cual se destacaban unos higuerones gigantescos, que se doblaban por el peso de sus frutos en forma de corazones, amarillos y apetitosos. Estaban allí, colgados por cientos en cada rama, destilando sus mieles sobre la hojarasca. Todo era cuestión de estirar la mano para descolgar uno de esos *lozumbes*, así les decían los menesterosos, y hartarse con su pulpa generosa. Sin embargo, en un juego cruel de provocación y mezquindad, la montaña verde parecía alejarse con cada brazada desesperada, como si fuera un espejismo o una pesadilla. José también daba manotazos, pero lo único que alcanzaba eran puñados de arena caliente que, no obstante, obligado por su necesidad, pretendía llevárselos a la boca y saborearlos. Así abrió por fin los ojos, con sus manos revolviendo la arena y su cuerpo tratando de salir de la cápsula quemante en que se habían convertido su frazada y su bolsa de plástico. Qué sueño tan tonto, se dijo y se dio la vuelta buscando a Dino, el perro que, según sus percepciones, lo había acompañado toda la noche, y estaría a su lado, listo para guiarlo hacia un lugar hospitalario. Pero el animal no estaba ahí ni en muchas cuadras a la redonda hasta donde se pudiese alcanzarlo con la vista. Sobre las faldas de una de las cadenas arenosas parecían haber quedado las huellas de unos pasos ligeros y menudos, mas nada se podía asegurar sabiendo los garabatos caprichosos que el viento es capaz de trazar sobre la arena. Y ahora, frente al panorama desolado de un día más en este mundo lleno de cosas inasibles, José se preguntaba si sería real la presencia de aquel animalito que le diera por unas cuantas horas la ilusión de la alegría.

—Bueno, hay que seguir adelante —se dijo para contener un par de lágrimas que podrían amargarle el día.

El niño se agachó para recoger sus cosas y entonces reparó en que cada una de ellas tenía una explicación lógica de su materialidad. Allí estaban la frazada de lana de vicuña, la cuerda, la bolsa plástica y, dentro de ella, el rollo de papel pentagrama y la cajita de madera con su brújula, objetos tan necesarios que le regalara su maestro Salvador Guamán; pero también estaban el calabacín con agua y la talega y su tortilla de maíz, aquellos obsequios de Dios sabe quién que portara Dino en su cuello. Ya con una idea más clara de los últimos acontecimientos, José llegó a la conclusión de que debía seguir tras las supuestas huellas de su perro, las que, de acuerdo a la orientación de la brújula, se dirigían hacia el sur. Algo le decía que ésa era la ruta correcta o, por lo menos, la que lo llevaría detrás del animal, y tomó la determinación de caminar, mientras tuviera fuerzas, siempre en dirección sur. Se apresuró entonces en recoger sus pertenencias y guardarlas en la bolsa plástica, pues debía acortar la distancia que supuestamente lo separaba de su perro. Colgó de su cuello la talega y el calabacín, sacudió la arena de su sombrero de paja toquilla, se lo ajustó bien a la cabeza, cargó la bolsa sobre el hombro y echó a andar.

Con tantos días en el desierto, había aprendido a caminar con soltura sobre la arena y a cortar camino por los flancos. Así, chequeando su brújula de trecho en trecho y corrigiendo su ruta, llegó hasta un promontorio de cangagua que sobresalía entre las dunas, donde decidió hacer un alto para alimentarse y beber un poco de agua. Se sentó sobre una banqueta natural que el viento había tallado sobre la tierra endurecida, destapó el calabacín y bebió un largo trago de agua. Luego quebró un pedazo de tortilla, se lo llevó a la boca y dejó que se disolviera poco a poco, como alargando el disfrute de aquella dulzura. Mientras masticaba apenas, reparó en otras formas caprichosas esculpidas por el viento en los bloques sobresalientes de la cangagua. Parecían tinajas y vasos gigantescos, unas, patas de animales antediluvianos, otras, fantasmas hieráticos sostenidos apenas en un punto de equilibrio. Parecía que todo lo que la arena no había alcanzado a cubrir de aquella meseta se había convertido en materia prima para las veleidades del viento. Extraño paraje, se diría, dispuesto para romper la monotonía del desierto y, quizás, para que algún ser descaminado encuentre allí el hito que le anuncie la proximidad de su meta. Con esta idea, José se puso de pie y empezó a caminar sin prisa por lo que parecía ser la cresta de una meseta, marcada a distancias casi regulares por aquellos promontorios escultóricos del viento. Sin saber cómo, se le fue pegando de nuevo la última canción del coro en la punta de la nariz:

Pajarillo que cantabas una mañana serena, a unos das el alivio y a mí me aumentas la pena. Pajarillo no recuerdas que allá por la serranía, cuando la sed te apuraba, de mis lágrimas bebías.

Y la tonadilla se repetía y se repetía, y ya se escuchaban las voces de los niños armonizadas en sus diferentes cuerdas y, claro, la voz de quien siempre desafinaba y, de pronto, la voz de alguien que gritaba.

—¡Robles José!

El niño se detuvo en seco y empezó girar lentamente para descubrir de dónde venía esa voz que repetía y repetía su nombre, tal como lo llamaban sus compañeros en la escuela. Luego, con el corazón golpeándole el pecho, corrió hacia la orilla de la cresta y miró hacia la hondonada por donde alguien avanzaba a paso ligero, buscando que alguien le respondiera. No alcanzaba a distinguir de quién se trataba, pero estaba seguro de que era uno de sus compañeros del coro.

—¡Acá estoy! —gritó el niño con todas sus fuerzas y se lanzó en carrera ladera abajo, mientras agregaba—. ¡Yo soy Robles José! ¡Yo soy Robles José!

Despernancándose con cada tranco, tropezándose hasta con su sombra, rodando en un solo fardo con su cargamento, levantándose y saltando de emoción, José llegó hasta unos veinte metros antes de la hondonada, donde había logrado trepar, también en carrera atarantada, aquel compañero del coro, es decir compañera, que ya José había identificado.

—¡Axitimbay María!

—¡Robles José!

Con los ojos llorosos se miraron por un instante, sin atreverse a nada, como si dudaran del alborozo que les recorría de pies a cabeza. Luego tiraron sus cargamentos al suelo y se trenzaron en un abrazo largo, diciéndose cuánta alegría sentían y agradeciendo a la Providencia por el encuentro feliz. Así, abrazados como locos, ahora riendo, rodaron ladera abajo hasta tocar el fondo de la hondonada. Allí, poniéndose de pie, empezaron a tocarse la cabeza y a alborotarse el pelo como lo habían hecho en las cháchara del recreo, embromándose unos a otros. María se interrumpió, sin embargo, se abrazó de nuevo a José y, llorándole al oído, le dijo.

—Ayer mataron a mi papá. Quiero que me ayudes a sepultarlo.

Él no sabía dar condolencias. Simplemente abrazó a María y le dijo que contara con su ayuda. Luego subió por la pendiente hasta el lugar donde habían quedado las cosas, recogió su bolsa plástica con todo lo que llevaba dentro y una mochila raída con una tricota de lana verde botella amarrada a uno de sus tirantes y unos binoculares que sobresalían del bolsillo pequeño. Desde lo alto miró a la niña, que había quedado pendiente de sus actos, pero que seguía llorando en silencio. Llevaba ella una blusa blanca manga larga, una falda plisada verde a cuadros, medias blancas hasta la rodilla y zapatos negros de cordón; eran, con el saco amarrado a la mochila, las prendas del uniforme escolar; las que, seguramente, tuvo a mano antes de caer en el desierto. Al volver a la hondonada, como señal de solidaridad, José descolgó su calabacín de agua y le pidió a María que bebiera un poco. Ella le quitó la tuza, bebió un sorbo y se lo devolvió con una sonrisa. Inmediatamente abrió su mochila, sacó un calabacín muy parecido al que le ofreciera su compañero y, sin dejar de sonreír, le dijo que bebiera del suyo.

—Te lo trajo Dino, ¿no? —preguntó el niño y bebió un sorbo.

—Viene, no sé de dónde, y desaparece. Pero siempre me trae agua y una tortilla de maíz —dijo María, mostrando tres calabacines vacíos.

Podría entenderse que María Axitimbay llevaba mucho más tiempo que José en el desierto; pero los dos se acordaban del día en el que habían pasado por última vez en la pequeña ciudad de Albanuma, por más señas, ensayando la Canción del Pajarillo, hasta las ocho de la noche. Después solo fue cosa de cerrar los ojos y volver a abrirlos, para encontrarse con una realidad distinta, absurda y sin explicaciones. Cuánto tiempo pasó entre cerrar y abrir los ojos, se preguntaban ahora los niños, mientras caminaban por un largo callejón que dejaban las cadenas de conos arenosos. Posiblemente, mucho más que una noche, pensaban; quizás miles de noches de inconsciencia, durante las cuales pudieron ocurrir quién sabe qué cosas. Como si regresara del limbo, lo único que recordaba María era que, tal vez en una de esas noches, su padre la despertó afanado, diciéndole que se vistiera con lo que tuviera a mano, que le colocó esa mochila vieja a la espalda y que la sacó en carrera de la casa. Su primer paso afuera, en plena oscuridad, había caído ya sobre esa superficie extraña y arenosa que ahogara desde entonces el taconeo de su cotidianeidad. El sonido turbio y carrasposo de sus pisadas hundiéndose en suelo extraño se explicaría con el clarear del día, cuando empezó a revelarse el inmenso desierto en el que había caminado tantas horas de la mano de su padre. Desde ese día, con apenas unas horas de descanso durante la noche, había mantenido una marcha forzada de quién sabe cuánto tiempo, comiendo apenas unos pedazos de raspadura que su padre había puesto en la mochila y buscando desesperadamente algo que él había llamado en quichua «Urku-Yaku», la Montaña del Agua. Decía María que ésa era la única frase que su padre había podido articular con claridad durante todo ese tiempo, que lo demás habían sido solo sonidos guturales, pequeñas sílabas articuladas sin sentido y que, en consecuencia, nunca logró saber lo que realmente buscaba ni lo que había pasado, por más que el hombre había tratado de explicarle hasta con unos dibujos trazados con torpeza sobre su cuaderno de música. José se mostró muy interesado por ver aquellos garabatos que la niña decía llevar en la mochila, pero ya la noche había caído, y todo, incluidos ellos, era una sola sombra.

—Creo que es hora de subir a uno de estas lomas para descansar —dijo José y encaminó sus pasos hacia la cima de la duna que tenía enfrente.

—Entonces dormiremos aquí —propuso María y agregó—. Arriba hace mucho frío.

—Si quieres amanecer enterrada, duérmete ahí.

—He dormido todas estas noches en los bajos y no me ha pasado nada.

—Porque has tenido un padre que te ha estado cuidando y no te ha dejado dormir sino unas horas, justo para evitar que te entierres.

—¿Y cómo sabes?

—Lo que más se te nota en la cara es el sueño.

—Me voy a morir de frío —dijo María y siguió los pasos de José.

El viento helado golpeaba con furia sobre los rostros de los niños y parecía escurrirse por debajo de la ropa, erizándoles la piel y congelándoles sus fibras. Ya en la cima, el muchacho desató apurado su cargamento, sacó la frazada e invitó a la niña a envolverse con él y meterse en la bolsa plástica, cosa que María, exhibiendo pudores de una educación severa, terminó aceptando con reservas. Así, amarrados por las circunstancias y observando el cielo desde una sola perspectiva, los dos niños parecían convocar al mismo sueño mágico que, con un solo abracadabra, pudiera devolverlos a la sala de ensayos de la escuela para seguir cantándole a la vida. Ahora, de todas maneras, una cierta sensación de seguridad los envolvía, y daban gracias al cielo por haber coincidido en un punto mínimo de aquella uniforme vastedad. El rumor de la última canción se les fue arrimando al oído, y, sin proponérselo, se oyeron susurrándola con la nariz, cada cual en su registro, como buscando la melodía, antes de la integración del coro. Así se quedaron dormidos.

Ella seguía soñando con el sol del medio día. Él, que se había escurrido sigilosamente del capullo de lana que los cobijaba, le había puesto su sombrero sobre la cara, a manera de sombrilla, y ahora la observaba sentado a sus pies, esperando con paciencia que se despertara. De rato en rato echaba una mirada panorámica al paisaje ilimitado que lo rodeaba o se distraía viendo cómo la brisa jugueteaba con las hojas pautadas de cuaderno que sobresalían de la mochila de María y emitían un sonido seco y acompasado, como cortina de fondo de algún yaraví. Una ráfaga de viento inesperada arrancó, de pronto, las hojas y se las llevó ladera abajo hasta la hondonada, donde se dio a jugar al remolino, levantando y esparciendo esas planas blancas por varias cuadras a la redonda. José se incorporó de un salto y se lanzó en carrera a rescatarlas, rodó por la ladera, tragó arena, persiguió al torbellino y termino arrastrado como un pelele de trapos a lo largo del callejón, por algo más de tres cuadras, hasta que el propio viento hizo un quite, cambió de dirección y descolgó sobre el muchacho las cinco hojas que le quedaban de su travesura. En medio de la polvareda, con todo su cuerpo rasmillado, pero con las cinco páginas musicales en sus manos, vio aparecer, sudorosa y jadeante, a María.

—¡Te grité que las dejaras, que no tenían importancia! —protestó la niña.

—No te oí. Pero son los dibujos de tu padre, ¿verdad?

—Ese remolino pudo arrastrarte más lejos...

—¿Son los dibujos de tu papá?

—Sí.

Detrás de los fragmentos musicales escritos en el pentagrama se veían cientos de trazos minúsculos hechos con bolígrafo azul y regados en desorden sobre las cuartillas. A simple vista, parecían hormigas o garrapatillas explorando un campo vacío; pero, en verdad, eran unos círculos mal cerrados o, quizás, hojas vegetales simples y dispersas. A saber si ésa habría sido la intención del hombre que las trazara, mostrar su desarraigo. Sin embargo, no parecían dibujos de una persona adulta y de pulso firme sino musarañas de un niño que toma el lápiz por primera vez. En todo caso, qué tenían que ver esos garabatos con el Urku-Yaku, aquella meta misteriosa por la que el hombre sacara a su hija de la cama y la llevara a vagar por el desierto durante tanto tiempo. José observaba esas láminas, las giraba, las ponía de cabeza, buscándoles algún sentido, quizás una pista que lo condujera a desentrañar tantos enigmas; pero nada le decían esos pintarrajos que parecían desvanecerse a la luz del sol. Quizás haya una clave en el resto de hojas que se llevó el viento, pensaba mientras doblaba los papeles con delicadeza y los guardaba en el bolsillo trasero de su pantalón.

—¿Así que tu papá no pudo pronunciar otra palabra más que «Urku-Yaku»? Tampoco pudo dibujar nada. ¿Por qué?

—¿Me acompañas a rezarle? —preguntó María, mientras observaba con su binoculares en dirección del callejón que continuaba más allá—. Ya estamos cerca —añadió.

—Tenemos que regresar por las cosas —advirtió José.

Regresaron, liaron los bártulos y emprendieron la caminata hacia el lugar donde habrían quedado los restos del padre de María. Apenas si cruzaron palabras durante la marcha; solo las indispensables para pedir un alto y beber un poco de agua, para decir que estaban en la dirección correcta y anunciar la proximidad del sitio. Lo demás fue un solo gesto de dolor, andar con la cabeza gacha y llorar en silencio; fue un abrazo solidario y, finalmente, una palmada en hombro de ella para darle ánimos, ya cuando se avistaba un sombrero de paño negro con sus alas cubiertas de arena, dejado allí como señal. María corrió los últimos cincuenta metros y cayo de rodillas frente a la prenda, la tomó con delicadeza, la limpió y desató sus cordones amarrados a la empuñadura de un bastón de madera, enterrado también como señal. Pero no había nada más en el lugar. Se diría que el viento arrastró la arena que hacía falta para cubrir los despojos y celebrar el sepelio sin una sola oración. La niña, sin embargo, desenterró el bastón y empezó con él a escarbar frenéticamente hasta dar con una astilla de coraza calcificada, color castaño lustroso, como aquellas que encontrara José y le hicieran imaginar una lucha de arácnidos gigantes. Ahora entendía el muchacho la afasia y la torpeza manual del padre de María.

Eran alrededor de las cuatro de la tarde, y el sol compadecido parecía menguar su tarea calcinante. María había logrado recoger y amontonar todas las piezas de lo que había sido su padre últimamente, y ahora, con la ayuda del niño, revolvía la arena tratando de hacer una fosa, pero ese polvo vidrioso y pesado volvía irremediablemente al mismo sitio, haciendo infructuosa la tarea. Solo el viento ha sido capaz de remover esta materia y hacer con ella el inmenso y lerdo oleaje del desierto. Tocaba entonces, por sugerencia de José, trasladar los restos al pie de una ola y dejar que la cresta se desmorone sobre ellos, los arrope definitivamente y los conserve en su resaca hasta el día de la exhumación, si lo hubiere. Así fue; la arena cubrió completamente los despojos. Sobre ellos, María trazó una cruz con el bastón y enterró una flor de papel en la encrucijada, en la que había escrito con el bolígrafo azul: «A la memoria de Francisco Axitimbay, mi padre». Fueron dos gestos de amor que empezaron a desaparecer inmediatamente, tragados por la arena, como un reloj que se lleva las horas y los recuerdos, grano a grano, durante el credo, tres avemarías y un padrenuestro que lo niños pronunciaron con devoción. Frente a la sepultura, tan grande ya como la duna, José y María se tomaron de las manos, se miraron y, mientras caía la noche, se pusieron a entonar la canción del pajarillo. Las sombras acogieron las quejas del albazo y el viento helado se llevó el último verso: «Avecilla que te vas del ramal en que cantabas para no volver jamás».

3

—Sí, mi papá también se convirtió en un *jauriyashka* —dijo María, mostrando en su muñeca izquierda las huellas de la tenaza que la había aprisionado desde que diera sus primeros pasos en el inmenso arenal.

La descripción que hizo María y las evidencias enterradas al pie de una gran duna coincidían con la forma monstruosa que había adquirido el Maestro Shalva y que José recordaba perfectamente, puesto que lo tuvo al frente, crispado y a punto de clavarle el aguijón, aunque no era ésta la imagen que guardaba sino aquella del ser que agitara sus tenazas en señal de despedida, después de haberle donado sus últimas pertenencias. Desde hacía varios años se había rumorado en Albanuma el aparecimiento de estos seres extraños, que dizque huían de la luz y se refugiaban en las cavernas de la tierra, y a los que el vulgo había empezado a llamar *jauriyashkas* o chamuscados. Entonces se suponía que eran seres humanos castigados por el poder divino, y se urdían muchas historias fantasiosas, que trataban de dar alguna coherencia al desaparecimiento de tantas personas. Sin embargo, nadie había podido asegurar conocerlos ni describir con certeza su fisonomía. Se aseguraba, eso sí, que su proceso de transformación empezaba con una suerte de hidrofobia que les impedía tomar agua, por lo que habían empezado a beber sangre de animales de toda índole. Aún así, esos condenados no habían podido detener la severa deshidratación que los atormentara ni el endurecimiento doloroso e irreversible de su piel, la que día a día, con la exposición al sol que parecía perseguirlos, se calcificaba, consolidando la terrible metamorfosis.

Resultaba difícil creer que el Maestro Salvador Guamán y don Francisco Axitimbay, abnegado profesor de música el uno y humilde carpintero el otro, hubiesen sido víctimas de un castigo que bajo ninguna circunstancia podía justificarse. No hubo atrocidades en su relación con sus semejantes y con la naturaleza, los niños lo sabían; ni siquiera una rencilla común que pudiera dejar lastimado a alguien, ni un disgusto, ni una queja. No hubo blasfemias contra Dios y su poder ni contra sus miles de intermediarios en la tierra. No fueron intolerantes ni fanáticos religiosos, pero sí coherentes con su fe y piadosos. No merecían, por Dios, la brutalidad de semejante expiación. En las noches siempre estrelladas, acurrucados bajo frazada y bolsa plástica, José y María lloraron muchas veces por el padre y el maestro, pero también por las miles de personas desaparecidas en Albanuma que debieron de correr la misma la suerte. Y lloraron por tantos días de caminar en ese entresijo arenoso donde nada cierto podía vislumbrarse, ni siquiera las visitas esporádicas de Dino, ese animalito de Dios que los socorría al filo del hambre y de la sed, con sus totumas de agua y tortillas de maíz, y que desaparecía misteriosamente durante el sueño más profundo, al que parecía inducirlos con su ternura perruna, como si ensartara con sus lanas pedacitos de dulzura en la inmensa cadena de promontorios del desierto, para regalarles, urdidas en un tejido vaporoso, las sensaciones más reconfortantes con las que pudieran afrontar la dura marcha de cada día. Muchas veces soñaron con él, correteando en la vega de un río bordeado de mangos y ciruelos, bajo una infinidad de árboles musgosos, por interminables veredas floridas que se tejían como un brocado en el verdor de la ribera. A veces se propusieron permanecer en vigilia para seguirlo y descubrir el origen de su asistencia milagrosa, pero a Dino solo le bastaba un ligero cabeceo para esfumarse dejando su rastro en la memoria.

Ya los días incontables no traían ninguna sorpresa, aparte del recuerdo de lo soñado. La tarea de caminar se había vuelto una rutina que se la cumplía sin ningún propósito, pues la esperanza de llegar había perdido sentido, ya que nada se anunciaba. En la cima de una duna cualquiera, qué diferencia cabía, como todas las jornadas, José y María recogieron sus bártulos, bebieron un poco de agua, los últimos tragos del último calabacín, y comieron un pedazo de tortilla endurecida. Buscando su brújula en el fondo de la bolsa plástica, para alimentar el hábito de caminar siempre al sur, pero olvidado de su propósito, José dio con su mano en el rollo de papel pautado que alguna vez le encargara su Maestro Salvador Guamán. Se encontraba acomodado en una arruga cilíndrica que el sol había moldeado en el plástico, y se conservaba en buenas condiciones, a salvo de los pisotones que los niños pudieron propinarle y de los borrones del tiempo y los sudores. Notas intactas, dulces y melancólicas, en tiempo de yaraví, se extendían, a cuatro cuerdas, a lo largo de cuatro páginas, y, entre ellas, repetida cuatro veces, la letra de la canción que el Maestro había compuesto con sus últimas facultades humanas. Sobre el primer renglón del pentagrama, escrito con letra clásica y elegante, constaba el título y el nombre de los autores: «Reconstrucción del mundo»; letra de Jorge Carrera Andrade; música de Salvador Guamán. Eran un hermoso poema y una dulce melodía que los niños, en sus cuerdas de tenor y contralto, empezaron a entonar con delicadeza, buscando caer precisamente en los tiempos y las notas pautadas...

Es tiempo de reconstruir
el mundo de mi niñez.
Hora de hacer revivir
la flor, el conejo, el pez.
Cuando comencé a vivir

conocí el cielo. Después
tuve que andar y partir
con rumbo a la madurez.
Tuve que ver con amor
la tierra en su redondez
para comprender mejor
la vida que es un fulgor
de lo eterno y a la vez
el rocío de una flor.

Sin saber exactamente por qué, José y María se miraron y se tomaron de las manos, quizás para comunicarse el repentino entusiasmo que empezaron a sentir mientras le cantaban a la vida, repitiendo las palabras del Poeta y las armonías del Compositor, con las que parecían invocar a la esperanza, entonar un salmo, un nuevo credo o un conjuro para vencer a la agonía de trajinar inútilmente. Temblaban y sonreían como si hubiesen recibido una buena nueva. Un cosquilleo les recorría todo el cuerpo, algo que parecía generarse en la planta de los pies, una vibración que crecía oscilante y que, de alguna manera, les hacía perder el equilibrio. Ya no era la inspiración sino el miedo. En realidad, era la arena la que vibraba, y la duna que los sostenía se desmoronaba y perdía altura, mientras, frente a ellos, otra cadena de promontorios crecía y se unificaba en una gran cresta zigzagueante, que levantaba nubes de polvo. Sin soltarse de las manos, siguiendo un método de contingencia alguna vez aprendido, los niños se acostaron en cruz y boca arriba, con la idea de no desaparecer en ese oleaje arenoso que amenazaba con envolverlos en su resaca y llevárselos a quién sabe qué profundidades. Desde esa posición, mirando al cielo como si fuese una balsa inalcanzable, vieron una enorme pluma, quizás la misma que sorprendiera a José en su desvanecimiento, que descendía lentamente, apuntando con su cálamo hacia la tierra. «El viento y el aliento» iba a decir el niño, pero una segunda pluma y luego otra y otras más lo dejaron callado. Eran cientos de grandes plumas blancas, como ramos de palmera, que descendían en fila y se clavaban, una detrás de otra, sobre la inmensa cresta de dunas unificadas que se había formado delante de ellos. Así ensartadas, parecieron formar un solo cuerpo y empezaron a moverse acompasadamente como si fuesen un abanico, mientras cambiaban su color hacia un verde turquesa, quizás tornasolado, a veces iridiscente, no se sabría con seguridad describir esa magnificencia. De pronto, aquella suerte de penacho emplumado empezó a levantarse por su parte más lejana y a desenterrar el formidable cuerpo de una serpiente escamada en gamas de verdes innumerables. Una víbora colosal, eso parecía, y ahora se enroscaba en una espiral que tocaba el horizonte, desde donde se elevaba su cabeza de pájaro fabuloso, adornada de golas emplumadas en lo que podría ser su cuello. Iba y venía el animal, lanzando chicotazos en el aire y blandiendo su lengua negra, bífida y amenazante, hasta que pareció descubrir las mínimas figuras de esos dos niños indefensos que aún permanecían tirados sobre la arena. Entonces se detuvo sobre ellos como suspendida en el aire, con su pico apenas abierto y su lengua colgante y relajada. Sus ojos de fuego se clavaron sobre los cuerpos infantiles como si examinaran la presa, y así permanecieron largo rato, sin parpadear, pero ardiendo en lo profundo de su concavidad. El aire se detuvo, se hizo un largo silencio; en realidad, nada se había escuchado desde hacía largo rato; solo en las sienes de José y María vibraban los golpes pavoridos de la sangre. El animal abrió por fin su enorme pico y dejó ver unas extrañas piezas óseas que quimera alguna haya podido ostentar, unos colmillos ganchudos y afilados como los de un jaguar, haciendo juntos una sola pieza con el duro material cálcico que los sostenía. Luego, como para rematar el híbrido monstruoso, enmarcado por esos molares blanquísimos, asomó el rostro cobrizo de un hombre adulto, de rasgos hermosos y mirada serena. No tenía la voz del trueno; pero, con acento profundo y pausado, habló.

—Yo soy Quetzacóatl, Señor de la Muerte y la Resurrección...

Dijo que moraba en Hanan-Pacha, el Universo de las Alturas, y, al tiempo, en Uku-Pacha, el Universo de las Profundidades, los dos cielos donde él estaría para recibirlos, si alcanzaran a llegar después de un largo peregrinaje previsto para los escogidos. Y, diciendo esto, agachó la cabeza hasta la altura de los niños, y les ordenó que subieran por ella y caminaran por cuatro días hasta el final de su cola; que recogieran semillas donde las hubiere y siguieran hasta tocar la arena, donde se encontrarían con Tezcatlipoca, el Señor del Cielo Nocturno, en cuyos reflejos les serían revelados los últimos misterios. Eso sí —les dijo—, deberán mantener los ojos abiertos, teniendo cuidado de no atravesarlo y de no dejarse tragar por la noche.

José y María, aún tomados de las manos, se incorporaron sintiendo el resuello frío de Quetzacóatl. Se miraron para asegurarse de estar el uno junto al otro, acomodaron sobre los hombros sus bártulos, unificaron su pulso y dieron el primer paso. Una superficie dura, negra y resbalosa los recibió como peldaño mínimo de un despeñadero que debían escalar, al filo del abismo. Levantaron la vista, descubrieron el inmenso farallón que parecía venírseles encima y recibieron en el rostro una fina lluvia que se desprendía de las pequeñas cascadas que bajaban por las grietas rocosas. A diestra y siniestra, quizás en los laterales de la inmensa mole de piedra, se veían dos soles de atardecer que parecían parpadear de rato en rato y bañar de sombras fugaces el lugar. Allí, arrimado al peñasco para contrarrestar el vértigo, José propuso usar la cuerda de cabuya que recogió del fondo de la bolsa plástica para atarse por la cintura y protegerse de resbalones y caídas, así como lo hacían los andinistas. Se amarraron, pues, dejando una distancia de unos cinco metros entre los dos, y amarraron también, en los dos extremos del cable, la mochila y la bolsa, con el fin de alivianar la carga. El niño comprobó que su compañera quedara, en lo posible, segura, e inició el primer ascenso aferrándose a las filosas salientes de la roca, pisando apenas en los bordes que dejaban las grietas y arrimando su cuerpo a la húmeda superficie de la escarpa. Habría avanzado alrededor de cuatro metros, cuando sintió que la cuerda le templaba desde abajo. Tuvo que descender un poco hasta un descansillo donde pudo afirmar completamente sus pies, girar para quedar de espaldas a la roca y tirar ligeramente de la soga para que la niña empezara a trepar. Fue relativamente fácil para ella escalar siguiendo la ruta trazada por José, con la certeza de que cualquier pisada en falso sería contrarrestada inmediatamente por su compañero, quien cobraba el cable, centímetro a centímetro, mientras ella ascendía. Ya en el rellano confiable, los dos tiraron de los extremos de la cuerda para recuperar sus enseres; pero, en el momento de celebrar su primer tramo conquistado, los invadió el infinito, una masa azul profundo, sin una sola mancha, que copaba todo lo que la vista pudiese alcanzar. El desierto y sus crestas arenosas habían desaparecido; el cielo pálido que se asentaba sobre ellas, también. No había asidero posible, referencia corpórea alguna o, al menos, una mancha donde se pudiese estabilizar la mirada y detener el vértigo que parecía arrojarlos a la nada. Instintivamente se tomaron de las manos, cerraron los ojos y, como si fuesen ventosas, adhirieron sus espaldas a la roca. Así permanecieron largo rato hasta que, en medio del aparente silencio, escucharon el tenue canto del agua que se escurría cerca de allí, golpeando en infinidad de pocetas ordenadas a manera de un delicado *litófono*. A ratos el líquido dulcísimo parecía bajar por el interior de ellos, apaciguando sus latidos, humedeciéndoles la voz para que pudieran susurrar sus propuestas más urgentes. Dándose valor el uno al otro, giraron lentamente hasta tocar la piedra con el pecho y abrazarse a sus rugosidades. Entonces abrieron los ojos y comenzaron a desplazarse hacia la derecha, siguiendo el delgado sendero que dejaba el rellano y asegurándose morosamente de cada pisada. Habrían avanzado algo más de una cuadra cuando José tocó con su mano derecha el agua fresca de una de las pocetas. Parecía que el líquido le entraba por las venas, le recorría todo el cuerpo y pasaba, por su mano izquierda, a la mano y todo el cuerpo de María.

Bebieron a sus anchas y hasta se permitieron jugar con el agua echándosela a manotazos en la cara; rieron despreocupadamente, sin reparar que jugueteaban al borde del precipicio; treparon pisando en las pocetas como si fueran estribos, bañándose bajo las pequeñas chorreras, chapaleando el agua y bebiéndosela de puro placer, hasta que, cuando ya parecía que tocaban la cima, se hizo un silencio repentino y, de golpe, como si alguien cerrara la llave de su paso, el agua dejó de fluir. La que había quedado en las pocetas se evaporó inmediatamente en el aire reseco y gris que caía lentamente como nubes de polvo finísimo sobre la roca, y parecía carcomer los peldaños por donde continuaban su escalamiento María y José. Pisando apenas sobre una roca ahora porosa, amarillenta y deleznable, absorbiendo el polvo que se les filtraba hasta por los poros, sedientos y agotados, los dos niños ascendían con lentitud hacia una cima esquiva que parecía elevarse de trecho en trecho. Algo así como raíces petrificadas que salían de la roca les servían ahora de apoyo para impulsarse hacia arriba. Tenían un color terroso pálido parecido al granito en el que se incrustaban, lucían inertes en su aparente rigidez, pero, al tocarlas, se sentía la frescura de su interior y el flujo de una savia que las hacía vibrar. Una de ellas no pudo resistir el peso de José y se tronchó justo cuando María, que había tomado la delantera, amarraba la soga a una robusta horqueta de aquel entretejido radicular. El niño quedó columpiándose en el vacío, sostenido por la cintura con el cabo de cabuya, a merced de su resistencia y de la ayuda que pudiera brindarle su compañera. Con el pedazo de raíz en su mano derecha, el muchacho trataba de engancharse de nuevo a esos bejucos y manoteaba en el aire buscando algún asidero. Un líquido espeso y blancuzco chorreaba de la raíz rota, pero el aire cálido lo resecaba transformándolo en una especie de resina elástica y transparente. En uno de sus intentos por alcanzar la dura superficie del peñasco, José tocó con la raíz un saliente de la roca, y allí se quedó adherido milagrosamente el extremo resinoso, como una ventosa o, mejor, como una soldadura autógena que fundía en uno los dos materiales de una misma naturaleza. Fue tal la fuerza y la rapidez de aquel pegamiento que el niño sintió una brusca templadura que lo atrajo hacia la roca, a donde fue a estrellarse de bruces, sin soltarse de aquella raíz prodigiosa. María se le acercó como pudo y lo ayudó a arrastrarse hacia un lugar más seguro. Allí, con la manga de su blusa, empezó a limpiar la sien derecha de José, por la que sangraba copiosamente; pero no había manera de parar ese flujo que parecía acrecentarse con el calor. Con su cara bañada en sangre, sudoroso y ya debilitado por el esfuerzo, el muchacho alcanzó a sugerir:

—La raíz...

—¿Qué pasa con la raíz?

—Haz gotear esa leche sobre la herida, a ver qué pasa...

María quebró la punta delgada de una de esas cepas y la acercó a la sien derecha de José, dejando caer la savia sobre la herida. El líquido lechoso empezó a mezclarse con la sangre y a endurecerse en las vetas que surcaban el rostro del niño. La herida dejó de sangrar a los pocos segundos de haberle aplicado aquella sustancia. En su lugar se formó una costra castaño blanquecina, como un emplasto adherido a la piel, un pegote que se fortificaba con el aire pesado y caliente que se derramaba, a esa hora incierta, sobre el breñal. Sintiendo que los músculos se le templaban, José se llevó las manos a la cara y empezó a palpar con sus dedos aquellas asperezas que le había dejado el jugo resinoso de la raíz.

—Se me está deformando la cara, ¿verdad?

—No te toques. Espera que cicatrice bien.

Puestos de pie, y cuando se disponían a continuar la ascensión, sintieron que el piso se movía hacia arriba y que la pendiente que debían escalar perdía poco a poco su inclinación hasta ponerse casi horizontal. Al mismo tiempo, un aire caliente, como un largo resuello de animal, empezó a soplar contra ellos y los obligó a asirse de las raíces para no ser arrancados del piso. Así avanzaron un largo trecho y pudieron dejar atrás esa superficie rocosa que tanto les había costado vencer, y que ahora, obedeciendo a quién sabe qué caprichos, retomaba vertiginosamente su pendiente. Desde el borde de una tupida selva a la que habían arribado sin darse cuenta, los niños observaban esa suerte de cataclismo que se producía al pie de ellos, la caída al abismo de esa inmensa mole rocosa que arrastraba raíces, troncos, pedrejones y cascadas de agua turbia hacia la nada. Podría decirse que los niños llegaron a tiempo y se salvaron de milagro; al menos eso pensaron ellos, temblando atónitos ante el fenómeno catastrófico en el que pudieron haber sucumbido. Sin embargo, algo hacía que los acontecimientos se volvieran sospechosos, como si hubiesen sido rigurosamente planificados. Fenómenos naturales, por ponerles un calificativo, se habían sucedido unos a otros sin solución de continuidad, sin la relación de causa y efecto. El tiempo, aparentemente, no había transcurrido; la luz, quién sabe si solar, había sido un continuo parpadeo, y las sombras, cuando se pudo verlas, no marcaban ningún movimiento astral.

Apenas tuvieron tiempo de ver la urdimbre de lianas que se tejía selva adentro, la hilera, sorprendentemente regular, de árboles gigantescos que juntaban sus copas en una especie de abanico colosal, y el río plateado, límpido y cantarín, que corría casi en línea recta al pie de la arboleda. En un santiamén cayó la noche y, con ella, los rugidos de los felinos y el canto de grillos y batracios. No duró mucho la sorpresa. El cansancio y el sueño los arrojó sobre un camastro de enredaderas que parecía estar esperándolos.

4

Cuando abrieron los ojos, el río retumbaba caudaloso bajo el camastro de ramas donde habían pernoctado. Nacía allí mismo y ya tenía esa impetuosa correntada, como si se juntaran en el lugar cientos de afluentes subterráneos y estallaran de golpe en esta única vía de escape que constituía la vasta y casi rectilínea cuenca que se internaba en la selva. Las lianas que sostenían a los niños, a unos veinte metros sobre el caudal, parecían endebles y a punto de romperse. La primera reacción de María y José fue incorporarse para asirse de las ramas más seguras, pero un potente rugido los devolvió al entretejido de enredaderas que ya se balanceaba sobre el río. Frente a ellos, con su cabeza ensangrentada, un enorme jaguar devoraba corazones sobre una piedra que sobresalía entre la maleza, a unos cinco metros del camastro de ramas. Detrás del animal, como marcado por piedras más pequeñas, parecía abrirse un sendero que se abría paso en la espesura. Se diría que ése era el único camino posible para cumplir el peregrinaje que les encomendara Quetzacóatl, pero, cómo llegar hasta él si apenas intentaron incorporarse de nuevo ya la bestia los esperaba agazapada, rugiente y amenazadora. José y María se detuvieron en seco y esperaron a que el félido volviera sobre su refinado potaje y, en cierto modo, se desentendiera de este par de extraños que temblaban sobre la enramada. Respirando apenas, moviéndose al milímetro para alcanzar una posición segura en ese lecho vacilante, los niños vieron como el gatuno engullía esas entrañas palpitantes que parecían multiplicarse en sus fauces. En principio, eran seis los corazones, se pudieron contar al vuelo, pero, en realidad y conforme avanzaba el día, se reproducían morosamente como para que el jaguar no dejara de tragar. Al parecer, ésa era su función, devorar corazones. Era, pues, una ceremonia que se alargaba en cada desgarramiento, en los hilos de sangre que chorreaban desde el hocico de la bestia y caían sobre la piedra y rodaban buscándole quizás un nuevo curso a la vida, tal vez el reciclaje de la misma ritualidad que el animal parecía disfrutar.

El culto de sangre había devorado también al día. El sol, a saber si se trataba del astro conocido, había recorrido toda la bóveda gris verdoso de ese entorno. El horizonte, pintado de escarlata, anunciaba la llegada de la noche, pero José y María, atrapados entre el jaguar voraz, las lianas y el río, no habían conseguido dar un solo paso. Sin embargo, mientras el félido parecía engullir su último bocado, los niños sintieron en su rostro el golpe fresco del agua pulverizada que se levantaba desde el fondo del río. Entonces se percataron de que estaban en lo más profundo de la jungla, donde el torrente fluvial, muy crecido, se precipitaba entre negros pedrejones. Allí, al borde del vértigo, vieron como la correntada se llevaba los cuerpos aún sangrantes de seis monos aulladores, en medio de los lamentos de cientos de primates que saltaban nerviosos de rama en rama. Desde lo alto de las copas caían algunos frutos maduros, hojas, ramas secas, arrancados por la batahola símica, pero todo parecía llevárselo los rápidos hacia una profunda cascada que ya vislumbraban desde el lugar suspendido en el que se encontraban María y José. El mismo camastro de lianas y enredaderas se balanceaba ahora al filo de un despeñadero cuyo fondo se perdía en medio de la espuma y el agua pulverizada. No sabían cómo, sin dar un solo paso, habían llegado hasta allí, ni cómo el jaguar los había acompañado en este supuesto viaje, si seguía sobre la misma piedra donde lo habían descubierto al abrir los ojos, muy temprano en la mañana. Podría decirse, rayando en el absurdo, que todos los elementos del paisaje, árboles, lianas, enredaderas, piedras, jaguar y hasta los mismos José y María habían sido arrastrados por la corriente del río, desde su nacimiento hasta la inmensa catarata, sobre la que ahora los niños se columpiaban agarrados de unas débiles enredaderas. No estaban soñando, claro, aunque, de un tiempo a esta parte, los extraños acontecimientos que les había tocado vivir daban para hacer esta consideración. Hubiese bastado entonces despertar, reflexionar y, sobre todo, mantenerse en vigilia, pero, aún en este estado de abstinencia, los dos amigos manejaban aquellos objetos tan palpables traídos del sueño, y llevaban en sus cuerpos las marcas de una pesadilla de la que no habían podido salir a pesar de los intervalos de conciencia. Qué fácil sería ahora dejarse caer al abismo, sentir el vacío en el estómago, el frío de las profundidades que eriza la piel y, antes de perderse, lo que siempre ocurre, tomar la lucidez de un sobresalto. Pero no, no había manera de saltar, ningún grito podía salvarlos, y ya el vacío les recorría las entrañas, mientras crecía el movimiento de ese péndulo de lianas y el félido insaciable se preparaba para saltar sobre ellos. Instintivamente, María y José se tomaron de las manos sin saber qué hacer. La fiera afiló las uñas y tomó distancia para el salto. Ellos miraron hacia el despeñadero, y el vértigo echó a volar en círculos la escabrosa topografía. El jaguar se elevó como si volara con sus garras desplegadas. Ellos cerraron los ojos para recibir el zarpazo, pero el animal pasó de largo cortando el aire sobre sus cabezas y se clavó en el torrente colosal de la cascada. Segundos después, cuando los niños abrieron los ojos, ya descendían ellos también, agarrados, sin saber cómo, de unos bejucos que se estiraban milagrosamente. La luz moribunda pintaba de escarlata el panorama brumoso del abismo, mientras José y María, sin exhalar un solo grito, se hundían en la noche.

Cuando abrieron los ojos, el agua, en pequeñas olas tibias, les acariciaba los pies, y el sol, o una estrella mañanera sin nombre, jugaba a los colores con las finas hojas de una especie de sauce llorón que se inclinaba al borde de una inmensa laguna azul. Lejos de allí, en la otra orilla, se levantaba imponente la catarata por la que habían descendido con la noche, y, sobre ella, se abría como un abanico en semicírculo la colosal gola vegetal que adornaba la cabeza de Quetzacóatl. Un grupo de guacamayos chacoteaba volando entre las palmas de un morichal, mientras una familia de nutrias chapaleaba pescando algo como lisas o tilapias entre las olas. Una brisa cálida se arrastraba por la superficie del agua y se filtraba mimosa bajo las ropas aún mojadas de María y José. Quizás fue ése el cosquilleo que los despertó para recordarles que debían iniciar la tercera jornada de su peregrinaje. Se incorporaron perezosamente y, mirando el nuevo paisaje que se les abría como un trazo que rasgaba el horizonte, empezaron a exprimir sus ropas, presionándolas sobre el cuerpo. De pronto, cuando ya se disponían a reconocer el lugar y tal vez encontrar el camino que les tocaría recorrer, cayeron sobre la playa varios *lozumbes* maduros, aquellos frutos amarillos en forma de corazón con los que José delirara en una de esas noches en el desierto. Sin averiguar de dónde provenían, como si fueran conocidos de toda su vida, el niño recogió uno de ellos, lo lavó en la orilla, lo partió con avidez y entregó la mitad a María. Una miel provocativa empezó a chorrear de la fruta, y el aroma que despedía resultaba irresistible. Los dos se llevaron a la boca esa drupa de amarillo encendido, suave, jugosa, y empezaron a comerla con la voracidad de su hambre de tantos días. Era la perfecta mixtura de los sabores más exquisitos de la tierra, la voluptuosidad, la delectación, el súmmum de los manjares que prodigaba la naturaleza, aquella naturaleza. José recogió otro *lozumbe* y ofreció de nuevo la mitad a su compañera, pero ella ya tenía en sus manos el suyo, abierto y destilando su miel, y se preparaba salivando para darle el primer mordisco...

—¡Ay! ¡ayúdame, José! —alcanzó a gritar la niña.

Un enjambre de avispones negros o moscardones, a saber qué clase de insectos repulsivos eran, la cubrió completamente y ahogó el resto de sus gritos pavoridos. Era una nube negra de bichos que giraba en torno a la niña, que zumbaba como el viento bronco de un tifón y que la levantaba a ratos y la arrastraba desde la playa hacia el centro de la laguna. Por instantes, cuando aquel turbión parecía enancharse, se escuchaban retazos de las frases desesperadas de María, ya lejos de la playa, sobre las olas, ahora crecidas, del gran lago. Fue cosa de segundos, aunque el tiempo en esta circunstancia parecía tener otra dimensión. José apenas pudo darse cuenta de lo que ocurría, cuando otra nube zumbadora se abalanzó sobre él. En un instante estaría levantándolo como a un pelele y arrastrándolo hacia la marea embravecida; pero en ese tiempo mínimo pudo darse el chispazo de un proceso especulativo apremiante, parecido a un reflejo, por no decir al instinto mismo de la vida. El niño arrojó la fruta hacia los aires, corrió hacia la laguna y se lanzó de cabeza a refugiarse en sus aguas. El enjambre recogió el regalo al vuelo y se alejó roncando agradecido a las alturas, mientras allá, sobre las olas ahora tímidas, caía el cuerpo languidecido de María Axitimbay. José corrió hacia ella chapaleando el agua con sus pies, manoteando a guisa de braceo y gritando a su compañera que resistiera, que hiciera el esfuerzo de mantenerse a flote, que él, aunque no supiera nadar, llegaría para socorrerla. Y llegó, claro, corriendo con el agua hasta las rodillas, mojado de sudor, jadeante, anheloso y, al mismo tiempo, extrañado del nivel del agua que, en lo que durara su travesía, había bajado considerablemente. Ahí, en el fondo ahora visible del lago, María pataleaba con el último esfuerzo. El niño se clavó inmediatamente, la tomó por los brazos, la levantó de un solo impulso y se la llevó arrastrándola hacia la orilla, corriendo sobre la superficie limosa del lago que se retiraba, entre cientos de peces moribundos que saltaban buscando su elemento y las nutrias que se atragantaban con ellos como si fuese el último festín.

—Parece la fruta prohibida —dijo María, tomando aún el aire a bocanadas.

Estaba tirada boca arriba sobre la arena, mirando la enramada del gran árbol que exhibía los frutos tentadores sobre su cabeza. Todavía consternada por ese vuelo vertiginoso al que fue sometida por el tornado de insectos, la niña se incorporó a medias y empezó a tocarse su cara, sus brazos y piernas, en los que esperaba encontrar la huella de las miles de picadas que la habían hecho retorcerse de dolor. No tenía absolutamente nada, ni hinchazones ni moretones, menos aún resquicios de dolor o adormecimiento, alguna secuela de las que suelen dejar los aguijones venenosos de los himenópteros. Quizás el agua del inmenso lago pudo ejercer alguna facultad curativa milagrosa, así como lo habría hecho con el niño y sus costras de heridas en el rostro y la cabeza, las que, ahora que reparaban en ellas, también habían desaparecido. No había explicación que resultara más coherente, y más a mano, en este espacio de naturaleza prodigiosa e imprevisible, donde podía suceder todo, menos lo imaginado. José se puso de pie lentamente, se diría con desconfianza, al asecho de cualquier evento que pudiera sorprenderlo; se retiró varios metros del sitio y pudo descubrir en su real dimensión al imponente árbol de *lozumbe* con el que había soñado. Era único en el lugar y parecía ocupar el centro de un hermoso vergel lleno de una gran variedad de árboles frutales, de los que se mantenía separado por un redondel, se diría regular, de arena, y por un canal de agua que lo circundaba, sin principio ni fin. Sus enormes ramas, que se levantaban por sobre el resto de la vegetación, se veían exageradamente cargadas de frutos maduros, olorosos, destiladores de almíbar; pero, cosa curiosa, no se advertía ni un solo enjambre de avispones, cuando se suponía que estarían zumbando alrededor del néctar que los había embravecido. José Robles miró de nuevo los frutos caídos sobre la arena, se acercó a uno de ellos y, disimulando torpemente su apetencia, empezó a arrastrarlo con el pie hacia la acequia que circundaba al árbol. Allí lo dejó rodar a la corriente para que el agua lo limpiara, mientras observaba atento a cualquier posible embate que pudiera sobrevenir, a pesar de que algo le decía que aquello no volvería a suceder. De todas maneras, él sabía lo que tenía que hacer, o creía saberlo, y, considerándose preparado y dominador de la situación, se agachó, estiró sus manos hacia el fondo del canal y atrapó con las uñas ese fruto que ahora lucía todo su colorido voluptuoso, su contextura suave e incitante, su aroma irresistible. Abrió el *lozumbe* con la avidez reprimida, como si quisiera prolongar el encanto de ver cómo se desgajaban esas dos porciones de la drupa, cómo chorreaba su miel sobre la arena sedienta, donde desaparecía. Abría su boca hecha agua de deseo y se disponía a dar su primer mordisco, cuando una tromba lo derribó, lo revolcó sobre la arena, le arrebató la fruta y la arrojó hacia el otro lado del huerto.

—¡Es la fruta prohibida, estúpido! ¿Quieres morir de una vez? —gritó furiosa María.

—¿Qué te pasa, loca? —pronunció desde el suelo José—. ¿De dónde sacas que es prohibida?

—De la imaginación —ironizó ella.

José se levantó, se sacudió la arena de su ropa y se alejó molesto, caminando por la aún marcada orilla del que fuera el gran lago. Caminaba lento y cabizbajo, bajo la mirada de la niña que lo seguía vigilante. De pronto, empezó a gritar y a lanzar piedras y palos hacia la parte del sauce llorón, donde una manada de tities jugueteaba con un bulto plástico que estaba a punto de despedazar. Era, al parecer, la bolsa con los bártulos de José que la corriente había orillado antes de secarse. El niño agarró un palo y salió en carrera a rescatar sus pertenencias, pero dura batalla lo esperaba con esa veintena de monos enfurecidos que empezaron a rodear a José y a rasgarle las ropas con sus garras y dientes. Eran palazos de ciego los que el muchacho daba a diestra y siniestra, en medio de la jauría, golpes que a ratos daban con la cabeza de alguno de esos simios y la hacían saltar en añicos. Pero esos animales regresaban sangrando, más furibundos, a treparse sobre el cuerpo del niño y a romperle sus carnes a mordiscos. El niño se desangraba por sus cuatro costados, tenía llagas en todo su cuerpo, desfallecía de dolor y de cansancio, pero seguía propinando palazos y rompiendo cráneos con una fortaleza inusitada. Tenía, prácticamente, a toda la manada encima, estaba a punto de caer de bruces, pero seguía repartiendo golpes, los que ahora apenas rasgaban el aire y lo desequilibraban. Cayó finalmente al suelo, y, con él, la jauría de tities que se disponían a darse un gran festín. Entonces vino el fuego de la mano de María Axitimbay, que, con un pedazo de raíz resinosa hecha antorcha de candela, empezó a espartar a los simios atroces y a chamuscar las pelambres erizadas de los que más se resistían. Uno de ellos saltó sobre el cuello de la niña y se prendió con sus colmillos de la yugular, pero José, ya liberado en parte de su carga, asestó un certero golpe en la cabeza de la pequeña bestia y la obligó a descolgarse y a huir chillando a perderse en la espesura del vergel. Con gran alboroto, gesticulando maldiciones y columpiándose de rama en rama, los otros animales terminaron haciendo lo mismo. Fue una bulla escandalosa que pareció copar toda la campiña y que se fue alejando, arrastrándose entre las copas de los árboles, hasta que se hizo el silencio, el espacio necesario para que se escuchara aún viva la flama inquieta del fuego.

—Gracias, María —dijo José, suavemente.

María apagó su tea, se le acercó y lo abrazó con ternura.

—Tenemos que curar esas heridas.

—Tenemos que buscar tu mochila. Ha de estar por ahí, en algún rincón del lago.

Caminaron sobre el légamo reseco y agrietado del lecho lacustre, donde no quedaba una sola huella de sus peces, donde parecía que hubiesen pasado, durante años, soles calcinantes y vientos erosivos. Recorrieron palmo a palmo el lugar, de orilla a orilla, sin encontrar rastro alguno de la mochila. De pronto, en lo que habría sido el centro del lago, descubrieron un manchón negro en forma espiral, de unos quince metros de diámetro, conformada por cientos de avispones negros, muertos, incrustados en el barro, como vestigio arqueológico de aquel ciclón que levantara a María por los aires. Habrían pasado alrededor de dos horas desde que los niños despertaron a orillas del gran lago y ya habían ocurrido unas cuantas cosas para las que hubiese sido necesario que transcurra, con sus noches y sus días, por lo menos, un año del calendario conocido; porque, claro, el agua de una fuente no desparece así, de la noche a la mañana, ni la tierra se resquebraja y se convierte en un erial estéril durante el pequeño lapso que a uno le toma morder una fruta. Indudablemente, el tiempo que vivían María y José era otro, un tiempo escondido en los rincones de un mundo desconocido, que parecía moverse a saltos y detenerse al acecho de seres desprevenidos, un tiempo sorprendente, mágico y, a simple vista, antojadizo con los procesos naturales. Tenía la capacidad de bañar a unas cosas con su pátina de vejez y a otras, al mismo tiempo, con el verdor tierno del nacimiento; no obstante, a María y José no los había tocado. Quizás por ello la noción cronológica de los niños seguía intacta, y con ella medían el tiempo de su propia desazón.

Habían llegado de nuevo al pie del gran árbol de *lozumbe*, donde los frutos caídos, haría unas dos horas, lucían ya resecos como pasas, y los nuevos, carnosos y tentadores, empezaban a desprenderse de las ramas. José los miró de reojo, pero siguió de largo hasta el borde de la acequia circular, descargó su bolsa de enseres y se agachó a beber desesperado. Con su cara y sus manos sumergidas en la corriente, sin reparar en nada más que su sed, empezó a sangrar de nuevo por todas sus heridas, como si el agua fuese un disgregante plaquetario poderoso. No hubo manera de saciar la sed que lo apuraba más y más. Bebió sangrando hasta que perdió el conocimiento y rodó al fondo de la acequia, donde el agua se encargó de vaciarlo completamente.

Abrió los ojos a un paisaje indefinido y vio como una sombra dulce le curaba sus heridas con la resina lechosa de una raíz y le daba a beber a sorbos, en la cáscara de una suerte de pomelo, una sustancia granadina de sabor dulzón acidulado. Sintió que lo tomaban por los brazos y lo arrastraban de nuevo hacia el canal de agua, que el frío de la corriente le hormigueaba en todo el cuerpo y le acariciaba sus heridas, adormeciéndolas, cicatrizándolas. Detrás del agua miró al cielo y el rostro de María a contraluz, que le sonreía y le ofrecía sus manos. Él las tomó y empezó a incorporarse renovado, sin una sola cicatriz, como si el otro tiempo lo hubiera tocado en sus llagas con su hálito regenerador.

—Te debo la vida —le dijo, abrazándola.

—A mí no, al Árbol Sagrado.

De la pared interior de la acequia, María Axitimbay había arrancado una raíz que no podía corresponder sino a la red subterránea que sostenía al gran árbol de *lozumbe*. Blandiendo ese tronco retorcido, había corrido a batirse, ella también, con la manada de tities que atacaban a su compañero. En esa batalla, para exhibir su bravuconada, había golpeado con su garrote sobre una piedra, y, gracias a la casualidad o al prodigio del gran árbol, la fricción y el látex inflamable habían producido el fuego. Así, pues, el árbol del fruto prohibido, el de la savia prodigiosa, el del agua de la muerte y de la vida, había pasado a ser también el árbol del fuego. Muchos otros atributos pudo asignarle María; entre ellos, el de la tentación y el castigo, el del bien y el mal; y con ellos quizás pudo justificar su ferocidad al derribar a su compañero y arrebatarle la fruta prohibida o al batirse con la banda de simios sanguinarios, pero también, explicar su ternura y solidaridad, aunque estas cualidades bien pudieran ser producto de las circunstancias que pusieron a estos dos escolares a compartir una aventura insospechada, si se pudiera calificar de tal a este peregrinaje de origen incierto, sin justificación, sin principio ni final. Pero la niña, guardando un pedazo de aquella raíz en su mochila, creyó haber dicho todo con la frase «A mí no, al Árbol Sagrado».

José miró hacia la rama vigorosa que pendía sobre él y los frutos que parecían hincharse de sabores con solo desearlos, deglutió sus ansias, pero no se tragó la historia del árbol del bien y el mal. Estaba seguro que si a alguien debía gratitud era a ella, a su inteligencia, a su solidaridad tantas veces exteriorizada en las relaciones con sus compañeros de escuela e, inclusive, a su atolondramiento. La tenía al frente y la escuchaba, todavía lejana, contarle sus apuros porque el día, ese día, empezaba ya a pintarse ruboroso, y pronto caería la noche, sin que hubiesen podido avanzar una sola cuadra de su tercera jornada de peregrinaje. Él le sonrió todavía sin apuro, pero, de pronto, como si recobrara de golpe la conciencia, se puso de pie, recogió la bolsa de sus trastos e invitó a María a saltar con urgencia hacia el otro lado de la acequia, donde se veían en plena madurez cientos de árboles frutales. Debía de ser por ahí el camino o la ruta a seguir. En todo caso, había que cumplir con ese simple acto de saltar al otro lado como única alternativa, sobre un canal que tendría alrededor de un metro de ancho. María tomo la delantera, se retiró uno pasos, corrió para darse impulso y empezó a saltar, y, mientras lo hacía, José vio los frutos que tenía a sus pies, preguntándose por la seducción que lo asaltaba desde el día que soñó con los *lozumbes* y por la irrefrenable apetencia que le producían. Sin encontrar respuesta y atrapado por ese señuelo, sintió que su voluntad se doblegaba, que su cuerpo se inclinaba hasta el suelo y que sus manos recogían dos de los frutos fascinantes y los guardaba con urgencia en su bolsa de viaje. Cuando se puso de pie, María terminaba su salto, pero no la vio llegar al otro lado sino desvanecerse en la caída y desaparecer o, quién sabe, diluirse en una zona más allá, o más acá, de lo visible. José cargó su bolsa al hombro, tomó viada y empezó el largo salto, en la misma dirección que había seguido su compañera, buscando correr la misma suerte. Cayó junto a María, justo cuando ella depositaba en el suelo una pequeña cesta de bejucos que había construido y ponía en su interior las primeras frutas recogidas.

—¿Por qué te demoras tanto? —preguntó la niña.

—¿Demorarme?... Pero si salté detrás de ti.

—No entiendo. Hace como una hora que te espero. Pensé regresar a buscarte, pero me di cuenta de que ya no se podía volver.

Ahí estaba, o mejor, iba, de nuevo el tiempo gastándoles una jugarreta más. José miró hacia atrás y constató asombrado que el gran árbol que ocupaba el centro de esa suerte de edén había desaparecido y que en su lugar, ahora lejano, se recortaba el cielo como sobre el horizonte, como si a la parte andada, o trajinada, se le hubiese dado un gran tajo para desaparecerla, como si el camino fuese solo hacia delante, es decir, hacia la cola de Quetzacóatl. Atrás iba quedando un horizonte sin relieves como el borde de una inmensa moneda, pero el cielo sin mancha, con toda la gama del granate almandino, matizaba también la abundancia del vergel. Se diría, por el paisaje que se alejaba o se perdía, que los dos muchachos avanzaban sin proponérselo, o mejor, que el espacio avanzaba sin ellos. Sería cosa de la morada de la luz y el conocimiento, del Hanan-Pacha que anticipara la poderosa deidad, o de un lugar celestial donde, de acuerdo a cánones terrenales, nada resultaba cierto. De todas maneras, siendo la apariencia el único referente, María y José recogieron unas cuantas frutas más de la inmensa variedad que se les ofrecía, las colocaron en la cesta y se aprestaron a seguir adelante, buscando la ruta que los llevara al final de Quetzacóatl. De pronto, José apresuró sus pasos y se internó por un sendero que se abría entre los árboles, corrió como pudo en medio de la estrechez, se agachó y recogió un papel que había visto blanquear entre los tallos y la hojarasca. Más allá, como señalando el camino, se veía otro y, al parecer, otro más.

—Creo que encontré tu mochila —gritó el niño, mostrando esas hojas a su compañera.

Eran, ciertamente, hojas pautadas, pero no las que José llevaba aún en su bolsillo sino las otras, las que el viento les había arrebatado poco después de encontrarse en el desierto. En el revés llevaban las mismas huellas de don Francisco Axitimbay, aquellos garabatos con un mensaje que los niños no habían podido descifrar hasta el momento. Sin embargo, no podía haber sido el viento el que las hubiese arrastrado hasta el lugar, puesto que no se lo había sentido con la fuerza necesaria para tal travesura, sino algún agente con manos y patas del que los muchachos empezaron a sospechar. Siguiendo el sendero trazado entre la maleza por unas cuantas hojas más, José y María encontraron el saco de lana verde, dos calabacines de aquellos que aportara Dino en el desierto y los binoculares con uno de sus cristales roto. Con ello, empezaron a descubrir la participación de alguna otra manada en esta fechoría, pero el misterio de las hojas pautadas en ese lugar seguía sin resolverse. Sin darse cuenta, habían dejado atrás el paraíso de las frutas y ahora caminaban bajo unos árboles robustos y musgosos, de cuyas ramas colgaban varios nidos de paja y greda, de los que entraban y salían cientos de hermosas avecillas, como oropéndolas de colores amarillo con negro, carmesí con negro y celeste con negro, que ejecutaban una verdadera sinfonía de silbos y aleteos. Completaba el concierto una manada de roedores, quizás guatusas pequeñas, cascando los huesos de pequeñas frutas que caían de los árboles y haciendo sonar sus dientes como castañuelas. Finalmente, ya con él último rayo de la estrella, se escuchó un atiborrado aplauso y los vivas y hurras a cargo de un grupo de tities, quizás la misma banda, que chacoteaba sobre la copa del último árbol de esa jungla. Más allá, como marcando su límite, se divisaba una enorme y platinada piedra plana que se elevaba desde el suelo como un ala incrustada entre las raíces. Las luces de la tarde agonizante pintaban sus aristas de escarlata y matizaban con ocres de almagre la masa verde de la floresta. Un relámpago inesperado devolvió por un instante los colores a la selva y un largo y tenebroso trueno puso a temblar a todos los seres vivientes. Del árbol de los simios cayó entonces la última prenda de María, la mochila, más raída y deshilachada que antes. Los niños corrieron a recogerla, y, mientras aves y monos huían despavoridos, la lluvia y la noche caían al unísono, desbaratando lo que al parecer eran cielo y tierra.

Guarecidos bajo el ala pétrea, María y José miraban la más grandiosa tempestad de todos los tiempos. El mundo era agua, bramidos y fogonazos; árboles que se desgajaban bajo el impacto de los rayos, ríos correntosos que aparecían en cualquier hondonada, derrumbes de montañas, inundaciones, quejidos estridentes de animales pavoridos, sabandijas que se refugiaban bajo el mismo alerón de piedra; y todo, alumbrado por la misma luz intermitente de los rayos en seguidilla que repartía sablazos aquí y allá, mostrando apenas los retazos de una catástrofe mayor. Cada impacto celestial parecía marcar el inicio de un nuevo aluvión que se sumaba al desconcierto, y cada torrente que sobrevenía se agolpaba sobre los otros, en la misma ruta de la calamidad y la muerte. Arriba, en los cielos, en el Hanan-Pacha, la primera morada de Quetzacóatl, la luz del entendimiento luchaba por abrirse paso entre las tinieblas y el caos, mientras dos niños asustados por la borrasca interminable se rendían al sueño, en medio de gusarapos y alimañas, criaturas ahora inofensivas ante la espantosa adversidad. A saber cómo pudieron conciliar el sueño, adormecerse entre rayos y truenos como si fuesen una canción de cuna, cerrar los ojos frente al desastre, abandonarse a la buena de Dios y aferrarse a la esperanza de salir con vida; a saber si fue disposición de la misma Providencia o un recurso extremo de la condición humana. José y María durmieron hasta el amanecer, cuando un viento helado los despertó para que vieran, con la tenue luz triunfante, la magnitud del desastre. Era un paisaje gris con seres fantasmagóricos de brazos caídos que se mecían en la bruma, de entes apaleados que deambulaban olisqueando algún alimento, de riachuelos tímidos que se escurrían bajo la hojarasca buscando las entrañas de la tierra; eran esencias vivas, sin embargo, escudriñando el nuevo día.

Dos hilos de agua cristalina que descendían del alerón de piedra y se trenzaban graciosamente en su caída sacaron a María de su letargo, rascándole sus zapatos. Ella recogió sus piernas y se incorporó inmediatamente. Tenía sed. Se acercó a la diminuta chorrera, hizo un cuenco con sus manos y las colocó bajo el surtidor, pero tuvo que retirarlas de inmediato, pues el líquido bajaba quemante, como si manara de una tetera puesta al fuego. Entre las ramas caídas, bajo la hojarasca verde, se escuchaba correr pequeños arroyos, buscando el cauce de su destino. María apartó las hojas de un claro en la enramada y se inclinó a beber de una dulcísima corriente que parecía acarrear la esencia de la yerbabuena. Con ese aroma fresco en la boca y en el cuerpo, sacó de su mochila los dos calabacines que había recuperado, los llenó con el agua balsámica, los tapó con las tuzas y los volvió a guardar. Luego tomó de la cesta una especie de pomelo y empezó a hendirle las uñas, procurando partirlo en dos. Así estuvo largo rato, sentada bajo el alerón, mirando a la estrella del día que empezaba a abrirse paso entre la niebla, anunciándole que ya se iniciaba la cuarta jornada de su peregrinaje sobre la fragosa superficie de Quetzacóatl. Era, pues, necesario ponerse de nuevo en camino, pero José parecía seguir durmiendo o estar adormecido igual que esas sabandijas que habían amanecido en su cabecera. La niña se le acercó ofreciéndole su media cáscara de pomelo llena de jugo granadino, tal como lo hiciera bajo el gran árbol de *lozumbe*, cuando le curaba sus heridas.

—Bajo el *lozumbe* no había esta fruta ¿De dónde la sacaste cuando me curabas? —preguntó José, sonriendo.

—Era una sola que circulaba en la acequia donde caíste. Sería un regalo del cielo...

—Gracias, María.

Hubo un ligero temblor. Cientos de sabandijas, salamanquesas, escarabajos cornudos, lagartijas, ciempiés, gusarapos de toda calaña empezaron a salir apresurados debajo de la piedra y a refugiarse atropelladamente entre las grietas y escondrijos abiertos más allá, junto a los troncos y las rocas del lugar. José se incorporó de un brinco, tomó la cesta de frutas y la bolsa de sus aperos, se acerco rápidamente a María y la obligó a correr con él unas dos cuadras más allá, donde un enorme tronco caído les impedía el paso.

—Si esos animales corren debe de ser por algo —dijo José, mirando el alerón de piedra bajo el cual habían pernoctado.

La colosal plancha rocosa vibraba, un bostezo profundo se escapaba de las entrañas de la Deidad, mientras los últimos animalejos se perdían por las rendijas de la tierra. Las primeras plantas empezaron a quebrarse bajo el peso de la mole que se venía al suelo, completando la tarea devastadora de la tempestad. Los robustos troncos de la selva que habían resistido los embates de los sablazos eléctricos eran una simple chamiza crujiente y quebradiza que desaparecía hecha añicos bajo la aplastante enormidad. En medio del ruido crepitante de la jungla, luciendo su color gris platinado bajo los efectos de la luz estelar, el alerón rocoso se depositó humildemente a los pies de María y de José. Era una hermosa mole esculpida en una sola pieza, con una larga escalinata que ascendía hasta un portal decorado en bajorrelieve con motivos andinos y una gran chacana que se levantaba sobre el arquitrabe, una cruz que sobresalía del cuadrado que la contenía y un círculo vacío en su centro, que parecía contener el infinito. Por los flancos de la escalinata, dos finos canales cavados en media caña conducían, al parecer, agua hirviente hacia los arcanos de ese mundo. Detrás del portal se divisaba un inquieto resplandor anaranjado que, de rato en rato, lanzaba al aire una serie de fulguraciones flamígeras, que se reflejaban en el graderío como un juego de luces atravesando el agua. Era, podría decirse, la liviandad del fuego penetrando en la dureza del granito para hacerlo alabastrino y mostrar bajo su peso una suerte de savia enrojecida y bullente que buscaba cauces más amplios para su tarea vital. La roca temblaba como una isla flotante sobre un lago de fuego, y la cruz andina que la coronaba en lo alto se balanceaba a diestra y siniestra como timón a la deriva. Los niños se miraron atónitos preguntándose qué hacer; pero la respuesta parecía ser una sola: el graderío era el único camino a seguir, y el portal, un hito seguro que habría que atravesar para emprender la última jornada de su peregrinaje. Se tomaron de las manos y dieron los dos primeros pasos sobre la escalinata. El seísmo pareció aplacarse bajo las pisadas, pero la roca seguía vibrando como la fibra tensa de un redoblante, como el rumor continuo de un templo a la hora del sacrificio. Los pasos de José y María se escuchaban nítidos, lentos, acompasados, golpeando con precisión sobre la extraña caja de resonancia en que se había convertido aquella mole escultórica. Eran dos los que ascendían y, sin embargo, se diría un cortejo ceremonial que marchaba religiosamente hacia el altar de las inmolaciones. No sabían lo que les esperaba bajo el portal de piedra, si el ara que ya se adivinaba sería para recibir ofrendas o quién sabe qué sacrificios de sangre; pero avanzaban serenos, como si hubiesen aceptado de antemano alguna abnegación, como si algo los condujera inexorablemente hacia una meta insondable a la que no fuera posible renunciar. Sin embargo, mordisqueando el fondo de la memoria, estaban las incidencias de su peregrinaje sorteadas al albur, insinuándoles que esta vez también saldrían indemnes.

Bajo el gran portal, sobre la superficie perfectamente plana y horizontal del monolito, se levantaba, siendo parte de su mismo bloque, el altar de las oblaciones, una sobria caja rectangular en forma de mesa, sobre la que descansaban una vasija tendida, un copón y un puñal, finos objetos forjados en oro de buena ley y decorados con bajorrelieves de símbolos geométricos y extraños. Allí se habrían celebrado en otros tiempos quién sabe qué rituales con ofrendas o sacrificios de una ya vieja religión, que la pátina del oro y la piedra no habían podido revelar, pero que José y María intuían, como herederos de los retazos de una historia milenaria. Ahora no había sacerdotes ni fieles, pero alguna ceremonia debía cumplirse para ir más allá del fuego que allí, detrás del portal, se enseñoreaba sobre un inmenso pebetero, cuya curvatura se confundía con el tembloroso horizonte. Eran una llaga viva de fuego denso sobre el lomo de Quetzacóatl y, bajo ella, la escena sobrecogedora de las entrañas retorcidas que aparecían al fondo de la roca fluida, quizás una úlcera nacida de la angustia divina, una llaga que María y José, bajo la inspiración del mismo Dios, presentían que debía ser aplacada con sangre y savia. O, tal vez, lo sabían, en algún momento lo supieron, o fue una historia que oyeron contar, una suposición, una fábula, una creencia, y algo del sacrificio se les fue quedando en la memoria.

Buscando con la mirada la aprobación de su amigo, María tomó el cesto de bejucos con las frutas que habían recogido y lo colocó sobre la bandeja de oro. Los rumores del fuego y del agua parecieron aquietarse, pero pequeñas flamas empezaron a filtrarse bajo la vasija, y el agua hirviente de los canales dejó de fluir en ese momento. Un vapor oloroso se fue desprendiendo de la oblada vegetal, y las frutas y bejucos empezaron a secarse visiblemente, hasta convertirse en un montón de palillos quebradizos y un puñado de semillas pequeñitas. María tomó con cuidado los restos de su ofrenda, que al parecer había sido aceptada, y los guardó en su mochila, envueltos en una hoja de papel pautado.

José se acercó temblando al ara y tomó el puñal.

—¿Qué vas a hacer? —preguntó María, retirándose un poco de su lado.

—Lo que me toca...

—¡No!

José le sonrió y le pidió que sostuviera el copón. Puso su muñeca izquierda sobre la boca del objeto e hizo un corte profundo en sus venas. La sangre empezó a caer, gota a gota, en el fondo del recipiente y luego, a borbotones, apresurada por colmar la enorme capacidad de ese cáliz succionador que parecía no llenarse nunca, como si alguien estuviese bebiendo al mismo tiempo que la escancia. El fuego y sus rumores parecieron desaparecer, y en el espacio inmenso solo se escuchaba la caída nítida y sostenida de la sangre sobre la sangre, del hilo cantarín por el que se escurría la vida. Un cielo gris comenzó a descender en forma de niebla sobre el altar de la inmolación, y, con él, el frío, la palidez del alma, la desazón y la soledad. El copón en manos de María era, sin embargo, un corazón gravitante, incandescente, la llama de una vida concentrada en su mínima expresión, que la niña no pudo sostener por más tiempo, que cayó sobre la piedra como arrojada después del libamiento, sin una sola gota del licor que embriagara al soberbio Dios. Recibidos el sacrificio y la ofrenda, como si la fe se derrumbara, se vinieron a la losa, convertidos en arena, las columnas, el arquitrabe, la chacana, los frisos, el ara, los objetos consagrados y toda la parafernalia de una ritualidad que ahora resultaba cruel e indescifrable. Sobre el polvo del desastre, aún caía, tarda y perseverante, la sangre del muchacho, quien, a pesar de la inconsciencia, se mantenía en pie como una estatua de argamasa que sobresalía entre los escombros. María lo tomo en sus brazos, lo arrastró hasta el filo del ahora rústico peñón y lo recostó sobre un promontorio. Al fondo, la úlcera divina se avivaba apenas como la brasa al paso de la brisa, pero la ceniza gris volvía a cubrirlo todo, marcando su extinción. María sacó de su mochila el pedazo de raíz del árbol sacro que había guardado, la quebró en uno de sus extremos y dejó caer el látex sobre la muñeca herida de José. Una costra trenzada empezó a formarse con la mezcla de las últimas gotas de sangre y la savia sagrada, y la llaga empezó a desparecer bajo esa manilla fibrosa convertida en carne. La niña sacó de su mochila uno de los calabacines y dio de beber a José, sorbo a sorbo, el agua que había recogido en el riachuelo. Un minúsculo chorro se deslizó por la mejilla del moribundo y cayó al fondo de la inmensa herida de Dios, pero fue suficiente para que brasa y ceniza se levantaran en una humareda chasqueante, que se fue dispersando con el viento, dejando al descubierto parte del magnífico esqueleto de Quetzacóatl. José, reconfortado, abrió los ojos al abismo. Ahí se veían ensartadas las colosales vértebras de la divinidad y sus blanquísimas apófisis, y, bajo esa columna, en medio de la entraña oscura, el corazón pujante que se hinchaba y comprimía, pausadamente, como fuelle vulcanio. Era el verbo del Dios hecho carne, el crisol de una alquimia cósmica que se abría ofreciendo sus abismales arcanos a los ojos de dos mortales, que no pudieron resistirlo. El vértigo les turbó el entendimiento, y ellos, enceguecidos, solo pudieron saltar, o dejarse caer, una y otra vez, sobre el espinazo divino, que parecía arrojarlos de cresta en cresta, hasta el otro extremo de la llaga, donde José y María pudieron sentirse vivos nuevamente.

A saber si la herida, la del Dios, se habría cerrado después del salto postrero o con el sacudón de la última cresta calcárea, o si desaparecería como aquellos elementos que habían formado a su tiempo las pruebas del peregrinaje y se habían diluido al pie del sueño. Nada quedaba detrás, aparte del abismo, inmensa masa transparente que parecía avanzar inexorable, pisando los talones de María y José, borrando toda huella de su encuentro con Dios. Frente a ellos, escamado con lajas de jade que vibraban unas sobre otras como cascabeles, se extendía el inmenso lomo de la Serpiente, y, encajada entre las grietas que dejaba la cresta, se levantaba la interminable hilera de plumas blancas que se mecían vibrando acompasadamente como si alguien las tañera. Eran la encordadura de una música grave y profunda que se perdía en el infinito y regresaba, levantando un vaho grisáceo de formas envolventes como ondas encadenadas que se sostenían unas a otras para durar el tiempo de su sonoridad, lo milimétricamente necesario para ser y desaparecer, el instante y el silencio abismal que lo consumía, la melodía celestial que jamás quedaría en el recuerdo, extraña forma de armonizar sin recorrer el tiempo. El sol, otra vez el sol, se vislumbraba al fondo, abajo, como enterrado en el Ucu Pacha, el cielo de adentro, y parecía marcar la última hora y el camino para llegar a la noche. Inesperadamente, las plumas empezaron a desprenderse en seguidilla y a elevarse hacia el otro cielo, anunciando el regreso de Quetzacóatl a sus aposentos. El lomo de jade se cerraba sobre las grietas abiertas por los cálamos, formando un sendero rocoso que descendía al sol, pero cuyo principio desaparecía devorado por el olvido, desde donde José y María, con la última partícula de conciencia, intuyeron que debían saltar y correr mientras durara la visión. Cayeron de rodillas sobre las duras aristas del jade, rodaron por las escamas resbalosas, lograron asirse casi con las uñas de alguna protuberancia, se arrastraron hasta el sendero de la cresta y empezaron a correr con el abismo persiguiéndolos. Algunas hojas de papel pautado volaron por los aires y se perdieron en aquel plasma etéreo, cuya presencia solo era posible adivinar en su avalancha devoradora, mientras engullía los anillos rocosos de la Serpiente y amenazaba con llevarse los aperos que los niños, en su carrera desenfrenada, apenas podían sostener sobre sus hombros. El sol se ocultaba ya en las entrañas del cielo de abajo y, en la penumbra, apenas era posible distinguir el último tramo del sendero de jade, esa dura superficie que ahora se desvanecía bajo los trancos de María y José. Ya nada resultaba creíble aparte del resuello, la sangre estallando en las sienes y la angustia, aquello tan palpable que se desplomaba con ellos y se clavaba en la noche y que la substancia del olvido jamás pudo alcanzar. Cayeron de bruces sobre la arena, en medio de una humareda espesa, donde ya Tezcatlipoca los estaba esperando.

5

Con su aliento de humareda y dos estrellas pálidas que marcaban una suerte de sonrisa, la noche era una inmensa boca abierta en el infinito. Negra, profunda, con extraños fulgores de espumarajo bullendo en su interior, como si regurgitara su alimento de siglos, echaba a la tierra un vaho espeso y maloliente, que se depositaba como un manto sobre las ondas de arena. Un gran anillo platinado que parecía incrustarse entre las dunas marcaba los límites de las tinieblas. En su exterior, otra noche, más densa e impenetrable, parecía devorarlas, y otro anillo, apenas perceptible, lo engullía todo. De pronto, con un silencio hueco que se instaló de golpe haciendo ostensible el rumor que se apagaba, la gigantesca boca comenzó a cerrarse por dentro, como si una puerta corrediza surgiera de su garganta, o una epiglotis de piedra negra y bruñida, o quizás un espejo oscuro de obsidiana, que parecía reflejar el mundo en su totalidad o devorarlo desde siempre. Pero no era lo inmediato lo que ahí se veía reflejado; se diría que, más bien, el pasado, las grandes ciudades de una civilización remota, las usinas de una industria boyante, los vehículos de altísima velocidad, los generadores atómicos, las pantallas de la ultra comunicación reproduciendo miles de imágenes y reproduciéndose a sí mismas, la luz mortecina iluminando inmensas bodegas y almacenes, grandes basurales, troneras y respiraderos del subsuelo, cloacas, y la gente, ríos de gente desplazándose apresurada, a quién sabe dónde. Una gran humareda se escapaba por detrás de la obsidiana, como si fuera el resuello de la gran civilización que se ahogaba, y el olor nauseabundo volvió a asentarse sobre las dunas, y el rumor de la industria, sordo, lejano, monótono, se escuchaba como un largo quejido agonizante.

—¡Albanuma! —gritó, de pronto, José, señalando el centro de la obsidiana.

Como si fuera la pantalla de una mente dislocada, revolviendo imágenes de catástrofes apocalípticas, de lluvia de fuego sobre las grandes ciudades, de explosiones de ojivas nucleares, de miles y miles de cabezas humanas ardiendo en refugios laberínticos, y como si fuera un respiro, el gran espejo empezó a acercarse hacia una pequeña ciudad enclavada en las faldas de una enorme montaña de tres picos pedregosos y rojizos.

José tomó a María de la mano y la obligó a correr hacia la roca vítrea. Ella lo detuvo tirando con fuerza de su brazo, antes de que el niño pudiera estrellarse.

—¡Espera!

—¿Qué pasa? ¿No quieres volver?

—Quetzacóatl dijo que no nos dejáramos tragar por la noche.

Tezcatlipoca, el Señor de la Noche, mostraba ahora las calles desiertas de Albanuma, alumbradas por un tejido de lámparas que lucían como brasas, a esa hora, seguramente de la madrugada. Los árboles de las avenidas se veían como fantasmas esqueléticos, estremecidos bajo el viento helado que pugnaba por arrancarlos y arrastrarlos hacia las faldas de la montaña, aquella mole rocosa de tres picos, que alguna vez luciera su impresionante casquete de hielo; alguna vez, no haría mucho tiempo, cuando José y María y el resto de compañeros del coro soñaban con coronarlo. Era el tiempo del Gran Nevado Chimborazo, de las correrías en el páramo persiguiendo conejos y zarigüeyas, de los altísimos peñascos donde revoloteaban los cóndores, de las perdices desenterrando los chochos recién sembrados; el tiempo de la cebada y el maíz pintando cuadrículas de verde y dorado en el horizonte; de los riachuelos transparentes que se desprendían de la nieve y bajaban prestos a alimentar el torrente del Gonzacola, el río dulcísimo flanqueado de sauces y *porotillos*, que dividía Albanuma en dos, y que Albanuma lo adornaba con sus trece puentes y sus balaustradas blancas. Era Albanuma, inconfundible, la que el Gran Dios de la Noche mostraba, pero algo, aparte del entorno erosionado, la hacía diferente, aún en el barrio de la escuela y el coro donde todo parecía estar en su lugar: la calle de la cuesta y su alta vereda, la placita y su glorieta, las casas de dos pisos y sus balcones poblados de geranios. Y ahí estaba José, a veinte pasos del jardín frontal de su residencia, extrañado porque las rosas habían desaparecido en plena temporada de floración, y en su lugar había quedado un enchamizado listo para el fuego. Hacía falta la chispa, que quizás Tezcatlipoca estaba esperando, y que talvez el niño, convertido en *tóxcatl*, la víctima joven para el sacrificio, podría provocar tocando apenas una rama con su desesperación abrasadora. Entonces, como se sabía, las llamas consumirían todos los recuerdos.

—¿Te acuerdas de la historia de Ariadna? —preguntó María, tomado la mano izquierda de José, antes de que diera el primer paso.

—Mi mamá debe de estar preocupada.

—Dame tu dedo meñique —dijo María, reteniéndolo con fuerza.

Ató al dedo el extremo del hilo de lana de su saco verde, que había empezado a deshilar por su manga izquierda, y dejó que José se encaminara hacia la noche, segura de que, en el momento en que se entregara al sueño del Espejo Humeante, con solo tirar de la madeja que iría quedando, lo haría regresar. Esa tricota de una sola pieza que había tejido su madre la había acompañado, de lo que recordaba, durante los últimos dos años, y ahora se desintegraba lentamente, como hilvanando de otra forma los recuerdos en aquella agujeta de doble punta que parecía hurgar en la perdida cotidianeidad del hogar. Su madre Rosenda, trasnochando y madrugando con madeja y agujetas en su falda, cantando su tonadita silenciosa, le daba la bendición para que Dios la acompañara a la escuela y la trajera de vuelta, para que nunca le faltara su chicha de maní con roscones de viento, la ternura palpable con que la recibía. Cómo saber si Dios y las bendiciones podrían regresar por ese hilo tenso y vibrante que se clavaba en la noche, buscándolos, ensartándolos en sus dones, como las pepitas de lágrimas de san pedro con las que se hacían los rosarios. Mientras la lana se soltaba de sus nudos, el frío penetraba y ocupaba su lugar, punto por punto, haciendo círculos sobre el cuerpo de la niña, rodeándola con esa puntada hiriente que la inmovilizaba sobre la duna, frente al Gran Espejo de Obsidiana, que ya se reblandecía para dar paso a José y abrirle las puertas de su extraña morada.

Entró directamente a su habitación y al día en que la había dejado, con la cama revuelta, su guitarra y sus partituras listas para ir al ensayo, el montón desordenado de sus libros y cuadernos, la computadora, los sellos y banderines, su diploma de abanderado, la fotografía con María Axitimbay y sus compañeros de sexto grado, el sueño y la sed dominándolo. Se había levantado de madrugada, sonámbulo, buscando algo para beber, pero no había nada en la refrigeradora, aparte de telarañas en desuso y un plato con un pescado reseco. Fue a la cocina, tomó un vaso e intentó abrir el grifo del fregadero, pero solo cayó un polvillo de herrumbre y unas escamas de metal. Salió, caminó en puntillas por el pasillo en penumbra, para no despertar a sus padres ni a sus hermanos, que a esa hora dormirían, y entró al baño. Las llaves de agua de la ducha y el lavabo estaban abiertas, y una huella ferrosa que nacía al pie de la canilla se escurría por la cernidera, acarreando la sequedad. Alguna vez, le pareció, había tenido esta suerte de pesadilla o premonición, en la que el aire lo lastimaba por dentro y por fuera, y se le concentraba en la garganta como un haz de astillas que le impedían gritar para implorar que una mano providencial lo socorriera con apenas dos gotas de agua. Así, se le ocurrió, habría empezado la metamorfosis de los *jauriyashkas*, con el dolor y la desesperación que ahora lo impelía a correr atropelladamente por los pasillos y a romper las puertas de los dormitorios, para de alguna manera llamar la atención de los suyos. Pero su madre Matilde, su padre Miguel, sus hermanos mayores Lorenzo y Andrea yacían como momias en sus lechos petrificados, formando parte de una sola sustancia calcárea y gris que, al tocarla, se hacía polvo, se desvanecía como sus recuerdos, como todo lo soñado, sustancia inasible, sucedáneo de aquella cotidianeidad en la que se confiaba, y que estaba a punto de enloquecerlo, tal como habría ocurrido con los *jauriyashkas*. Ése era el temor, el asidero de conciencia que lo hacía romper con todos los recuerdos en los que ya no se podía creer. Ahora había que escapar de ese marasmo que estaba a punto de inmovilizarlo a él también y, quién sabe, si arrojarlo sobre el lecho de sus memorias y fundirlo en la misma sustancia deleznable en la que ya dormían sus seres queridos.

—Alguien me está esperando afuera —se dijo y se lanzó por las escaleras a la calle.

Descendía con la idea de tomar el aire fresco de la calle Bolívar, que se veía por el gran ventanal de su casa en el barrio De los Alisos y que corría bajo los cipreses húmedos y fragantes, inclinados hacia el río y la calzada. Desde allí vería la plaza Indoamérica con sus sauces llorones y su gran pileta de piedra, los surtidores a presión que formaban la gran flor de agua, bajo cuyos pétalos solía jugar a las escondidas, la escuela Rumiñahui con sus balaustradas de madera torneada y, desde el balcón de la campana, la pequeña ciudad blanca de Albanuma, sus tejados terrosos pintados de musgo, sus pequeños parques, las arquerías de medio punto que los rodeaban, los geranios, arupos, pomarrosas y cucardas que entrelazaban sus ramas y parecían tejer, entre jardín y manzana, una mantilla de filigrana por la que se colaba el aire fresco y se volvía fragante. Todo estaba en su lugar, pero no en su tiempo. Era una fotografía en grises, sin profundidad, en la que nada se movía aparte de los fantasmas que se agolpaban en la mente de José, aturdiéndolo con las explicaciones más absurdas, tratando de darle coherencia a un esqueleto de ciudad, con trazos disparatados que no representaban lo que allí se había vivido alguna vez sino un esperpento sin recuerdos para nadie.

Se había quedado sembrado en la mitad de la calle, como cualquiera de esos cipreses calcinados que aún se mantenían en pie, gracias a la quietud del aire. Nada podía moverlo ni inquietarlo, nada circulaba en su interior. Caería de un momento a otro en el mismo estado inerte de las cosas que ahora conformaban el cúmulo de la noche de Tezcatlipoca, la morada del olvido. Sin embargo, algo seguía girando levemente en un rincón de su conciencia, el recuerdo elemental de su sed, esa brizna de razón que lo hizo sentir que aún estaba vivo y que lo obligó a hurgar el resto de su memoria. Sed, pasos, fuente, lenta asociación que lo puso a caminar, aún sin dirección, en busca de agua.

Un sonido insólito se desprendía de cada pisada, y con ellos se desbarataba el poroso esqueleto de los árboles a la orilla del río. Las ramas caían y se convertían en polvo, y a saber si allí mismo, cuando él se detuviera y regresara el silencio, detrás de la niebla gris, pudiera verse de nuevo la límpida corriente abriéndose paso entre peñascos y raíces, los juncos de flores amarillas, los berros tendiendo su encaje verde en las orillas, los líquenes musgosos, los arrayanes, los helechos o, por lo menos, los cantos rodados de los playones, los que habían quedado acumulando algas, cuando el río caprichoso los dejó en el camino para cambiar su curso. Siquiera fuera una piedra, un tronco, una raíz, un terrón reseco, un pedazo de carbón, algo más benigno que aquella substancia negra y espesa que se había instalado bajo los puentes, un pantano aceitoso en el que flotaban una serie infinita de circuitos integrados, caparazones de equipos electrónicos, bolsas de detergentes, miles de bolsas plásticas, teléfonos celulares, calculadoras, computadoras, pilas, baterías, acumuladores, electrodomésticos de toda índole, cauchos sintéticos, tarros de aerosoles, plasmas hirvientes, corrosivos, burbujeantes, lubricantes, tirados allí para que el río diera cuenta de su condición indestructible y de su inutilidad. Nada consciente pudo agitarse entonces, cuando el gran fluido civilizador empezó a derramarse sobre el lecho del río; nada, ahora, aparte del grito de José.

Sería un gruñido largo, un crujido áspero, un alarido, nada humano reconocible, en todo caso, en ese ámbito donde el silencio le daba otra dimensión al dolor; pero era lastimero. Se removió en las entrañas del muchacho, explotó en su garganta, le arrancó dos lágrimas y se fue en el eco a derrumbar los trece puentes de Albanuma. Otra vez la materia deleznable cayendo hecha cenizas sobre el plasma nauseabundo y desapareciendo, sin un lamento, pues ya no quedan fuerzas, ni lágrimas ni voluntad. Los pies del niño se arrastran por inercia hacia la hondonada, la costumbre lo jala por el largo graderío, ahora sin flancos floridos, que conduce a su escuela. El portón de hierro luce desvencijado, los patios erosionados muestran sus grietas profundas allí, donde la pátina gris de los desechos ha dibujado garabatos sin sentido. Las aulas de la planta baja han quedado abiertas, y en los corredores se ven todavía, haciendo una sola pieza con la argamasa, carriles, libros, cuadernos y lápices, como si alguien los hubiese fundido en el mortero para perpetuar una fuga en estampida. Las gradas de madera que conducen al piso alto, quizás por estar bajo techo, parecen haberse conservado a salvo de la corrosión; sin embargo, no son capaces de resistir los primeros pasos de José; se derrumban y se convierten en el mismo polvo que cubre a la ciudad. Se diría que todo en ella es de un mismo material, sometido por quién sabe cuánto tiempo a la acción de algún agente homogeneizador. Pero qué tal si ese agente fuera el sueño, a pesar de su coherencia, nada resultaría confiable y, sin embargo, cualquier cosa podría ocurrir. Lo necesario sería, en cualquier caso, saber en qué terreno se está pisando y seguir la lógica de cualquiera de esas realidades. No obstante, la experiencia del niño nada tiene que ver con la lógica; el mundo de las coherencias se le cerró de la noche a la mañana, y, en su percepción, la verdad se la disputan los sueños y los recuerdos, en lo que cada uno tiene de palpable. Los dos gobiernan ahora sus sentimientos; el valor le nace de lo absurdo; por eso se aferra a la balaustrada y empieza a trepar por la viga inclinada que va del corredor al piso alto. Ahora que sabe por donde caminar, busca las hileras visibles de los clavos que sostienen los listones sobre las vigas y recorre en puntillas los pasillos altos, las aulas, igualmente abiertas de par en par, y avanza hasta el final, donde en un modesto letrero colgado del marco de la puerta se lee, «Sala de Música».

Era la única puerta cerrada bajo llave. Por el ventanal de pequeños vidrios enmarcados se veía el interior de la sala, los pupitres en perfecto orden con varias partituras sobre los tableros, el escritorio del Maestro Shalva con su portapapeles lleno de notas y cuadernos de música, el metrónomo, la vieja batuta, el diapasón y, en un estante con varios compartimentos, los instrumentos musicales de la orquesta infantil. Aquí el tiempo pasado solo ha sido ayer, cuando los muchachos han dejado sobre sus pupitres la pauta del «Pajarillo», la última canción ensayada en coro. Lo curioso es que hoy solo ha venido un alumno que no se hace problemas en esperar, que toma la llave que siempre se ha dejado en un resquicio entre el marco de la ventana y la pared, para que el primero que llegue abra el local y ponga en orden las cosas, como si hiciese falta en este paradigma de pulcritud. José camina entre los muebles, pasando la mano por sus bordes, reconociendo en cada puesto las señales particulares de cada uno de sus compañeros, pequeños detalles como etiquetas adhesivas en las carpetas, cenefas y ribetes al filo del tablero, fotografías de cantantes de moda, muñequitos de felpa, miniaturas de cerámica, medallas, dijes y más objetos de intercambio. Cada cual es como cada cual, diferente, con un poco más de esto que de lo otro, pero cómo se integran y armonizan, y qué bien va saliendo la canción del «Pajarillo». El Maestro Shalva echa a andar el metrónomo, toma el diapasón y señala las voces, toma la batuta y marca el arranque de la melodía. Desde su puesto en primera fila, José recorre las notas de su pentagrama, atento a todas las sutilezas de su cuerda, pero con el rabillo del ojo observa esa cuartilla amarillenta que está sobre el escritorio de su maestro. No es una partitura ni tiene letra conocida. Quizás por eso se destaca entre el revoltijo de papeles pautados que invade la mesa del profesor. Terminada la canción, el muchacho se acerca con curiosidad, toma la hoja amarillenta y a duras penas alcanza a leer lo que podría ser el título de aquel escrito, «Instrucciones para invocar a la lluvia», trazado con tinta y pluma metálica. El resto, en letra más pequeña, parece estar en quichua, pero no se podría asegurar en esta penumbra que apenas recibe un rayo de luz que parece venir desde el complejo comercial de Albanuma. Allá hay luz, se le ocurre a José, y si hay luz habrá gente, y si hay gente habrá agua. Con la angustia de la sed colgada de su garganta, el muchacho dobla el escrito, se lo guarda en un bolsillo, sale apresuradamente, se descuelga por uno de los pilares esquineros de la escuela y emprende su desbocada carrera hacia el lugar de la luz.

Era una mancha amarillenta en medio de la noche, algo así como el rescoldo en el que titilaba una brasa menuda avivada por el viento, la última imagen de la vigilia antes de cerrar los ojos, y era, así, la única luz para orientarse en el laberinto de calles irreconocibles de Albanuma. Hacia allá se dirigió, tropezando con las sombras, la atolondrada carrera del muchacho. Una nube de polvo que se levantaba de la calzada, mientras caían cornisas y tejados, lo acompañaba al pie de cada tranco; pero él, acostumbrado a caminar sin dejar huellas, parecía no reparar en el mundo que se iba desmoronando tras de sí, cubriendo la inmensa avenida que debería de conducir a su objetivo y que, de pronto, se estrelló contra una maraña de ramas carbonizadas, posiblemente restos de alguna alameda ahora invadida de espectros. La mancha de luz había desaparecido y estaría, a lo mejor, detrás de ese denso entretejido de troncos, ramas y raíces, que había que atravesar a tientas. Sus primeros pasos parecieron repetirse en las cavernas del laberinto y, se diría, otros seres solitarios caminaban buscando la misma fuente de luz, donde se encontrarían finalmente, y donde quizás alguno de ellos sabría dar una razón. La lobreguez, donde esos entes habrían estado a punto de tocarse, no era lugar para consentir la compañía de nadie y menos para confiar en revelaciones. De pronto, ante la proximidad de la luz, la desconfianza se habría apoderado de unos y otros, por lo que, cada quien a su manera, habría buscado refugio en su propio andarivel. Ahora se trataba de llegar primero a la meta sin despertar sospechas, caminando sigilosamente, arrastrándose por entre los meandros de la espesura, tragándose ese polvillo cáustico que se levantaba con el resuello. Así, reptando y conteniendo las ansias; José llegó al pie de un gran portal, donde la débil luz de un bombillo eléctrico, el único en buen estado de la serie que lo adornaba, iluminaba el gran cartel de letras en relieve, «The Family Mall». El muchacho se puso de pie con dificultad, imaginó una sonrisa y regresó a ver a sus competidores que se habían quedado a la zaga y que ahora sucumbían bajo el peso del inmenso bosque de carbón que se venía al suelo con un largo estruendo.

—Agua —dijo el muchacho y corrió por la gran galería de ingreso al centro comercial.

Detrás de las puertas automáticas, ahora abiertas de par en par, bajo la exigua luz de contadas luminarias, se veía el inmenso entramado de pasillos, recovecos y andenes, al filo de los cuales se asomaban los escaparates y más exhibidores de los grandes almacenes del centro comercial, los kioscos e islas de ventas al paso, los armatostes publicitarios, los carritos de expendio de bocadillos rápidos y refrescos. José corrió hacia uno de ellos, el que mostraba en su antepecho la imagen alegre de un grupo de jóvenes deleitándose con bebidas burbujeantes. Sin embargo, viéndolo bien, la alegría solo era una mueca dibujada en los rostros desvaídos de la muchachada, sobre un paisaje descolorido. Detrás del mostrador, en las estanterías supuestamente refrigeradas, se mostraban en perfecto orden, clasificadas por sabores, las hileras de botellas vacías, con sus tapillas herrumbrosas y una costra negra acumulada en el fondo, quizás la misma que se veía en el piso de cerámica, bajo un montón de botellas y cubetas de hielo vacías. El muchacho corrió hacia otro estante de refrescos y luego a otro, y se dejó caer, resbalándose en el vidrio del mostrador, y se quedó arrodillado junto a una pila de latas vacías de gaseosas de todo orden. Desde allí observó otros parapetos publicitarios de bebidas alegres, milagrosas, reconfortantes, chispeantes, pero ya no tenía sentido correr en busca de nada; aquellas imágenes descoloridas eran una suerte de alucinaciones de una realidad absurda y lacerante, un juego perverso de sensaciones, una burla que parecía prolongarse en los escaparates y vidrieras, donde unos maniquíes carcomidos de gorgojos exhibían, aún con elegancia, viejas telarañas e hilachas de quién sabe qué laya. Más allá, detrás de los grandes ventanales, sobre tarimas inclinadas, se lucían como gran cosa una especie de automotores que parecían rescatados del fondo del mar, con una costra de herrumbre que apenas dejaba adivinar su forma original. Aún así, detrás de los parabrisas aparecían unos cartelitos en los que todavía se leía, cosa curiosa, «for sale». Eran los mismos que todavía duraban, repitiendo con igual majadería la eterna consigna de los mercaderes, en los almacenes de electrodomésticos y equipos electrónicos, junto a cada ejemplar de esa sobreproducción de trastos tan seductores e inútiles, a esa hora, en sus caparazones plásticos de elegante diseño, los únicos que aún conservaban su factura original, envolviendo el orín generado en su interior.

José había caminado, quizás arrastrando los pies, sin reparar en el sonido que habrían producido sus pasos en ese cascarón de feria abandonado. Se diría que sus sentidos se habían aguzado en una sola dirección, la de percibir cualquier presencia de agua donde quiera que se encontrara. Ahora, cuando se había detenido para observar las estanterías del supermercado de abastos, pudo descubrir el silencio que imperaba en el lugar, desde haría quizás mucho tiempo. Entonces sus pasos parecieron nítidos golpes de baqueta sobre un redoblante, como si cada recoveco desecado por los años fuese una caja de resonancia de alta fidelidad, capaz de reproducir el mínimo resuello, el roce de la tela del pantalón en la piel, el toque de la suela sobre la mayólica. Eran los sonidos particulares, rara vez escuchados, convertidos ahora en las claves de su soledad. Así, como quien temiera de su propia sombra, el chico avanzó lentamente por los pasillos de las estanterías que lucían abarrotadas de aceites, betunes, detergentes, latas de conservas enmohecidas y un sinnúmero de bolsas y cartones cuyo contenido era un polvo blanquecino que se filtraba por rendijas y agujeros. Al fondo del local, bajo el cartel de frutas y legumbres, una mancha parduscca había rebosado los contenedores refrigerados y se había chorreado hasta el piso, dejando sobre el hierro enlozado la huella del néctar destilado lenta e inútilmente. En la esquina de uno de los congeladores, sin embargo, y a saber mediante qué fenómeno, tres chirimoyas habían logrado conservar su forma, aunque no su aspecto verde y lustroso, pese a lo cual parecían contener todavía aquella pulpa voluptuosa de la que tanto había disfrutado José, haría cuánto tiempo. El niño estiró la mano instintivamente, pero la contuvo dudando de esa sensación, más bien angustiosa, que se le acumulaba bajo la lengua, y, sobre todo, desconfiando de ese recuerdo dulzón que volvía a embestirlo como una ráfaga lacerante. Asimilado ese golpe, los dedos del niño tocaron levemente la superficie de las anonas y comprobaron que, de acuerdo al presentimiento, se trataba solo de un capricho más de aquella *surrealidad*, cuyos elementos se volvían inasibles a la menor vacilación. Eran, pues, los frutos de una espuma cristalizada y frágil que se desmoronó como un melindre en las manos del muchacho. Sin embargo, allí quedaron, en medio del polvillo insignificante, nueve pepas negras, endurecidas en una remota consigna contra la muerte, quizás la misma con la que José las guardó instintivamente en su bolsillo.

Ahora su mente estaba vacía, en ese estado ideal de apertura hacia una cierta sabiduría de orden intuitivo, tan buscada por algunos gnósticos y creyentes de la salvación individual y, quizás, nunca encontrada, puesto que la imaginación, con su infinita cadena de asociaciones, no ha podido ser desterrada completamente y siempre ha estado al asecho de tales ascetas para jugarles alguna mala pasada. En todo caso, antes de la meditación hacia la nada, habría que vaciar el mundo y entrar en este lugar, donde un niño se ha quedado sin historia, sin opciones, sin una dirección confiable, donde da lo mismo ir, venir o yacer. Quizás no se dé aquí tampoco la intuición reveladora de sapiencia, pero los sentidos, en su aspecto más elemental, se ponen a flor de piel, por lo que son capaces de percibir como ahora, en el último rincón de este inmenso complejo comercial, la caída de una gota de agua.

José salió en carrera y se dirigió, atropellando parapetos y cajones vacíos, por un largo pasillo que bordeaba el edificio y se conectaba, mediante un puentecillo, con otro pabellón del mismo centro comercial. Allí entró en un nuevo laberinto de paseos y corredores, franqueó una glorieta de espectáculos de corte flamígero, se enredó en un revoltijo de cuerdas de plástico, único testimonio de la música que allí se habría tocado, atravesó una plazoleta de comidas, despedazando los platos, vasos y cubiertos desechables que se habían acumulado en el piso, y cruzó por una especie de jardín artificial con flores aún rozagantes, detrás del cual se destacaba la marquesina todavía luminosa del International City Bank, bajo la cual se detuvo. Los cubículos de la vigilancia que flanqueaban la entrada principal estaban vacíos y la gran puerta de acceso del público, cerrada, pero sin sus seguridades. A través de la colosal pared de vidrio, que constituía la fachada, observó la hilera de ventanillas de atención al público, todas ellas, en sus mostradores y cabinas, abarrotadas de dinero, millones de billetes dólares de toda denominación empaquetados en fajinas prensadas de más o menos una cuarta de altura, papeles inservibles que alguien habría acumulado con quién sabe qué razones diferentes del intercambio. El niño empujó apenas una de las hojas de la inmensa puerta de vidrio, y ésta se desprendió de sus goznes y se vino al suelo aparatosamente, desatando un prolongado ruido de cristales rotos y dejando la entrada llena de afiladas y peligrosas aristas. Cuando volvió el silencio, el muchacho percibió de nuevo, con más nitidez, la caída de otra gota de agua sobre un piso aparentemente duro y el olor inconfundible de la humedad impregnada en el aire. Ahora sabía, casi con exactitud, hacia donde dirigirse. Dio sus primeros pasos bordeando el promontorio de cuchillos afilados y, desde su nueva posición al final de las ventanillas, descubrió un graderío circular que se introducía como un gran taladro en el subsuelo del lugar. La boca de ese foso tenía una puerta corrediza de cortina de hierro abierta apenas como para que pasara un brazo, pero sus rieles se veían con una costra de vejez que impedía su movimiento. Desde allí se veía una hilera de candilejas incrustadas en lo alto de las dos robustas paredes, unas encendidas con una fluorescencia agonizante y otras, definitivamente muertas. Bajo esa luz podían distinguirse los bultos de dólares que flanqueaban el graderío, acomodados en una suerte de percheros que llegaban hasta el altísimo cielo raso. Aquí el olor se volvía nauseabundo, pero por sobre él, de rato en rato, como una brisa ligera, se percibía la fragancia del agua pura. José tomo el asa de la puerta corrediza y tiró con fuerza tratando de abrirla; pero se quedó con la tiradera y un buen pedazo de cortina oxidada en sus manos. Empujando con sus pies, logró doblar algunos hierros y abrir un boquete que le permitiera entrar. Empezó a descender por las gradas sigilosamente y, a medida que se introducía en ese antro, se fue percatando de la presencia de alguien que trajinaba afanosamente en el fondo de la fosa. Sonrió francamente y apresuró sus pasos hasta llegar al piso del subsuelo, donde un nuevo portón de cortina de hierro cerraba buena parte del acceso, dejando a la izquierda, donde se había quedado atrancado por un taburete metálico, un pequeño espacio por el que se podía pasar. Se diría que aquel obstáculo había sido tumbado allí adrede por el personaje que se movía detrás de los grandes bultos de billetes, al parecer, contándolos y añadiéndolos a la descomunal cifra del banco, que se registraba, paso a paso, en una máquina calculadora que no paraba de sumar. José toco la puerta con sus nudillos. Nadie contestó, pero el portón se abrió completamente, dándole la bienvenida. El niño cruzó el umbral, y la puerta volvió a cerrarse rápidamente y a chocar con violencia contra el obstáculo metálico. Dio unos pasos más y descubrió por fin, a la derecha, la gran bóveda del banco abierta de par en par y repleta de botellas y bidones de agua. De uno de ellos, seguramente agujereado, volvió a caer una gota que se estrelló en el alma del muchacho.

—Gracias, señor —dijo el niño.

Caminó nerviosamente hacia la bóveda, buscando con la mirada al ser que, se suponía, le había abierto las puertas del lugar como señal de invitación, pero, al parecer, aquel funcionario había desaparecido no bien el muchacho había pisado el umbral de la cripta metálica. Dio un paso más. La humedad, la frescura y una dulcísima fragancia lo bañaron por fuera. Estiró la mano, tomó una de las botellas, abrió su tapa rosca… y hasta allí duró esa mezcla de felicidad y ansiedad que había ocupado su ser. El golpe de un brazo duro y articulado que cayó sobre su muñeca lo hizo soltar la botella, la que rodó por el suelo, derramando su precioso contenido. El brazo se irguió de nuevo y ya se preparaba para asestar un nuevo golpe, cuando José se dio la vuelta ágilmente y se tiro contra el perchero de su izquierda, para mirar cómo aquella pesada articulación se estrellaba con violencia contra los bidones de agua, perforando uno de ellos con su aguijón. Era la cola venenosa de un ser ya identificado la que ahora se sacudía para deshacerse del botellón, lo levantaba por los aires y lo estrellaba contra la pared de dólares del exterior. Allí estaba un viejo pero robusto *jauriyashka*, erizado de rabia, mascando espuma y emitiendo gruñidos amenazantes. No podía desplazarse con destreza, pues el piso de billetes en el que se movía le resultaba demasiado inestable, pero su ponzoñosa y larga cola lanzaba golpes a diestra y siniestra, derrumbando los promontorios de billetes, que ahora le servían de barricada al niño para esquivar el ataque y acercarse a rastras al portón corredizo que todavía mantenía ese pequeño espacio abierto por el que se podría escapar. Los golpes del aguijón caían pesadamente y levantaban esquirlas del piso de mármol, marcando una línea infranqueable entra la trinchera de billetes y el portón. De pronto, quizás por un desperfecto de los sensores que aún funcionaban, la cortina de hierro se recogió bruscamente y se lanzó de nuevo sobre el taburete de hierro que le impedía su movimiento final. Fue un instante, cosa de dos o tres segundos, pero fue suficiente para que el monstruo dejara de aguijonear y el muchacho saltara y atravesara el resquicio, esquivando por centímetros el último golpe de la enorme cola ponzoñosa, el que de todas maneras resultó mortal. Esta vez el obstáculo de hierro no resistió la envestida del portón corredizo, se hizo añicos y dejó que aquel mecanismo se transformara en una suerte de cizalla que aprisionó contra la pared el miembro articulado del enorme alacrán. Un alarido bronco estremeció el lugar. El *jauriyashka* saltó por sobre el promontorio de billetes, hizo una pirueta grotesca en el aire, hasta descoyuntar toda su estructura, y se aferró con sus tenazas a la dura cortina de hierro, la que ya empezaba a cortarle su larga extremidad y a exprimirle su veneno. Allí se alojaba, al parecer, su órgano vital, su reserva de vida. Se fue muriendo con cada gota de esa substancia tóxica que perdía. Pero fue la cizalla la que cortó definitivamente su existencia.

José lo vio caer como un paquete de huesos que quedó desparramado sobre el mármol, y vio cómo la luz mortecina se iba apagando de filamento en filamento, como si hubiese estado pendiente de manera exclusiva de la vida del arácnido. Entonces empezó a correr escaleras arriba, al tiempo que las paredes de dólares se iban desmoronando sobre la cripta, como raras ofrendas tiradas sobre la fosa mortuoria, el ornamento millonario para la tumba del banquero.

Corrió y corrió, a saber hacia dónde, con una barrera de sombras golpeándolo en el rostro y los fantasmas de la ciudad acosándolo, y él, salvando las apariencias, los espejismos de la noche, sin avanzar. Eran las tinieblas cerrándose vertiginosamente sobre el alma del muchacho, una mezcla de temores, de recuerdos ambiguos, de imágenes incoherentes sin asidero posible, una suerte de averno, de laguna negra sin barca ni barquero, cientos de cabezas del cancerbero aullándole al oído, aturdiéndolo para hacerlo caer a las profundidades estigias. Los reptantes de la noche trazaban caminos zigzagueantes que de pronto se desprendían del suelo como fuegos fatuos, revolviéndose en la nada. Entonces, ingrávido, empezó a trotar en el aire y a elevarse como una brizna, flotando en el límite del sueño y la vigilia, en esa caída infinita hacia sí mismo, en la que de nada sirve agitar las extremidades buscando asirse de las sombras. Tuvo por un instante la sensación de estar hundiéndose en un plasma de miles de ovillos grises que giraban vertiginosamente, enredándose unos con otros, desnudando sus ruecas negras e hilvanando trazos inútiles que insistían en detener su caída, y quizás lo habrían logrado, sería posible que volviera como impulsado por un resorte a su estado de ingravidez, pero cómo saberlo si los hitos de la conciencia habían desaparecido. Una ráfaga inesperada pareció disipar las sombras, las distancias empezaron a tomar cuerpo, mientras al fondo ya se vislumbraba la silueta de un sauce llorón. Reconocerlo pudo hacer sonreír a José; pero tocar el suelo fue un golpe doloroso. Tenía llagas en las plantas de sus pies y caminaba lentamente como sobre espinas, descubriendo los detalles de la plaza de sus recreos. Bajo el sauce llorón, negro, retorcido y sin hojas, ya no lloraba en realidad, estaba la fuente de piedra, otrora abrevadero de miles de pájaros, los pedazos quebradizos de una tubería oxidada que aún buscaba en el aire la flor de agua con la que se había adornado y, formando una argamasa sobre el fondo de la fuente, los cuerpos embalsamados de cientos de aves que se habían lanzado en picada contra la dura roca, como si buscaran la fuente de Horeb a la que había que tocar exigiéndole el portento del agua escondida. Pero, en realidad, debió de tratarse de un suicidio en bandada, de un cambio brutal de comportamiento o, quizás, del último espejismo que las arrojó a quebrar sus picos en el rígido granito. Quizás éste fue el último atisbo de conciencia, o de dolor, de José Robles, antes de lanzarse como un pájaro delirante, de cabeza, sobre el nicho de la muerte.

El fondo, esa extraña meta trazada en su lance de locura, tenía su rumbo natural hacia abajo y parecía estar al alcance de la mano; pero, cuando los pájaros salieron disparados, haciéndole espacio a su caída, una enorme mancha blanquecina pareció trastrocar la gravedad. En medio de las miles de aves momificadas que flotaban en un extraño vuelo desalado, el cuerpo de José pugnaba por caer y tocar de una vez por todas el anhelado fondo. Su mano derecha estirada con desesperación trazaba esa trayectoria, pero su mano izquierda pendía de un hilo que jalaba en sentido contrario, evitando su caída. Un dolor muy agudo en su dedo meñique lo hizo volver sobre un recuerdo claro, dulcísimo y confiable. Allí tenía la punta del hilo verde de lana que María Axitimbay amarrara en la juntura de sus nudillos, y que seguramente ella misma tiraba ahora, con desesperación y delicadeza al mismo tiempo, así como quien jala la cuerda de la cometa de papel que se quiere escapar al infinito, ¡vamos, no te rompas!, ¡no te quiebres, José!.

Colgado de un hilo, con el dolor recorriéndole por las coyunturas hasta el pecho, el niño Robles giró lentamente y, haciendo un esfuerzo sobrenatural, empezó a estirar su brazo derecho, poco a poco, hasta lograr empuñar su muñeca izquierda y aliviar en parte el tormento que soportaba en su regreso. Mientras lo hacia, las piedras se endurecieron y volvieron a su lugar. Entonces pudo agarrarse del borde de la pileta y arrastrarse hasta salir de esa cárcava, donde quedaron para siempre los pájaros fundidos con la roca, noble descanso que él no pudo alcanzar después de tan larga tribulación. Allí estaba de nuevo, regresando de una muerte inútil, resucitando con dolor, arrastrando los pies por un estrecho y obscuro callejón de piedras afiladas, jaloneado de su dedo meñique por hilo verde que se perdía al fondo, lejos, donde parecía titilar una pequeña luz. A ratos, el retorno se le hacía cuesta arriba, y las paredes ásperas se estrechaban desollándole la piel; pero la luz, intensa y cegadora, se volvía más grande, y no estaba, como se había dicho tantas veces, al final del túnel sino al principio, sin arcanos, seduciéndolo para que empezara de nuevo. Por lo pronto, su callejón de piedras empezó a iluminarse y sus paredes, ahora blanquecinas, parecieron abatirse hacia los laterales, como un cortinaje que cae para mostrar el gran escenario de un tierno suceso suspendido en el tiempo, hasta que él regresara. Allí, en el proscenio, arrodillada sobre un promontorio de arena, siendo parte de la luz, María Axitimbay enrollaba el ovillo verde, tiraba el hilo y sonreía, ¡vamos, no te rompas!, ¡no te me quiebres, José! Solo la fosa de la orquesta, al parecer, lo separaba de ella, y todo era cuestión de saltar de la platea al escenario; sin embargo, al momento de medir la distancia, sus manos tocaron la superficie cóncava y dura de la inmensa burbuja en la que se encontraba. Detrás de él, la noche de Tezcatlipoca abría sus fauces y amenazaba con devorarlo definitivamente, y el sueño lo jaloneaba con su pesadez hacia los ámbitos de la amnesia. Algo le revelaba, menos mal, que no debía mirar atrás, que tenía que mantener sus manos pegadas a la burbuja hasta que le quemaran y el cristal reblandeciera. Así lograría atravesar el umbral que le daba paso a la memoria. De pronto, partiendo del hilo que a esas alturas ya lo sostenía en pie, empezaron a formarse unas olas concéntricas en esa especie de córnea que lo separaba de la luz. Frente a él, la fosa era un abismo, y saltarlo era la única opción que le quedaba. Sin saber a ciencia cierta en qué tabla de salvación se apoyaba, tomó impulso, pero, en ese momento, algo empezó a quemarle entre la piel y el pantalón. Metió atolondradamente su mano derecha en el bolsillo de atrás y sacó una hoja de papel que se incendiaba, detrás de cuyas llamas aún pudo leerse «Instrucciones para invocar a la lluvia». Nada de lo que había caído en el Reino de la Noche, por lo visto, podía escaparse por ese boquete abierto en la piel de Tezcatlipoca. Mientras caían las cenizas del papel, un nuevo incendio se producía entre la piel y la ropa del muchacho, pero ya los dos mundos se desvanecían, negándose el uno al otro, y había que lanzarse hacia uno de ellos y ratificase con él. Saltó. Su cuerpo quedó suspendido en el aire, pendiente de un hilo que lo dirigía como a una cometa de papel. Cayó de bruces en la arena, a los pies de María Axitimbay. Ella le lavó el rostro y le dio de beber de su totuma de agua. El niño, con la cabeza apoyada en las faldas de María, se quedó dormido en pleno día.

6

—¡Qué sueño más espantoso he tenido! —dijo el muchacho cuando abrió los ojos.

Eran alrededor de las cinco de la tarde. El sol pintaba de dorado las crestas del inmenso lomerío y arrojaba sombras durísimas sobre los faldones de arena. A contraluz, con su cabellera encendida y juguetona, María Axitimbay le sonreía. Al fin y al cabo, a pesar de su desvelo angustioso y del viento helado que la había torturado toda la noche, había razones para agradecer a la Providencia por este día sin sobresaltos, en el que ella, vigilando el sueño de José, había disfrutado de la buena ventura de saberse acompañada. Desde que se hizo humo ante sus ojos la terrible faz de Tezcatlipoca, había empezado a transcurrir el día con la misma insistencia de un paisaje monocromo, sin otro límite que el arco horizontal borroso y lejano que trazaban las mismas dunas. Sin embargo, ella, en el oficio de girasol, había recorrido con su cuerpo lentamente la bóveda celestial, buscando la sombra para su protegido, y en ese decurso, dándole vueltas a los acontecimientos, había llegado a la conclusión de que la meta final de todo su extraño peregrinaje, si se diera, estaría ligada a la suerte de trajinar junto a su entrañable compañero de escuela. De cierta manera, se diría que el camino estaba trazado, aunque no se lo viera ni se supiera hacia dónde conduciría. Es que el destino Albanuma, al menos para ella, empezó a perder sentido, de la misma manera como lo perdió su padre, enterrado bajo un promontorio de arena, sin un lugar preciso en la geografía. Pensar en metas como lugares físicos resultaba, por lo tanto, dislocado, puesto que podría caber en cualquier parte de aquella infinitud, sin que se diferenciara de otra escogida por el albur. Allí mismo, sobre el collado arenoso en el que había permanecido vigilante noche y día, podría, de pronto, estar la meta; es decir, si lloviera, si el viento se arremolinara y transformara el paisaje, si descubriera una vertiente subterránea, un oasis; o si, talvez, allí cayeran, al final y al principio de la aventura, otros seres humanos y, en fin, si alguna cosa sucediera. No sabía cómo, sin perspectiva alguna, se le había emplazado la serenidad en el alma y le había permitido sonreír.

—¡Qué bueno que estés de vuelta, Robles José!

José levantó sus brazos, tomó suavemente la cabeza de María, la inclinó sobre sí y le dio un beso en la frente. Se incorporó a medias, como desperezándose, e intentó ponerse de pie. Un dolor muy agudo en el muslo derecho lo hizo desplomarse sobre la arena. Se tocó apenas sobre el pantalón y desprendió una costra de fibras sintéticas requemadas, bajo la cual se veían, distribuidas como en una carta de baraja, nueve llagas vivas de figuras ojivales, como las semillas que guardara en su bolsillo. Las nueve pepitas negras, que ahora se desprendían de la costra, se habían incrustado cual brasas en su piel y habían dejado unas huellas profundas, como tatuajes en bajo relieve, y no se explicaba cómo pudieron abrasarlo sin quemarse, sin reventarse ni convertirse en ceniza. Las tenía ahora en su mano, tan vivas y brillantes como cuando las recogió allá, en el antro de la noche, donde todo se volvía polvo, menos ellas. No estaba seguro de haber realizado un acto consciente al rescatarlas, y quizás todo, incluidos sus actos, venían ocurriendo de manera insospechada, por lo que, consecuentemente, todo se podía esperar. Esa impronta dolorosa en su pierna, por su extraña factura y origen incierto, bien podía sanar con otro fenómeno de la misma laya que, quién sabe, estaría por ocurrir. Tantas heridas habían cicatrizado de tantas maneras prodigiosas, que una más ya no lo sorprendería. El chico pidió una hoja de papel pautado, envolvió las semillas, las guardó en su bolsillo izquierdo y pidió a María que lo ayudara a ponerse de pie. Intentó dar unos pasos, apoyándose en el hombro de ella, pero la posición vertical pareció agudizar su dolencia. Se dejó caer de nuevo sobre la arena y se quedó contemplando la inmensa brasa anaranjada que mostraba el sol detrás de la cadena desolada del horizonte. Sobre la cresta lejana se habían formado tres nimbos insólitos de formas cónicas, que pintaban sus perfiles de dorado radiante y su masa, de un castaño oscuro y profundo.

—¡Son nubes! —gritó el muchacho e intentó levantarse de un impulso, augurando la lluvia.

—Sí, son nubes, pero de polvo —dijo la niña con cierta ironía.

La noche empezó a caer rápidamente, precipitada por esos cúmulos sorpresivos que fueron cerrándose frente al sol. María se arrodilló junto a José, apartó las hilachas quemadas del pantalón, sacó una totuma de agua de su mochila y dejó caer las últimas gotas sobre las llagas, esperando algún efecto vulnerario. Luego sacó una hoja de notación musical, la acomodó delicadamente cubriendo el hueco del pantalón y las heridas. Miró a su compañero, que se había quedado con la mirada perdida en aquel nubarrón, ahora disperso por todo el horizonte. Y si en verdad se tratara de una tormenta de arena, adónde se estaría dirigiendo, cuánto tiempo tardaría en alcanzar la pequeña duna donde se disponían pernoctar. Nada concreto la anunciaba, era cierto, aparte de esos tres nimbos que bien pudieron ser un fenómeno pasajero o un juego caprichoso de los rayos del sol quebrándose en la cresta final del lomerío. Nada, sin embargo, podía garantizar que no anduviera por ahí, agazapado entre las colinas, sin anunciarse, el Simún, la Gran Tormenta del Desierto, aquel tornado violento capaz de transportar por los aires casas, animales, árboles y todo lo que se le pusiere en su camino o, dependiendo de su genio, desaparecer aldeas enteras bajo toneladas de arena. Se diría que esa noche estaba para malos presentimientos, pero qué noche no lo había estado. La incógnita por lo que les esperaría al día siguiente, a falta de respuestas en la tierra, la habían puesto siempre a saltar de una constelación a otra, como en un juego de azar, tirando cartas a sabiendas de que todas tenían la misma figura. Pero hoy no había estrellas en el firmamento, aparte del círculo rojo que se vislumbraba detrás de la bruma, posiblemente el planeta Marte, ahora con un halo color ladrillo que lo acercaba más que nunca a contar la historia de su cíclica tormenta de polvo ¡Vaya refugio sideral! Quién sabe si esa polvareda rojiza no se habría formado por el desmoronamiento de millones de objetos calcinados, como los que había visto durante la horrorosa pesadilla en las entrañas del Dios de la Noche. Allí no había corrido mayor viento, claro, y el color que recordaba pudo haber sido apenas una concesión mental a los objetos supuestamente conocidos. Mientras relataba aquellas cosas que, de acuerdo a su aprensión, solo podían ser aceptadas como alucinaciones, María lo fue envolviendo con la manta y enfundando en la bolsa plástica, como lo habían hecho siempre para pasar las noches en calor. Reanimado por esos halagos y aliviado en parte de su dolencia, José se fue quedando dormido, ensartando sueños y temores, dudas y certezas, como las pepitas negras que ahora guardaba en su bolsillo izquierdo, las nueve úlceras amoratadas por el frío de esa hora o el pequeño bulto acorazonado y blando que, al tocar el fondo de la bolsa, ya con los sentidos adormecidos, tanteó con sus pies. Ya en el sueño, el esferoide fue identificado plenamente y, al parecer, se conservaba todavía fresco, como cuando lo recogiera al pie del denominado árbol sagrado, aquél de los frutos voluptuosos y las raíces balsámicas y milagrosas. Mecerse en esos sueños, en todo caso y en el ámbito que fuera, resultaría reconfortante.

Cuando abrió los ojos, tenía entre sus piernas el *lozumbe* maduro y fragante que, sin saber cómo, había hecho rodar hasta esa altura, impregnando su pantalón con el aroma irresistible de su pulpa. El muchacho estiró sus manos lentamente, tomó la fruta y empezó a escurrirse de la cápsula que lo había protegido durante la noche. María dormía profundamente aún. Una ligera brisa jugaba con los finos mechones de su cabello que sobresalían de la bolsa plástica. Sentado cerca de su cabecera, José se quedó contemplándola largo rato, endulzando los motivos que lo habían hecho responsable con ella, como si se tratara de una amiga desvalida o una hermana menor a la que había que proteger. Eso le había dado, ahora que lo pensaba, una razón muy poderosa para seguir lidiando en la confusa tarea de encontrar una salida a este camino de penitencias en el que habían caído los dos. Un cierto aire de seguridad empezó a recorrerle por dentro, mientras miraba como el sol rozaba apenas los penachos del lomerío, dándoles un finísimo ribete de oro, como si fuesen trazados a buen pulso sobre la arena aún obscura. Allí, en ese laberinto interminable de canales cambiantes que se abrían paso entre las dunas estaría el camino, marcado por hitos insospechados, que los llevaría finalmente a la perdida ciudad de Albanuma. Él los descubriría con la misma intuición con la que ha venido persiguiendo la ruta del sur, aunque, en realidad, solo había sido una orientación, aceptable, siempre y cuando el sol siguiera siendo un referente. Allí estaba de nuevo, ganando altura, repitiéndole la eterna cantaleta de que el sur quedaba a su derecha, preparándose para recorrer a sus anchas la inmaculada bóveda azul. Los nubarrones castaños habían desaparecido en el transcurso de la noche y apenas si un ribete anaranjado se desvanecía en el horizonte. Todo se pintaba con la monotonía de siempre y el día se anunciaba, al parecer, sin grandes cambios; aunque, claro, la sorpresa y el banquete que preparaba para su amiga con la fruta del paraíso en sus manos lo haría distinto. Sin acordarse de su herida, se puso de pie y dio tres pasos hacia la parte más alta de la duna. Se detuvo. El dolor, si bien había menguado, quizás por efecto del agua del edén, seguía allí impidiéndole desplazarse con libertad. Eso también, pensaba, haría un día diferente. Y quién sabe si esa suerte de serpientes de arena que habían empezado a formarse en las faldas de las dunas, que aparecían y desaparecían arrastradas por las hilachas del viento, no marcarían la gran diferencia. Corrían verticales y se enrollaban como la viruta de un gran madero, y se desvanecían en la base de los promontorios arenosos. Nunca las había visto, pero le pareció que aquello se daría de manera más o menos periódica, para mantener la singularidad morfológica del desierto, y a saber cuántas veces habrían pasado cerca de su trayecto, borrando sus pasos y confundiendo rumbos. Aquí las únicas huellas que perduran son las del viento, pensó antes de dar un salto y lanzarse a rodar ladera abajo.

—¡Dino! ¡Amigo querido! —gritó el muchacho y se dio modos para correr al encuentro del animal.

—¡Acá, Dino! ¡Por acá, amigo mío! —gritó María y corrió detrás de José.

Enarbolando su cola jubilosa, dando saltitos para esquivar las serpientes de arena y trotando como todo un corcel berebere en miniatura, venía Dino, el perro de barrio que había pasado a cumplir encargos misteriosos, aportando sus totumas de agua fresca y sus talegas con tortillas de maíz. Sus visitas esporádicas se habían convertido en motivo de fiesta para José y María, pero también en el tema de mayor curiosidad, pues hasta ahora no se había podido seguir sus huellas, si es que se hubiesen producido, en su camino de regreso. Traía como de costumbre, amarrados a su cuello, los encargos de su hipotético nuevo amo, pero esta vez, cuando los niños se le lanzaron para darle la bienvenida con abrazos y arrumacos, Dino los esquivó con toda agilidad y siguió de largo trepando hacia la cima de la duna, desde donde, haciendo paseíllos circulares e irguiéndose sobre sus patas traseras, parecía invitarlos a seguirlo. La niña tomó la iniciativa y corrió como pudo cuesta arriba, pero se detuvo en media ladera al percatarse de que su compañero había quedado en el fondo, tirado sobre la arena, sin poder levantarse. Regresó, lo ayudó a ponerse de pie, cruzó su brazo derecho de él sobre su cuello y, solo entonces, descubrió la fruta que llevaba en su mano y que ella había considerado prohibida. Llena de furia, quiso arrebatársela de nuevo para arrojarla lejos, antes de que un supuesto enjambre de avispones los atacara nuevamente, pero esta vez José no estaba dispuesto a ceder, ni se habría tragado semejantes disparates. Se aferró a la fruta con sus dos manos y miró desafiante a su compañera, que ya se lanzaba de nuevo sobre él, poseída por la indignación y la histeria. Los dos rodaron por el suelo poniendo en juego la poca energía que les iba quedando, llamándose necios, torpes, irracionales, supersticiosos, mientras en la cima el perro ladraba de manera extraña como si advirtiera de algún peligro. Las hilachas del viento habían engrosado esos oleajes serpenteantes en la arena, los que ahora se advertían casi horizontales, naciendo desde el fondo y arrastrándose hacia las crestas de las lometas. Una de esas sierpes arenosas paso sobre los cuerpos de los muchachos con su impulso flagelante, les rasmilló los brazos y la cara, se arrastró hasta la cima y desapareció sobre el lomo de Dino, el animal que logró esquivarla haciéndose un ovillo sobre la arena. Los niños se detuvieron y miraron horrorizados hacia el horizonte. Cielo y paisaje se veían cubiertos por un enorme nubarrón que avanzaba apoyándose en gigantescas volutas de polvo, mientras las dunas, mínimos elementos, se levantaban como en una cadena de explosiones, alimentando la magnificencia del Simún.

—¡La tormenta del desierto! —gritó José —. ¡Corre a meterte en la bolsa! —ordenó.

—¡Estás loco si crees que te voy a dejar aquí! ¡Apura, agárrate de mi cuello y corre conmigo!

Correr solo fue un decir para advertir la urgencia. El cielo, una pesada masa de tierra tostada, se les venía encima y parecía acorralarlos con cientos de extremidades que le crecían y se sucedían unas a otras, cerrándoles el paso a cualquier escapatoria. Se pusieron de pie con gran esfuerzo, cerraron los ojos para protegerse de la arenisca y empezaron a caminar ladera arriba, apoyándose con manos y pies sobre esa superficie que se escurría bajo sus cuerpos, mordiéndose los labios para no denunciar el espanto. El viento los aplastaba sobre el suelo inclinado, pero, al mismo tiempo, los impulsaba hacia la cúspide, como si fueran una ola más de aquellas que se arrastraban en seguidilla y desaparecían en la cresta. No se decían una sola palabra, lloraban en silencio, abrazándose y reptando, enterrando las uñas para que el viento no los levantara, oponiéndose férreamente al fenómeno con el peso de un solo cuerpo que ahora se arrastraba en la cima como un arácnido con sus ocho extremidades enterradas en la arena buscando un asidero. Sabían que debían avanzar lentamente, confundiéndose entre la arena, pero evitando ser enterrados por ella, deslizándose sigilosamente en la arista más aguzada del viento, buscando pasar desapercibidos para el Gran Simún. Así, ya respirando el sílice y la sal, recorrieron los últimos metros hasta que pudieron tantear con sus cabezas el fardel de sus bártulos, el único refugio posible, que Dino le disputaba con sus dientes, él también, al viento desenfrenado. María soltó a su compañero y se lanzó de cabeza sobre la bolsa, la aplastó con su cuerpo para evitar que se inflara, se arrastró con ella hasta los pies de José y lo obligó, gritándole con dureza, a refugiarse dentro. Mientras le calzaba el tubo plástico, descubrió que las nueve llagas de José habían vuelto a sangrar, quizás por el esfuerzo de arrastrase contra el viento y exponer la herida viva al efecto abrasivo de la arena. La niña se dio tiempo para soplar delicadamente sobre la llaga y evitar que lo rugoso de la cobertura le rozara. Luego metió sus pies, su cuerpo hasta la cintura, se acordó de Dino, lo buscó con la mirada a su alrededor, lo llamó con un grito desgarrado, dudó por un instante, dejó a su compañero atropelladamente y salió en búsqueda del animal.

—¡Déjalo, que él sabe cómo defenderse! —gritó José.

—¡Dino!...

El grito de María, largo y lastimero, se fue ululando con el viento. Desde su refugio de plástico, impedido de hacer cualquier movimiento, José vio cómo María se elevaba por los aires, arrebatada por un remolino que allí mismo nacía y se agigantaba, mientras el cielo arcilloso caía definitivamente sobre él y lo enterraba, ahogando su último alarido y su conciencia. Lo demás solo fue una caída a la noche, lenta, pesada, sin vértigo ni dolor, quizás la misma que tuvo sobre el inmenso cielo plomizo de los pájaros embalsamados, descendiendo sin gravedad en el abismo del arcano, donde el tiempo y la distancia habían dejado de tener sentido. No estaría allí, para colmo, el hilo sutil de María que lo tironeara de su dedo meñique y lo llamara a la conciencia, tampoco su voz para guiarlo hacia una mínima fuente de luz que surgiera en lontananza. Ni siquiera los zarandeos caprichosos del Simún fueron capaces de estremecerlo, así como había quedado, recogido sobre sí mismo, enroscado como una escolopendra, acorazado y envuelto en su cápsula y sudario. Por eso jugaron con el él como si fuera un fardo que se arrastra aquí y allá, enterrándolo y descubriéndolo, elevándolo en sus ciclones y arrojándolo con violencia sobre los promontorios de arena. Nada pudo despertar sus sentidos, y la brutal realidad, el infierno de polvo, tuvo que revolverse afuera contra su propia naturaleza, como un violento poseso que se revuelca y se flagela a sí mismo hasta la autodestrucción. Desde entonces, no hubo contendores ni víctimas, nada para arrasar y destruir con esa furia inútil que terminó con humildad arrastrándose por las oquedades de una nueva topografía y lamiendo el polvo de su propia ruina. Bajo el cielo transparente y ligeramente dorado de un nuevo atardecer, apareció el capullo de José, rodando sin apuro con su propia gravedad, entre mojones de cangagua, arrastrando consigo una especie de gravilla, ladera abajo, hasta quedar enhorquetado como árguenas en un caballón que lo recibió con cierta dulzura. Allí quedó inerte, en medio del silencio, indiferente a la lenta caída de la noche.

7

Cuando abrió los ojos, tenía la frazada sobre su rostro. Así se quedó largo rato endulzado en su modorra, dándole vueltas a la canción que ensayarían ese día en el coro de la escuela, y en la cual el maestro Salvador Guamán le había asignado un solo, gracias a la amplia tesitura de su voz. Aquella canción iba y venía entre el sueño y una cierta noción de la realidad que le rascaba la cabeza recordándole sus deberes. Así era siempre su despertar, robándole unos minutos al día que empezaba, para haraganear bajo las sábanas y estirar con desgano su mano hacia el velador y comprobar que los útiles que había reservado para la nueva jornada escolar estaban allí, esperándolo. Hoy, sin embargo, se sentía muy agotado y con su cuerpo extrañamente dolorido. De buena gana se quedaría allí por el resto del día, dormitando y, quizás, ensayando mentalmente su canción; pero, claro, su Maestro Shalva no le perdonaría una falta de esta laya. Sacó su mano lentamente, buscando encontrarse con las partituras que había dejado listas sobre la mesita de noche; pero solo pudo tomar un puñado de arena gruesa, quizás un poco distinta de la que había palpado durante su ya largo peregrinaje, pero arena al fin, molinillo del tiempo y la razón. La apretó con rabia hasta sentir en la sangre su aspereza y se puso a llorar sin otro signo que lo delatara aparte de su puño crispado, escondido de sí mismo dentro de su pobre y asfixiante caparazón de polietileno. No tenía, sin embargo, vergüenza de mostrarse lastimero en pleno día, pero era la soledad la que lo empequeñecía y lo transformaba en una sola y pesada lágrima. Sus últimos recuerdos, Dino, el Simún y el grito largo de María arrebatada por el viento, iban y venían como una nueva tormenta, multiplicada en sus oleadas hasta la desesperación. No pudo hacer nada por su amiga, le dolía esa inutilidad y, sobre todo, le lastimaba su condición de único sobreviviente puesto de nuevo allí, en el mismo espacio irreconocible, sin razón ni cometido alguno. Afuera, el silencio se había instalado respetuosamente sobre la meseta de cangagua, una ligera brisa circulaba a su alrededor, sin tocarlo, y, con una timidez desconocida, el sol mañanero lo acariciaba apenas sobre su brazo extendido fuera del refugio. El dolor, que parecía infundir respeto en el entorno, era simplemente una reseca y pesada semilla atrapada entre las grietas de la dura cangagua, impedida de germinar. Nadie escucharía allí ninguna queja, no tendría sentido rezongar, y quizás solo quedarían arrestos para tocar fondo, abrirse paso en lo profundo y ahogar el grito antes de estallar. Por eso, gracias a la quietud, se percibe apenas el resuello José, y se adivina la angustia en el hilo de aire que entra y sale de su capullo, en el rostro empapado de sudor y lágrimas que va surgiendo lentamente de la cápsula, quizás por el instinto de conservación que todavía le dura. El muchacho se incorpora a medias apoyándose en los codos y, desde esa perspectiva, observa el lugar y lo reconoce. Las esculturas del viento se ven un poco más alargadas, pero, en general, se trata de la misma meseta de cangagua por donde había pasado alguna vez, haría quién sabe cuánto tiempo. Una brizna de esperanza parece tocarlo. Con un cierto cosquilleo en el estómago se apresura en salir, porque, a lo mejor, una señal es una señal y, si se repite, podría ser que habría encontrado el camino de regreso a casa. Se arrastra un poco para salir de la bolsa plástica, pero ésta se desliza con él como una rémora, como un apéndice agregado a su constitución. No puede dejar de pensar en el Maestro Shalva, arrastrándose con su cefalotórax y batiendo sus mandíbulas a ras de la arena, para balbucear algún mensaje que ya su metamorfosis le había impedido revelar. La idea terrible de una mutación como la de los *jauriyashkas* lo zarandeó ahí adentro, entre frazada y polietileno, donde su cuerpo, magullado y dolorido, escasamente pudo responder con un frío estremecimiento. Se había olvidado de sus nueve llagas en el muslo derecho y apenas si tenía conciencia de los golpes recibidos bajo el dominio del Simún. No podía moverse, y allí, cuando parecía haber encontrado el camino de regreso a lo suyo, terminaría su inútil peregrinaje, quizás achicharrado por los soles de los días que le quedaban, congelado por las ráfagas de las madrugadas, delirante por la deshidratación. Una extraña serenidad empezó a gestarse desde su piel hasta las entrañas, una sensación reconfortante, justo cuando ya daba por hecho el infructuoso destino de cualquier actividad que, acaso con el último aliento, pudiese realizar. Acomodó su cuerpo sobre sus codos, levantó la mirada, recorrió el inmenso arenal que lo rodeaba, aflojó su cuello y dejó que su cabeza rodara sobre sus hombros hacia atrás, en una suerte de balanceo que ponía al cielo en un torpe juego pendular. Allí, en el inestable firmamento, le pareció ver un ave gigantesca que revoloteaba haciendo eje en el punto de su ubicación en tierra. Pudo ser una alucinación, como tantas de las cosas que había visto últimamente. Cerró los ojos desconfiado y entonces pudo escuchar, en medio del sonido del aire rasgado por un aleteo, el grito alborozado de María Axitimbay, que también venía del cielo.

—¡Robles José!...

Venía sonriente, aplaudiendo al aire de contento, atrapada en las garras de una inmensa ave, se diría un cóndor si no fuera por su tamaño, aunque lo sería por su plumaje negro y lustroso, su elegante collar blanco en la base de su cuello y su vuelo sereno. Como si ella, María, también volara, traía sus piernas tiradas hacia atrás y sus brazos, en posición aerodinámica, prolongados hacia delante, devorando el espacio y siguiendo la dirección del ave que ahora planeaba en círculos concéntricos sobre la cabeza de José, buscando la manera de tocar tierra sin lastimar a su prenda y sin atropellar al muchacho que observaba turulato el acontecimiento. Mientras descendía, la niña le comunicaba a gritos que el animal fabuloso la había rescatado del aire, justo cuando el Simún se preparaba para estrellarla contra unos altísimos picachos rocosos, que la había llevado a su palacio de piedra, la había alimentado con carne seca de venado y la había protegido del frío bajo sus alas. Allí, en el acogedor lecho de plumas, ella le había contado su historia de penurias y desconciertos vivida junto a su compañero de escuela, y el Apu Kuntur, tal era su nombre, compadecido le había prometido llevarlos de regreso a casa. El viaje sería largo, le había dicho, tendrían que dar muchas vueltas hasta encontrar la ruta que los llevaría primero a otras regiones muy lejanas, donde entrarían en los dominios de un ser muy poderoso, desde donde regresarían volando sobre un vendaval. Las últimas palabras de María, vociferadas ya cuando el colosal Apu hacía su vuelo rasante, terminaron aturdiendo al muchacho, igual que el sacudón que sintió el instante en que las inmensas garras del animal atraparon la bolsa, la arrastraron unos metros y la levantaron con la misma velocidad del viento hacia las alturas, llevando en su interior a su empalidecido dueño. José estuvo a punto de caer al fondo de su talego protector, donde se habían acumulado hechos un solo revoltijo los aparejos de su ya larga y absurda travesía por el desierto. Con un oportuno movimiento pudo asirse de la boca de su bolso plástico, sacar la cabeza por entre las garras que lo sostenían y asomarse al cielo que se le venía encima, atropellándolo bruscamente, alborotándole su crecida cabellera y mostrándole el mundo desde la perspectiva del vértigo. Abajo los arenales pasaban raudos, y eran una sola mancha informe que iba quedando atrás, como allanada por un inmenso rastrillo, que al parecer la estiraba y la alargaba hasta nunca acabar, como si el desierto fuera una estría sinfín. Qué ruta podría encontrarse allí, en esa inmensidad monocroma, pensó José, mientras cerraba los ojos para neutralizar la nausea que empezó a enredársele en las entrañas. Tenía escalofrío, temblaba, sudaba y hasta le parecía estar llorando, o era la sensación que le dejaba el aire helado rasgándole los ojos. Dejarse caer hacia el revoltijo de sus bártulos pudo ser una medida desesperada, mezclarse en el fondo farragoso y allanarse a lo que estuviera por venir, a ciegas, por más tenebroso y lacerante que resultare. En realidad, ya nada le sorprendería, y quizás ésta sería la manera menos traumática de asimilar las arremetidas de los avatares violentos, como lo haría una escolopendra enroscándose después de recibir un pisotón. Sin embargo, una sensación de tibieza empezó a recorrerle desde el vientre hasta las extremidades y la cabeza, repartiéndole una extraña serenidad y recordándole que aún estaba consigo, incólume, su espíritu de supervivencia. Cuando se atrevió a abrir los ojos nuevamente, María Axitimbay le sonreía, colgada de la otra garra del gigante, ofreciéndole un pedazo de carne seca de venado. Abajo, en vertiginosa sucesión de pálidos manchones, el desierto seguía en su perpetuo movimiento.

Albanuma está bajo tierra, le había dicho el Apu Kuntur, pero ella había insistido en regresar para comprobarlo y, si fuere el caso, lamentarse sobre las cosas perdidas, rezar los responsos por sus seres queridos, quizás cantar y dejar sobre las tumbas, como lo hiciera con su padre, una flor de papel. Un punto en el desierto es igual a los miles de puntos que te puedo señalar; debajo de cada uno de ellos hubo vida, le había contestado el Apu; pero ella, sin poder descifrar el alcance de esas palabras, se había puesto a llorar. Ya los muertos están enterrados, había dicho después, se había asomado al borde del palacio, al filo del abismo, y, levantando sus alas, había entonado con su voz gutural una especie de marcha fúnebre. Entonces, revelando por fin su identidad divina, le había confesado ser el espíritu del Inkari, el que lleva las plegarias de los hombres hacia el Hanan Pacha, el cielo superior. El Inkari también está bajo tierra, dividido en cuatro partes, pero vivo, y busca, como tú, el agua para regresar. Yo también volveré cuando se junten las cuatro partes de mi cuerpo con el agua. Entonces, todos seremos sabios, había dicho finalmente, recogiendo sus alas y exhalando en su nota más profunda dos sílabas desconocidas que bien pudieron significar, amén.

José Robles se había quedado abstraído, jugueteando con el pedazo de carne seca en sus manos. Buscar el agua, así como lo había planteado el Apu Kuntur, parecía ser un nuevo cometido que tendría que asumir como condición para encontrar el hogar perdido, aquella noción de morada que había empezado a desvanecer sus contornos bajo la pátina de su ya largo desaliento, y que ahora, al parecer bajo toneladas de tierra, sin alma alguna que lo esperara, había comenzado a dejar de tener sentido. Con tantos entresijos acumulados en el ánimo, superada en parte la turbación de esa insólita aventura por los aires y con el viento arranchándole su capacidad de raciocinio, tuvo la sensación de estar en manos de una deidad perversa, a merced de su juego, sin saber adónde lo llevaría o dónde lo dejaría caer. Ya no tenía miedo. El vértigo había desaparecido, pero no la incertidumbre. Maquinalmente se llevó la lonja de carne seca a la boca, le dio un mordisco creyendo que le arrancaría un pedazo, pero un dolor incisivo le recorrió la dentadura, seguido de una extraña sensación de calor y de una profusa salivación, que inmediatamente se empapó del exquisito sabor de jamón crudo de la loncha. Hacía mucho tiempo que no masticaba un solo alimento, y menos un trozo de cecina endurecida por el sol. Tragó saliva y se quedó largo rato con el filete colgando de su boca hasta que sintió que el alimento reblandecía entre sus dientes y se transformaba en un gustoso y suave bolo que se fue deslizando hacia su interior. Una agradable sensación de fortaleza se esparcía en todo su cuerpo, mientras seguía masticando y deglutiendo con deleite aquella vianda providencial que lo hizo olvidar por largo tiempo de su vertiginoso viaje hacia ninguna parte. De pronto, ya cuando se relamía con el último bocado, tuvo la impresión de ser un pájaro de rapiña, volando con prepotencia y oteando su amplísimo horizonte en busca de una presa. De manera impulsiva, liberó la bolsa de la que venía agarrado, estiró sus piernas y brazos, infló su pecho y empezó a planear bajo la sombra del Apu Kuntur. Con sus ojos, ahora casi laterales, miró a María Axitimbay, que planeaba a su derecha, le sonrió, le agradeció por el alimento y por seguir allí, a su lado, en una ruta sin principio ni destino. Abajo el desierto seguía pasando vertiginoso, pero ya no se distinguían las dunas encolumnadas que se habían precipitado como un larguísimo rosario de una oración apremiante. En realidad, el desierto era solo una estela, una banda sinfín atisbada desde del aire roto y lechoso de la velocidad. Era la monotonía, una inmensa playa, ahora blanquecina, que se lanzaba por una pendiente, arrastrando una menuda gravilla de huesos, conchas y escamas, en busca del mar, hasta que, de pronto, como un golpe brutal que detiene su carrera, le sale al paso una colosal barrera negra de roca y de corales, desnuda, seca, llena de copos blanquecinos en sus oquedades, algo así como sal purificada a punta de sol y viento.

El mar estaba más abajo, detrás de la barrera coralina, escondido en las profundidades abisales, huyendo de la arena con su tímida y encajonada marejada, yendo y viniendo lentamente desde las cavernas obscuras hasta los promontorios de antozoos muertos. Como si en él se concentraran los jugos gástricos de todas las especies extinguidas, hervía y eructaba sal, y arrinconaba sus espumarajos en los bordes de las fosas rocosas que lo contenían. Sobre los arrecifes, finalmente vistas sus cadenas montañosas, se habían acumulado, como si fuesen cumbres nevadas escurridas por entre las grietas, verdaderos casquetes de sal. Eran un burdo remedo de las alguna vez llamadas nieves eternas, una suerte de reflejo abisal de lo que habría sido el paisaje de valles, ríos y montañas, sobre un espejo trizado en mil pedazos. Aquí el mar tenía su propia sequía y su particular lamento. Escurriéndose por las troneras calcáreas de su fondo, atravesando los cascarones de animales que nunca se llegaron a conocer, quería refugiarse en una caracola abandonada, y lloraba como una almeja insignificante, batiendo sus valvas ¡Vaya paisaje!, exclamó alguien en la inmensidad. Arriba las aves de rapiña cerraron los ojos y se quedaron en el aire sin atreverse a descender. A ellas también les golpeó el choque del desierto contra la barrera de corales muertos. Por eso se encogieron bajo las garras del Apu Kuntur, lloraron en silencio y volvieron a ser José y María tiritando de pavor.

Cuando abrieron los ojos, el mar se había repartido en infinidad de pocetas, al pie de profundos acantilados, y, sobre ellos, como extraños monumentos de una vieja cultura, se levantaba un centenar de promontorios rocosos de lo que alguna vez habrían sido el suelo de una posible civilización del mar. Allí, derrumbados sobre las duras plataformas de granito, se veían los restos de la piedra cincelada, columnas y cabezas heroicas, metopas, capiteles, arquitrabes, y, más allá de las huellas del mar, sobre una colina de cangagua y rocas amarillas, como congelado en el tiempo tal como lo había visto la última civilización, se levantaba el Partenón. A saber por qué los dioses del Olimpo dejaron en pie este templo, cuando ya la Atenas que se arrodillaba a sus pies había desaparecido bajo escombros, cuando ya no quedaba nada que ofrendarles y ningún mortal acudía con sus ruegos o sus cámaras fotográficas. Atenea siempre tuvo privilegios, pero el único que ahora le quedaba era el capricho de ver cómo habían rodado hasta el mismo escenario del Teatro de Dionisio algunos pedazos de la Puerta de los Propileos y dos cabezas de las cariátides del Erectión. Alguna representación habría quedado allí frustrada, con los actores decapitados en la mitad de la función, sin permitirnos saber cómo habría sido su final. Definitivamente allí, en la Acrópolis, no estaba la respuesta o la señal que, al parecer con su vuelo rasante, buscaba el Apu Kuntur. Por eso se elevó impaciente, dio un giro hacia la izquierda y se lanzó raudo hacia la Península del Peloponeso, que apenas se distinguía sobre el fondo desnudo del mar. Ni Corinto ni Esparta estaban en su lugar, como señalaría alguna noción de su existencia. Se habrían extinguido sin dejar una sola huella, o quizás nunca habrían existido antes del tiempo marcado en las rugosidades del escenario infecundo y escabroso de la península. Sus nombres serían los genéricos para nombrar a cualquier población, como lo sería «Albanuma», una palabra para mencionar a las ciudades perdidas.

El Apu Kuntur dio un nuevo giro violento hacia la izquierda, tomó la dirección del sur, volvió a girar a la izquierda y, en una amplísima curva, empezó a descender sobre las islas del alguna vez llamado Mar Egeo. Allí estaban, reconocibles en sus formas recortadas por altísimos acantilados, las Citera, Anticitera, Creta, Kasos, Karpatos, Rodas, Cicladas, Espóradas, el Archipiélago Dodecaneso y otras miniaturas inertes, haciendo un solo cuerpo con la plataforma del mar y simulando resistir los embates furiosos de sus olas. Nada se movía, sin embargo, y el silencio era tal que de rato en rato, al pasar, se escuchaba el desmoronamiento de alguna costra de sal, su zambullida al fondo de una poceta y las burbujas que reventaban eructando la acidez de su alta concentración mineral. Una ligera brisa se extendió, de pronto, sobre las pardas atalayas rocosas, llevándose los sonidos del resquebrajamiento del mar y dando paso a una dulcísima música de vientos, en medio de la cual, como si fuesen parte de su melodía, se escuchaban voces y risas juveniles. Entonces, en medio de un pequeño archipiélago, empezó a vislumbrarse un islote verde que, aparentemente, se deslizaba como una barca por entre las islas.

—Bienvenidos a Eolia —dijo el Apu Kuntur, y se clavó en picada, como lo hacen las aves de rapiña para inmovilizar a su presa.

Era una isla aparentemente llena de vegetación que flotaba en el aire, pues no había mar que la sustentara, y que parecía huir inútilmente de sus perseguidores del aire; pues ya el ave fabulosa la había ensartado con su mirada y, en cosa de minutos, estaría inmovilizada. Así, el paisaje gris y escabroso del Mar Egeo empezó a escaparse por sus horizontes, cediendo terreno al fabuloso vergel que terminó copando todo el panorama. Se adivinaba en Eolia infinidad de huertos frutales y riachuelos que se alimentaban unos a otros, sin desembocaduras en el mar, ríos cuyos caudales volvían, una y otra vez, sobre sus mismos cauces, en un movimiento sin final. La música de los vientos pareció arribar a su apogeo con sus travesuras alegres en las que cada instrumento se disputaba el protagonismo y correteaba haciendo malabares para lucirse sobre la orquesta que lo perseguía, lo sometía a sus acordes, hasta que un nuevo instrumento se lanzaba en carreritas al proscenio. Era, se diría, un alegre recibimiento de músicos paisanos, un recreo de ninfas y donceles jugueteando entre los frutales, mientras sobre ellos se dibujaba, como la materialización de la música, una inmensa copa de cristal que giraba como un trompo desvaneciendo sus contornos.

—Estos son los dominios de Eolo —dijo el Apu Kuntur— ¡Suerte, muchachos!

Aflojó sus garras, los dejó caer al interior de la copa giratoria y se elevó hasta solo ser un punto negro que se desplazaba sobre el infinito azul sin manchas, como una quimera que retoma su esencia y empieza a desaparecer. Quién estaría para verlo en otros cielos, para reverenciarlo en otros sueños e invocarlo con otros apremios, como a la Gran Deidad. Como tal, había cumplido con lo suyo, pero quizás fuera el trecho que le habría tocado en suerte, como la posta de una diligencia determinada en otras esferas. Fuera así o no, cabe suponer que habría llegado a tiempo para entregar la posta en las manos de seis doncellas y seis mancebos que danzaban alegremente, haciendo piruetas con sus cuerpos y sus togas elegantes en el interior de la copa, la que ahora adquiría tonos alabastrinos, como la piel de los efebos, alternados en cenefas con el blanco crudo de los vestidos. Los bailarines eran, en realidad, los que formaban con la estela de sus vueltas vertiginosas esa suerte de cáliz translúcido, que a ratos, cuando los cuerpos rodaban desnudos sobre la tela sedosa, parecía rebosante de algún almíbar embriagador. Esas figuras estilizadas de movimientos armoniosos hicieron, de pronto, un quiebre vigoroso, una suerte de contra ritmo, y rodaron al fondo, dejando sus mantos colgados en el filo de la copa, y así iniciaron el recibimiento a esos dos extraños niños que venían del aire y que al momento caían sobre la tela inflada por el viento. Por allí rodaron María y José y fueron a dar al fondo, donde los brazos de los jóvenes danzantes los acogieron, los cubrieron con sus mantos y les dieron de beber de unos pequeños odres una substancia fresca y dulzona parecida al mosto de reciente vendimia. Un suave adormecimiento empezó a envolverlos y a desvanecer las preguntas que apenas pudieron insinuarse, mientras se descolgaban los velos del cáliz y se arremolinaban a su alrededor como un sueño de miles de imágenes tentadoras.

8

—El Apu Kuntur es quien siempre se ha atrevido a desafiarme, el único que ha logrado traspasarme —dijo una voz entre sueños.

Cuando abrieron los ojos, aún los cubría el manto de los mancebos, y era el mismo que, flameando suavemente, envolvía también el cuerpo del padre, Theos Eolos, como si todos ellos fuesen una misma entidad divina, en cuyo regazo hospitalario habían caído. Un ser robusto de piel translúcida como aguamarina, cabellos alborotados y juguetones, miraba al cielo, buscando en la estela que arañaba el aire la silueta del ave fabulosa que había incursionado, una vez más, a sus dominios. Hizo una especie de reverencia, inclinó su rostro hacia María y José, y les sonrió con dulzura. Levantó su mano derecha, hizo un leve trazo frente a los niños y los invitó a disfrutar del banquete que se abría en su falda, una gran mesa de mantel largo, llena de frutas y manjares desconocidos, atendida por cuatro pajes que ofrecían mosto y agua fresca en recipientes de finísima cerámica. María bebió un vaso de aquel néctar y empezó a reír y a festejar las bromas que se hacían los hijos de Theos Eolos, y, entre zumba y chanza, fue metiendo a José en el mismo juego, obligándolo a beber el mosto y a atragantarse con las viandas que se le ofrecían a diestra y siniestra. Aquel banquete se fue convirtiendo así, en poco tiempo, en una sola carcajada que iba y venía entre los convidados y que, a ratos, colindaba con las bacanales del Dios de la Vendimia. En ese límite preciso, y quizás por disposición de Theos Eolos, los pajes volvieron a ofrecer el agua fresca de sus cántaros, y de ella bebieron todos, como si se tratase de un nuevo rito, de una iniciación cuaresmal, con abstinencia y reflexión incluidas, aunque aquello de la pascua solo fuera una rancia posibilidad. María cerró los ojos y bebió el agua con fruición, y le pareció fundir esta gozosa liturgia con el doloroso rito de beber a gotas de las totumas que de cuando en cuando había aportado el misterioso Dino, en el desierto. Agachó la cabeza, recogió las semillas de las frutas que ella y José habían dejado sobre el mantel, le pidió a su compañero que las guardara en sus bolsillos, levantó su rostro empapado en lágrimas, para decir que su deseo de volver estaba intacto. Luego miró suplicante a Theos Eolos, como si le preguntara por qué una divinidad olímpica se había cruzado en su camino y la había desviado de su historia, por qué, como si fuese un ser magnánimo, le ofrecía sonriente una bolsa de cuero, quizás como aquella que alguna vez regalara al intrépido Odiseo en su largo periplo hacia el Reino de Ítaca, y que contenía todos los vientos que debía liberar con prudencia, para empujar su nave a buen puerto. Los mancebos conocían esa historia y sabían de su trágico final, pues la tripulación del guerrero, creyendo que se trataba de una bolsa llena de riquezas, la abrió y dejó libres todas las tempestades, que arrastraron a la nave y la estrellaron contra las costas rocosas de Eolia. Qué podría hacer la niña con un regalo semejante. Con el talego de cuero en sus manos, María miró a José, pidiéndole consejo, a los hijos de Theos Eolos, que suplicaban que no se le diese semejante encargo, y al mismo Dios de los Vientos, que le pedía calma y la invitaba a que la abriera. Ella desató los cordones, y una brisa helada salió de la bolsa, y enseguida empezó a escucharse una alegre musiquilla campestre que parecía generarse en aquel talego. Como si con sus manos aprisionara la melodía, ésta dejo de sonar cuando tocó y sacó del interior una fina y liviana quena de carrizo.

—Puede sonar con el viento ligero que le doy —dijo Theos Eolos—, pero ahora quiero que suene con tu aliento. Así sabré de dónde vienes y qué es lo que buscas.

María se llevó el instrumento a los labios, posó delicadamente sus dedos en algunos de los orificios y sacó un sonido largo como un lamento, un tono doloroso sin respiro, sostenido en una sola nota que anulaba todo el pentagrama, los colores de ese paisaje alucinado que la habían seducido a su llegada, y en su lugar, puso la mancha monocroma del desierto que giraba de nuevo en sus sienes, la incertidumbre y un recuerdo que se desvanecía en algún rincón de su conciencia. Un leve ajuste de su anular sobre el orificio definió la nota, como un quiebre hacia lo profundo, medio tono más abajo, y volvió a subir buscando los acordes elementales de una pentafonía remota, la cadencia morosa de una especie de yaraví que se iba encadenando con el gemido del viento de los páramos andinos, y se arrastraba buscando la tibieza en los raiceros del pajonal. El pulgar de la niña sobre el agujero posterior de la quena marcó un salto hacia los tonos insondables que se confunden con el hálito, aquellos tan duros de colocar en la escala, los que buscan las oquedades, como la mejor caja de resonancia para quedarse allí, jadeando en hexasílabos con el remate dolorido, «yo por ella lloré», que se repetía en cada estrofa, la que ahora acompañaba, una vez más después de quinientos sesenta y cuatro años, los pasos de una niña conducida al *kapaccocha*, el sacrificio humano dispuesto por el Sapa Inca Pachacutec, para aplacar la indiferencia de Yayan Illapa, el dios del trueno y de la lluvia. Una hermosa manta roja y blanca de alpaca fina , sostenida por dos tupos de plata, cubría su cuerpo atormentado por la larga caminata, desde el valle del Colca, en Arequipa, hasta El Cusco, y luego hacia el páramo que precede a la cumbre nevada del Ampato. Un pañuelo largo envolvía su cabeza y le daba la apariencia de dulzura, con la que ocultaba el espanto que, de rato en rato, la estremecía. Llevaba un día de ayuno, pero aún así, de la mano férrea del brujo que la conducía, encabezaba el cortejo ceremonioso que avanzaba pajonal arriba, se diría danzando al son pausado del yaraví, sobre el chaquiñán de piedras que ya empezaba a incrustarse en la nieve. Notas agudas, con casi todos los orificios de la quena liberados, con el aliento desesperado de María que se afina en la caña endurecida, escoltan el final de la ceremonia, en la que la niña inca, embebida en el sueño de algún brebaje, se arrodilla sobre el ara de un témpano de hielo y recibe el golpe brutal de una maza de piedra afilada sobre el arco superciliar derecho, y cae de espaldas sobre el inmenso casquete del Ampato, de cara al Inti, el dios que la enceguece más que la misma muerte. El brujo sonríe, ofrece el sacrificio a Yayan Illapa y le implora una vez más su lluvia, mientras la niña se hunde en la nieve, año tras año, sin saber si el sanguinario dios se llueve finalmente sobre su pueblo desértico.

La entidad divina de trece personas distintas, había perdido su asidero en Eolia y flotaba conmovida, a la deriva, en el centro de un remolino de montañas rocosas que giraba a su alrededor. De pie, sobre los pliegues del manto olímpico, María lloraba tocando los últimos acordes de su yaraví, doblando los compases lastimeros, exhalando la última reserva aire, y de memoria, aquel retazo de vida que la emparentaba con la niña de Ampato, cuando su padre, Francisco Axitimbay, le hablaba de las instrucciones para invocar a la lluvia, en las que se rememoraba, como en un acto litúrgico, el sacrificio de las infantas incas. Alguna vez se imaginó que aquella caminata desesperada por el desierto, de la mano de su padre, no era otra cosa que el peregrinaje hacia el *kapaccocha*, ceremonia brutal en la que se ofrendaría su vida, tal vez sobre la cima del Urku Yaku, la Montaña del Agua que su padre buscaba con obsesión. Aquello, a pesar de lo fugaz, había dejado una espinilla de duda en su conciencia, y pasaron varias noches en las que fingió dormir, atenta a cualquier movimiento sospechoso, hasta que se hizo evidente el proceso de metamorfosis de su padre, el que aniquilara sus facultades motrices y expresivas pero no su instinto protector. Para él fueron las últimas notas entretejidas en la oración con la que lo despidiera en su perdida tumba de arena, y con ellas se dejó caer en los brazos de su compañero, rendida y sin esperar nada. Una cierta complacencia la sosegaba, sin embargo, quizás por el único mérito de haberlo cantado todo.

El torbellino de montañas era apenas una delgada línea gris que ahora merodeaba al pie de una gigantesca bóveda azul, en medio de la cual aparecía, como un extraño relámpago, cubriendo todo el panorama y a intervalos regulares, una inmensa mole de tres picos rocosos, algo como materia crispada, farallones negros, duros y afilados, con manchones sanguinolentos en sus estrías. Esa silueta majestuosa se había dibujado siempre en la ventana del cuarto de José Robles, desde donde la había visto, en el día y en la noche, derramar su blancura sobre los tejados de Albanuma y sobre su alma asombrada, que siempre descubría nuevas formas en la nieve. Quizás la crueldad, algún capricho omnipotente, pudo ensañarse como el fuego con el hierro, para endurecerlo al rojo vivo y dejarlo así, encendido en sus grietas, hiriente y doloroso, pero jamás lograrían transformarlo lo suficiente como para borrarlo del paisaje recortado en la ventana. Allí estaba, con el primer sol estrellándose en su flanco posterior, detenido en el cielo, desnudo y sangrante, el imponente Chimborazo.

Como si se desgarrara en las aristas de la mole pétrea, temblando de angustia, el muchacho se puso de pie y empezó a recorrer con su mirada los peñones aguzados por el viento, buscando las formas vaporosas con las que jugara los días domingo desde su ventana, titanes de cabellos alborotados, vestales de viejas religiones, animales fabulosos, entes de figuras caprichosas, habitantes de un palacio de cristal atrapado en la nieve, la que entonces le pareciera eterna. De pronto, se diría, los gigantes habrían empezado a disputarse el trono del palacio congelado y habrían desencadenado una batalla de gigantes furibundos, lanzándose miles de rayos hasta romper el duro casquete de hielo que los había engendrado. Allí quedaban todavía, se le ocurrió, las armas afiladas de la contienda, la impronta del fuego y la sangre reseca que se habría escurrido por las grietas de la piedra. Por allí fue descendiendo la mirada triste de José, resbalando por los pliegues requemados del coloso, cayendo en los enormes boquerones de la estriada cangagua y enterrándose en la arena que cubría lo que fueron los vastos pajonales al pie del Chimborazo. Aún se conservaban las formas arremangadas que descendían a los valles, pero, para llegar al corazón de la ciudad, habría que adivinar la trayectoria de las cuencas por donde corrían los riachuelos que alimentaban al río Gonzacola. Entre el segundo y el tercer picacho, creía recordar José, como acunado entre los faldones y colinas, se mecía el valle de Albanuma, un inmenso tiesto de barro sembrado de verdes y dorados con manchones de ladrillo cocido, donde se asentaban los anejos formando una cadena de abalorios alegres que rodeaban a la pequeña urbe. Las colinas parecían insinuarse todavía bajo la tabla rasa del desierto, pero resultaba difícil precisar, entre los cientos de dunas, el lugar exacto donde se levantaba la ciudad. Darle vueltas a la posibilidad de encontrarla, especular con las supuestas coordenadas de trayectoria vertical era, sin embargo, admitir su desaparición bajo miles de toneladas de arena. Quizás fuera mejor refugiarse en la más negra pesadilla; por más larga y más absurda que fuera, siempre sería un mal sueño, una jugarreta de la imaginación, que le ofrecería, de todas maneras, la escapatoria al despertar. Había levantado su brazo para señalar el sitio donde se juntaban sus líneas de pesquisa, pero lo dejó caer desalentado, le dio la espalda a la montaña rocosa, revelándose contra su evidencia, y le propuso a su compañera volver al peregrinaje en el desierto.

—¡Allí queda Albanuma! —gritó María, señalando la hondonada—. ¡Lo quieras o no, allí queda Albanuma!

Theos Eolos, igual que sus hijos, había permanecido en silencio durante todo el viaje, atento a cada detalle de ésta que parecía ser una nueva odisea, un largo periplo de regreso a casa, con encantamientos, jugarretas y vendavales. De muy poco había servido entonces la ayuda brindada al monarca de Ítaca, y a saber de qué les serviría ahora a estos niños un nuevo regalo turbulento, adónde los llevaría con su vendaval, cuando la meta para ellos parecía estar cumplida, al menos en aquello de volver. Era lo que tenía, no obstante, y era lo que podía ofrecer, aún desconociendo si sería para bien o para mal su tarea divina de desempolvar la realidad. Ningún dios puede frustrarse en el milagro, pareció decirse con el primer soplido lanzado sobre la arena, con el que levantó una nube de polvo que cubrió todo el Chimborazo y puso en alerta a sus hijos para que ordenaran todas las tormentas que se proponía levantar. Los mancebos dieron un gran salto y formaron con sus cuerpos una especie de hélice de cuatro aspas que empezó a girar vertiginosamente en el aire y a concentrar en un gigantesco cono toda la arena que Theos Eolos levantaba con sus vientos. El eje de aquella turbina empezó a desplazarse describiendo una espiral, que se abría hacia los contornos de la inmensa hondonada de arena formada por el remolino, y regresaba, recorriendo la misma espiral, de regreso al centro, levantando toneladas de arena y descubriendo los primeros signos de una civilización enterrada haría, quizás, mucho tiempo. Así fue apareciendo la torre de la televisora Ecuavisión con sus antenas parabólicas, las terrazas de las torres del World Bussines Center y del Insurance Company, el mirador del Family Mall, la cruz de la iglesia de la catedral, sus cúpulas neoclásicas, su campanario con arcos de medio punto, el edificio de la gobernación, las chimeneas, los tejados, los portales, los jardines, exhibiendo el más extraño y hermoso espectáculo de una ciudad de arena. Arquitectos celestiales la habrían construido con la delicadeza que requiere el material, buscando consolidar las formas en bloques de conjunto, en los que se insinuaban, apenas como trazos, columnas, puertas y ventanas, líneas verticales que se mantenían en pie gracias a una suerte de contrafuertes inclinados que apuntalaban la estructura en cada esquina. Era una primorosa obra de la más fina artesanía, hecha en material deleznable y sostenida exclusivamente por la fe, en la que hasta las líneas de un supuesto tendido eléctrico eran de arena, y los árboles y las cubiertas, y hasta el mismo río que la dividía, con su caudal trazado al rastrillo, y con su cielo convexo, pesado y gris, también de arena, bajo el cual se filtraban, para acrecentar su encantamiento, los rayos horizontales de un sol mañanero, que daban un tono metálico a los volúmenes tocados por su luz. Quizás ellos existieran solo merced al juego de claroscuros, como una proyección en dos dimensiones, aunque conservaran la profundidad de la nostalgia y un cierto aire de ciudad abandonada o, tal vez, serían tan frágiles que cualquier pequeña duda pudiera desmoronarlos.

—Tienen tres horas para bajar a la ciudad y tres para regresar —había dicho Theos Eolos—. Después empezará a llover arena, y en tres horas más, la ciudad habrá desaparecido.

Caminaban sin decirse una sola palabra por una calle anónima, flanqueada por edificios irreconocibles, pendientes de que algo fuera de tono les diera una señal de identidad, algo que asomara bajo la costra gris que lo cubría todo, un letrero, una estatua, una cruz, y marcara una referencia creíble para seguir escudriñando, aunque quizás el objeto de su búsqueda también resultara incierto. Caminaban con la cabeza gacha, hundiendo los pies en la arena y esquivando los cientos de cadáveres de *jauriyashkas* que habían quedado calcinados en veredas y calzadas, con los gestos del horror calcificados en el rostro y en el cuerpo, como si estuvieran huyendo del infierno o de un insólito campo santo colmado de galerías de nichos vacíos y sin enlucir, sin una sola flor, sin ángeles plañideros ni oraciones cinceladas en la loza, razón que quizás explicaría por qué los muertos se habrían escapado de sus tumbas y, arrastrándose por toda la ciudad, habrían perseguido a sus posibles deudos, implorándoles una lágrima para su descanso en paz. Sin embargo, como si esos difuntos hubiesen sido seres elementales, esperpentos vacíos de alma, no se percibían fantasmas en el panteón, no había recuerdos ni lugar para el dolor. Una rara sensación, mezcla de apatía y complejo de culpa, los torturaba por dentro, como un canto rodado incrustado en el pecho pugnando por salir a golpes por la garganta. Sabían que ese lugar tantas veces recorrido había sido suyo, pero, por más que buscaran reconciliarse con las imágenes de cada rincón, nada los conmovía y, al mismo tiempo, eso los abrumaba. Saberse indiferentes era una lástima, y, sin embargo, la frialdad solo era el síntoma de una rebeldía silenciosa que no terminaba de aceptar aquella perturbada realidad, en la que un durísimo golpe de la Providencia parecía haber secado hasta el alma de sus habitantes y borrado todo vestigio de su historia. Caminaban desde hacía varias horas con la impresión de ir a ninguna parte y, a pesar de la inutilidad del ejercicio, parecían sentirse obligados a hacerlo, como si fueran culpables de algún pecado ancestral y lo sufragaran cual penitentes en este ya largo periplo expiatorio. Sin embargo, después de tantas peripecias en las que habían logrado templar el ánimo y apuntalar esa especie de estoicismo, para seguir en el sacrificio, hacía falta una señal o, por lo menos, alguna falsilla que marcara por debajo de la conciencia la dirección de sus pasos. En algún momento, sabiéndose el uno guía del otro, solo como un gesto maquinal para asegurarse la compañía, José y María se tomaron de la mano y avanzaron hasta un cruce de calles cualquiera, donde por fin, aunque sin propósito deliberado, se dejaron caer de rodillas, el uno frente al otro, y se atrevieron a mirarse. Sus rostros impasibles, al parecer cubiertos con la misma postilla rígida y fría de la ciudad, no tenían nada que decirse, o quizás lo tuvieron ahí, detrás, bajo la piel endurecida.

Detrás de una de las moles esquineras, un altísimo poliedro irregular, la avenida hacía un novedoso quiebre para dar cabida a una callecita más bien estrecha y flanqueada, al parecer, por edificaciones modestas, que se precipitaba por una suave pendiente y desembocaba en un redondel sin salida aparente. Como si escuchara alguna voz de auxilio, María dio un giro brusco, se puso de pie de un salto y se lanzó en carrera callejón abajo, levantando una gran polvareda y provocando el desmoronamiento de algunos copos de arena sostenidos en equilibrio al filo de los aleros, hasta llegar a una pequeña plazoleta circular con algún promontorio en su centro, donde empezó a raspar con sus manos en toda la superficie vertical que formaba el redondel, sobre todo allí, en los rectángulos resquebrajados, donde parecía insinuarse alguna puerta o ventana, detrás de la cual, se le ocurría, pudiera estar alguien encerrado, llamándola. Husmeaba, golpeaba las paredes, arañaba con sus uñas, olisqueaba, buscaba con ojos desorbitados, correteando de un lado para otro como poseída por algún ser desquiciado que la arrojaba violentamente contra los muros. Nada podía calmarla ni detenerla, ninguna razón, mucho menos la de José, que había corrido detrás de ella, y ahora solo atinaba a suplicarle que no se lastimara e interponía su cuerpo entre ella y los muros, buscando amortiguar en algo los golpes y arañazos que se propinaba. De pronto, en medio de la lucha, la costra de un pequeño rectángulo empezó a desmoronarse, dejando al descubierto un pequeño postigo de madera, que empezó a crujir y a mostrar sus rendijas sobre las cabezas de los niños. Hubo un silencio. Del interior de la supuesta habitación parecía salir el murmullo lejano de una voz de mujer que entonaba una dulcísima canción. María se abrazó de José, le pidió que se arrodillara, lo obligó a servirle de escalón, trepó pisando sus rodillas y hombros y se lanzó de cabeza, rompiendo la portezuela, hacia el interior.

El sol parecía haberse acomodado para echar un haz de luz por la abertura del postigo roto y proyectar las sombras de los niños sobre el piso entablado de la habitación. Sobre las siluetas de sus cabezas alargadas, en lo que quedaba del rectángulo iluminado, se destacaba como único mueble una mecedora de bejuco y esterilla, que se movía levemente como si alguien se hubiese levantado de ella unos pocos segundos atrás. En la penumbra, sin embargo, luciendo el polvillo del tiempo y viejas telarañas en sus esquinas, los muebles y enseres de sala y comedor mostraban la misma y escalofriante quietud de la ciudad. María dio unos pasos hacia la mecedora, se arrodilló frente al único fantasma que parecía habitar en el lugar, se persignó como si recibiera su bendición, apoyó sus brazos y cabeza sobre la esterilla del asiento y se puso a llorar en silencio. Un hilo rojo empezó a enredarse en sus dedos, mientras recomponía sus recuerdos, y con él se puso a hilvanar las escenas que en su tiempo no tuvieron explicación, pero que estaban allí, en su memoria, como eslabones perdidos, sin conexión con los hechos tiernos que se encadenaron naturalmente hasta el día en que le prohibieron asistir a la escuela. De ahí en adelante, entre vacío y vacío, se enhebraban el continuo llanto de su madre, el racionamiento del agua y la madrugada fatal en la que, de un salto, se vio caminando en el desierto de la mano atenazadora de su padre. La niña sacudió la cabeza y, con un movimiento que buscaba acomodarse en una nueva posición, tiró del hilo y se encontró con un par de agujetas, una bufanda a medio tejer y un ovillo de lana roja que cayó al piso y se fue rodando por el haz de luz hasta los pies de José. El niño tomó la madeja y empezó a ovillar delicadamente, recogiendo el hilo del suelo y limpiándole la arena que se le había adherido, mientras ella ensartaba hasta el tope las agujetas para evitar que el tejido se siguiera deshilando. Un ruido fino y monótono que golpeaba la cubierta del lugar, quizás iniciado poco después del ingreso de los niños, se hizo evidente de golpe, como la tromba de agua que da inicio a un temporal.

—¿Llueve? —preguntó intrigada María, poniéndose de pie en el acto.

—Llueve, pero arena —contestó José, con seguridad—. Tenemos que regresar.

Por el postigo abierto se veían caer de manera continua los finos chorros de arena, como una lluvia turbia y pertinaz, pero, se diría, silenciosa, como si hubiese amainado el temporal. En realidad, era fácil imaginarlo, se trataba de que una gruesa capa de arena se había acumulado ya sobre toda superficie horizontal de la ciudad y de que la lluvia caía ahora sobre sí misma, produciendo un sonido como un siseo sordo y monótono, que hasta podría pasar desapercibido, así como la caída implacable de un infinito reloj de arena. Y quién sabe si no habría sido de esta manera como sobrevino el aluvión que dejó enterrada a la ciudad, si no habría ocurrido durante la madrugada, en lo mejor del sueño de Albanuma, sin que nadie se diera cuenta. Solo hacían falta tres horas de esta sigilosa precipitación, como lo había advertido Theos Eolos, para sepultar toda una historia bajo la arena, sin dejar huella, como no fuera las de los *jauriyashkas*.

—¡La iglesia! ¡Estamos cerca de la iglesia! —exclamó José, viendo a María arrodillada.

Le entregó el ovillo de lana, la tomó del brazo y la obligó a levantarse y a seguirlo hasta una puerta de doble hoja que se adivinaba bajo el postigo. Destrabó un grueso y oxidado aldabón, tiró de él con fuerza hasta abrir una de la hojas, retiró con sus pies las costras y astillas que se habían desprendido y salió en carrera, llevándose de la mano a su compañera. Los dos corrían ahora con la cabeza inclinada sobre el pecho, al filo de la vereda, arrimándose a la paredes, evitando el impacto directo de los chorros de arena que se clavaban como agujas en el suelo. A ratos, sin dejar de correr, se protegían bajo los portales, y entonces levantaban la cabeza para orientarse bajo esa luz que se abría paso por entre la arenisca y espesa cortina de la lluvia. Casas y edificios se veían en un solo plano borroso, como si estuvieran allí mismo, al alcance de la mano, pero solo eran las líneas de fuga de una perspectiva engañosa e inalcanzable. La única referencia real para orientarse había quedado atrás, ya perdida en lontananza, y a saber si el rumbo trazado en esa larga avenida por la que corrían llegaría, como esperaban, a la Gran Alameda, nuevo punto de referencia para tomar por la izquierda, cortando por el Zanjón, la gran autopista Ecuador que desembocaba en la plaza de la Catedral. Pero los árboles habían desaparecido de Albanuma, lo habían olvidado, y, por lo tanto, cualquier espacio vacío pudo haber sido el lugar donde se habría ubicado la Gran Alameda, y cualquier calle a la izquierda pudo haber sido el Zanjón, la gran autopista, la plaza; cualquier silueta, la Catedral, y, por último, ya no importaba que lo fuera si cualquier edificio tuviese una puerta abierta, una ventana, una rendija que se pudiera penetrar, si en algún portal, al menos, se pudiesen arrodillar para echar al cielo, ya sin esperanza, la última oración, cuando todo se creía desaparecido bajo la arena o detrás de la espesa niebla, como si fuese la última palada de tierra que caía lentamente, y desde el fondo del lecho mortuorio, mientras los finos terrones resbalaban por el rostro, se adivinaba, como una luz, ese gran milagro que todos inventan a la hora de la muerte, la gran cruz, que ahora aparecía ingrávida, como colgada del centro de la bóveda convexa que se les venía encima.

María se arrodilló, se persignó, agachó la cabeza y empezó a rezar serenamente, como si aceptara que el terrible diluvio de arena que habría acabado con la ciudad y su gente se repetía para ella y su compañero, para que nadie se escapara de la brutal sentencia del ente que lo había generado. Por eso, al parecer, el arca salvadora no se anunciaba en las disposiciones del laudo divino, aunque quizás, al final de la tribulación, al toque de trompetas angelicales, ella se levantaría entre tantos fieles, tal como se había anunciado en el libro del evangelista Juan, que tantas veces le leyera su madre Rosenda, como preparándola para el cataclismo final. Sin embargo, cuando ya el nivel de la arena cubría las primeras casas, el arca se vislumbraba ahí, bajo la cruz de piedra suspendida en el aire, en las efímeras imágenes que aparecían con algún rayo caprichoso que iluminaba apenas los vitrales de la arquería de la iglesia. Era como una nave fantasma que aparecía fugazmente, batiéndose entre las olas de un lento y pesado mar, bajo una tempestad que se había ensañado con sus velas y maderámenes. José tomo con fuerza la muñeca izquierda de María, la aprisionó, la levantó de un solo tirón y la obligó a caminar, cabeza gacha, bajo la lluvia. La arena recién llovida era blanda, y empezaba a formar, con la ayuda de las oleadas del viento, sus propias crestas y depresiones, ensayando la conformación de lo que sería, dentro de unas horas, la tumba de una ciudad perdida. Con los pies hundiéndose a cada paso, era difícil avanzar con la prisa necesaria, pero, además, había que mantenerse a toda costa sobre las crestas inestables que, de rato en rato, se desmoronaban y corrían a las hondonadas, buscando rellenar los vacíos que aún le quedaban a la ciudad. Para María, sin embargo, no era novedad esta caminata forzada que, con la misma resignación, la había realizado de la mano de su padre, sin saber a dónde llegaría, imaginándose, en sus momentos de alucinación, ser la niña de Ampato que encabezaba la romería hacia el ara ancestral de los sacrificios. Aquella escena, desde que conociera la liturgia conmemorativa para invocar a la lluvia, se había convertido en un sueño recurrente que siempre terminaba con el golpe de una piedra afilada sobre su frente y el florecimiento de una clavellina de sangre sobre el blanco impecable de la nieve. Así, sin temores ni dolores, era el salto hacia el reino galáctico de Yayan Illapa, en el que María caminaba descalza por un sendero abierto entre miles de flores, entonando un canto cristiano, «*Gloria in excelsis deo*», al que se sumaba paulatinamente un coro de pequeñas vestales que le daba la bienvenida, cantando y danzando sobre un cúmulo de nubes negras, mientras bajo sus diminutos pies, para los hombres de buena voluntad, se desataba la lluvia. Un golpe seco y el sonido de cristales que se rompen escandalosamente la sacaron de su delirio y le mostraron los retazos del vitral de una estación del vía crucis, Jesús cae por tercera vez, con la cabeza del mártir haciéndose añicos sobre la dura loza de la nave central de la iglesia, entre bancas y reclinatorios. José terminó de romper los vidrios con las suelas de sus zapatos y, mientras la arena que cubría ya el primer techado de la catedral se escurría por el arco abierto hacia el interior, invitó a María a saltar hacia lo que parecía, bajo la débil luz que dejaban pasar los vitrales, el rellano de un estrecho graderío de madera. Ya en el aire, sin embargo, vieron que el descanso iluminado se iba quedando arriba, mientras descendían con el torrente de arena hacia el pasillo formado entre la bancada central y el ala derecha de la iglesia, donde se había formado un montículo blando para amortiguar su caída. María corrió por la nave central hacia el altar mayor, subió las gradas del presbiterio, se arrodilló al pie de la desnuda mesa de ceremonias y retomó delirante la oración que había iniciado frente a la mecedora de su madre. Todo el ábside, con sus nichos aparentemente vacíos, y el tabernáculo se veían bajo una luz extraña que parecía venir de su interior y se irradiaba hacia el centro de la mesa de ceremonias, donde fulguraba con todo el lujo de su pedrería, la gran custodia con su celdilla abierta, seguramente abandonada en el clímax de su ceremonial, segundos antes de la transustanciación. De pronto, como si se repitiera el fenómeno que habría provocado la huida del oficiante, los vitrales de la cúpula, tal vez cubiertos por la arena, se obscurecieron y truncaron una vez más el rito de la cristiandad. En la obscuridad, la mano de José atenazó el brazo de María y la arrastró por el centro de la nave hasta la pila del baptisterio, donde aún quedaba un agónico haz de luz azulada que iluminaba, como una cuchillada en la noche, la fuente de piedra con un pequeño jarrón de plata enmohecida en su borde, una hilera de adoquines desgastados y la puerta de acceso al coro, cerrada a machote con un candado en su aldabón. Como poseída por algún hechicero siniestro, la niña empezó a dar pataletas y a gritar frases desarticuladas en quichua, ahuyentando a supuestos aparecidos que la acosaban desde la obscuridad y luchando por zafarse de la mano, también fantasma, que la aprisionaba. José la tomó entonces por los pelos, inclinó su cabeza sobre la pila bautismal, tomó el jarrón de plata, raspó en el fondo de la fuente buscando el agua bendita y echó sobre el rostro de la niña un líquido herrumbroso que, de todas maneras, cumplió el milagro de sosegarla. María se detuvo en seco, sacudió la cabeza y, como si recién reparara en su presencia, recorrió con la mirada la silueta de su compañero, para luego abrazarse a él con mucha fuerza y llorar en silencio. La luz agonizante que los rescataba de las tinieblas, trazando una línea entre ellos y la puerta del coro, pareció detenerse compasiva, hasta que José encontrara un candelabro de pie, rompiera el candado de un solo golpe y, con otro, destrozara la puerta y echara al suelo una de sus hojas. Entonces se extinguió definitivamente.

Solo se escuchaba la respiración agitada de los niños y el sonido de sus pasos torpes buscando encajar en los peldaños de una escalera irregular, con pasamano y balaustrada sostenidos en el aire de milagro, quizás amarrados con las mismas cuerdas podridas que colgaban de los badajos del campanario. Sus manos buscaban en la obscuridad algún asidero, una pared para subir arrimándose a ella o la columna sobre la que supuestamente se apoyaba la espiral de la gradería, pero, al parecer, cada escalón era el sostén del siguiente, como los dobladillos abiertos del fuelle de un acordeón, sin más estructura que el aire que los despliega. Tocaba entonces agarrarse con las manos de los mismos peldaños y subir en cuatro, con la única certeza de llegar en algún momento al campanario, si la escalera no se desmoronaba, si se mantenía visible el punto de referencia marcado arriba, como una pequeña roseta de luz, por la que ya empezaba a filtrarse un leve cernidillo de arena. Hubo un descanso obligado en el ascenso cuando pisaron una superficie dura y fría en la que parecía que los peldaños habían desaparecido. Buscando a tientas, dieron con una puerta de dos hojas cerradas con aldaba por el otro lado, lo que significaba que alguien se habría encerrado, a saber cuándo, y que estaría allí, padeciendo la misma angustia de quien fuera enterrado en vida. Intentaron abrir la puerta, golpearon con insistencia, llamaron, pero no hubo respuesta, a menos que lo fuera el recogimiento de las cuerdas graves del piano del coro que se templaron del golpe, adaptándose a la nueva temperatura, haciendo crujir los clavijeros y emitiendo un acorde lúgubre que se expandió por toda la nave. Abrazados sobre la loza, al parecer el rellano para ingresar al coro, José y María compartieron sus temores y siguieron buscando la continuación de la escalinata, que debía estar por allí, cerca de las cuerdas del campanario, en dirección de la roseta de luz, por la que entraban de rato en rato gruesos chorros de arena. Afuera, con seguridad, la lluvia sepulturera estaría por cerrar los arcos del torreón de las campanas y, con ello, la última posibilidad de escaparse del entierro. Adentro, después de tanto manotear desesperado, los dedos de José alcanzaron a tocar dos palos verticales unidos por pequeños travesaños, se diría una escalera de andamio colocada allí como puente entre los tramos de la escalinata interrumpida. El primer travesaño se rompió bajo el peso de la niña, el segundo resistió con la ayuda de los hombros de José, el tercero quedó lastimado, igual que los catorce restantes por los que tuvo que trepar el muchacho, procurando pisar en las uniones de larguero con crucero y repartiendo su peso entre sus cuatro extremidades. El armatoste atravesaba un extraño hueco tubular, con una suerte de enrejado metálico en la parte superior, a manera de portilla de jaula que impedía el paso y filtraba la poca luz que entraba en el lugar. En realidad se trataba de un montón de barandillas desvencijadas que habían caído ahí, posiblemente desprendidas de una gradería que, con suerte, continuaría más arriba. Desde el hueco donde se encontraban, con los travesaños a punto de romperse bajo sus pies, José y María lograron retirar pacientemente cada uno de esos fierros oxidados y liberar de paso las cuerdas del campanario que se habían enredado bajo la chatarra. Sueltas las cuerdas, libres los badajos, las campanas dieron tres golpes agradecidos, pero una de ellas no pudo sostener su pesado martillo de bronce, el que se vino a incrustar estrepitosamente en la dura plataforma de piedra, cerca de la tronera donde los chicos todavía lidiaban por salir. Llegados al nuevo y amplio espacio, bajo la franca luz que entraba por los arcos del campanario, pudieron observar la infinidad de escalones estrechos que, adosados a las altísimas paredes, ascendían hasta la misma base de la cúpula piramidal donde pendían los carillones. Algunos tramos de la escalinata conservaban todavía los balaustrillos de protección en su sitio, pero quién sabe si estarían a punto de desprenderse como el resto de fierros que conformaban la chatarra de la base. Tomados de la mano y apoyando sus espaldas en la pared, los chicos empezaron a subir casi a la carrera y, en cuestión de minutos, estuvieron tomando aire en el primer rellano de la esquina y lanzándose a la conquista del siguiente tramo de la gradería.

Arriba, mientras tanto, la roseta de luz parecía reducirse y perder su luminosidad, en una suerte de parpadeo que anunciaba su extinción. Ellos lo sabían y apresuraban su escalada, esperando sacar sus cabezas por uno de los arcos aunque fuera con en el último guiño de luz. Rebasaban ya el tercer rellano cuando, de pronto, lo que se temía, un ramalazo de arena cubrió los cuatro arcos del campanario y desató las tinieblas en su juego de máculas densas e impenetrables. María giró bruscamente, resbaló hacia el abismo, pero logró abrazarse del cuello de José, y se quedó allí colgada, como arrastrándolo hacia el arcano de lo que parecía su inmutable condenación. Lloraba y susurraba al oído su más sentida confidencia, no quería luchar más, pedía que la arrojasen sobre las ondas negras que la circundaban y que, al fin y al cabo, serían blandas y la llevarían al Hanan-Pacha, la morada de luz de sus antepasados. Un suave bamboleo, como mecida en una cuna, la fue adormeciendo, y, liberándola de todo peso, fue transportada por una galería de sombras corpóreas y ondulantes que se apretujaban para abrirle paso hacia la masa profunda que se revolvía lentamente mostrando los negros misterios de Xibalbá, el noveno inframundo, el de las nueve sombras superpuestas, el lugar de la nada. Pero fue allí donde, como en el principio, sin indicios de su existencia, se hizo la luz. Y fue, también como en el principio, un estallido, que destapó cuatro boquetes en los arcos del campanario para darle paso a esa suerte de alborada presurosa y, al mismo tiempo, derramar hacia el interior de la catedral, como una cascada, toda la montaña de arena que se había represado alrededor de la torre. Sería la presión de su propio peso o alguien le dio la vuelta al reloj de arena antes de que marcara su hora, quizás un toque sutil de Theos Eolos, lo cierto es que allí el tiempo corría precipitadamente, y nadie se podía dar el lujo de perderlo.

Cuando volvió del averno, José la tenía aún en sus brazos y luchaba por mantenerse con un pie sobre la viga de la que pendían las campanas y el otro, sobre el palo que servía de polea para jalonear los badajos. Se había subido allí, quién sabe cómo, para evitar que el torrente de arena los arrastrara por la tronera de la torre y terminara sepultándolos como al resto de la ciudad. María, aún sorprendida de encontrarse en esas alturas, se apoyó con sus manos en el cielo raso y se deslizó suavemente por el cuerpo de José, hasta tocar con sus pies los mismos apoyos de su compañero. Entre los dos lograron desclavar un larguero de aquel ralo entarimado, lo deslizaron hasta que un extremo coincidiera, en el aire, con la base del arco de medio punto y fijaron el otro extremo incrustándolo entre los alambres oxidados que sostenían la campana mayor. Colgarse con piernas y manos de aquel palo sostenido apenas en una de sus puntas, deslizarse hasta llegar al dintel del arco y aferrarse a su moldura exterior era la única posibilidad de salir de la torre que ya empezaba a desaparecer bajo el diluvio de arena; pero tan arriesgada operación había que probarla. El muchacho gateó sobre esa viga mientras pudo, hasta que su peso le dio la vuelta y lo dejó colgado, se arrastró hasta el umbral del arco, tocó con una mano la moldura exterior y regresó para convencer a su compañera de repetir el ejercicio. La niña se recostó sobre el larguero, se abrazó a su astillada superficie, cerró los ojos, y empezó a resbalarse poco a poco hacia el umbral del arco, mientras los alambres de la campana mayor se liberaban del moho y rompían sus entorchados con ligeros roces sobre el carillón, produciendo un sonido tensionante parecido al redoble de un platillo de orquesta. Con el clímax de la percusión, María se aferró a la parte exterior del arco y se impulsó hasta ganar el techo de la torre. Un sonido aparatoso marcó el rompimiento de todo el nudo de alambres y varios estruendos en seguidilla acompañaron a la caída de la campana, que parecía romper cada estructura que se oponía a su paso, hasta dar con el suelo marmóreo de la nave central de la iglesia, haciendo añicos las bancas y quizás la pila bautismal. El impacto atronador pareció remover toda la estructura de la Catedral de la Sagrada Familia, y se diría que el clamor de un coro de miles de feligreses quedó vibrando bajo su tumba, hasta que se hizo el silencio. Afuera, bajo la gran cruz de piedra que coronaba la torre, el sol iluminaba sesgadamente el rostro petrificado de María que, con la mirada fija en el arco donde había desaparecido el larguero de madera que le sirviera de apoyo para su salida, observaba cómo el torrente de arena iba cerrando el hueco de su escapatoria y cómo tardaban en aparecer las manos de José buscando su ayuda.

—¡Robles José! —gritó con desesperación y se lanzó a rastras a detener con sus manos la cascada de arena que crecía.

—¡Axitimbay María! —respondió desde adentro José.

Al rato apareció de nuevo un extremo del larguero rebasando el dintel del arco. La niña, entendiendo que debía sostenerlo como fuera para resistir el peso de su compañero, dio tres golpecitos con los nudillos de su mano en el palo y esperó a que él le respondiera de la misma manera, en un lenguaje elemental y de emergencia, que era lo único que les quedaba ya cuando la arena había cubierto la totalidad de la boca del arco. Entonces sacó el pedazo de bufanda roja que había guardado en la cintura, entre la falda y la blusa, la entorchó y la amarró fuertemente al extremo del larguero y a su muñeca derecha, se agarró con su mano izquierda de la base de la cruz y dio tres tirones enérgicos, como una nueva señal para el salvamento. Inmediatamente el tejido empezó a estirarse hasta quedar convertido en una delgada cuerda que quizás resistiría por unos minutos la operación del rescate. María templó todos sus músculos para contrapesar la fuerza que tiraba desde adentro, pero enseguida sus brazos también se transformaron en finas cuerdas que parecían arrancársele del cuerpo. El dolor de su desgarramiento no logró, sin embargo, arrebatarle una sola queja, ni una invocación con la que pudiera flaquear su resistencia. Con los dientes apretados y sus ojos clavados en el palo amarrado que ya empezaba a desaparecer, vio surgir de la arena la mano crispada de José, la que alcanzó a aferrarse a la todavía visible piedra fundamental del arco, y vio cómo emergía su cabeza, sacudiéndose el polvo y buscando la luz, como si volviera de ultratumba, y con qué desesperación se agarró del tejido rojo, pidiéndole a ella con la mirada que lo rescatara de esa avalancha que ahora se precipitaba furiosa, sin la víctima que le había sido arrebatada.

Al pie de la cruz, mientras un sol macilento acariciaba apenas sus siluetas, con sus frentes unidas y sus manos tomándose del cabello, sin decirse una palabra, los dos lloraron en silencio. Detrás de ellos, sobre las cúpulas de la Catedral, las esculturas pétreas de María y José sucumbían bajo la tempestad, que ya se había ensañado con la efigie de Jesús Resucitado. Más allá, casi en penumbra, la torre esquelética de la televisora nacional parecía agitar sus antenas parabólicas buscando una señal de salvación, así como lo hacía en su simpleza la cruz de piedra, a la que se aferraban, ahora encaramados sobre su crucero horizontal, José y María. De pronto, el cielo convexo de arena empezó a levantar sus orillas y a mostrar la cadena montañosa que se abría más arriba, ajena al diluvio que se cernía sobre lo que fuera Albanuma, y allí estaba la inmensa mole de rocas llamada Chimborazo mostrando sus heridas y la misma desnudez con la costra de sangre cubriendo sus grietas. El nivel de la arena había rebasado ya el INRI, y dentro de poco tiempo no habría ya soporte para seguir a flote bajo la tempestad, y los cuerpos se irían hundiendo en la arena blanda, como ese larguero que seguía atado a la bufanda de María y que empezó a jalar hacia el fondo, como si fuese un gran pez que se resiste a la captura. José tiró con fuerza de la bufanda, desenterró un pedazo astillado de aquel madero, se deshizo de él, tomó la mano de su compañera y la invitó a una marcha forzada, en dirección al Chimborazo. Avanzar, pisar, hundirse, desenterrar y volver a empezar con cada paso, mientras la lluvia les doblaba el espinazo, y avanzar obstinadamente, soportando el dolor agudo de muslos y pantorrillas, se convirtió en la tarea más angustiosa de su lucha contra la muerte, aquella que, paso a paso, se fue convirtiendo en una dulce tentación para dejarse caer por una sola vez, rodar sobre el inmenso lecho blando, sentir el abrazo tibio de la arena tocando las carnes doloridas y adormecerse hasta desaparecer. María cayó primero, y, por largo trecho, no supo del dolor, apenas si un vahído en el que montañas de arena se desvanecían a su paso o se precipitaban en cascada delante de sí, como limpiando su camino de asperezas. Cuando volvió en sí, se vio colgada de los hombros de José, y las puntas de sus pies tocaban el cascajo de un sendero de montaña. La tempestad de arena había terminado, el cielo, ligeramente azulado, lucía sin una sola mancha que denunciara la devastación, y un sol dorado que le acariciaba sus espaldas anunciaba el ocaso. Frente a ella, por sobre los hombros aún rígidos de su compañero, vio los tres picos rocosos que parecían venírsele encima y, cerca de ellos, sobre una laja de granito a manera de mesa de ceremonias, la bolsa y la mochila con todos los aperos y la funda de cuero con la quena que le regalara Theos Eolos. José se dio la vuelta lentamente, miró el desierto que se abría a sus pies hasta el infinito y, solo entonces, se desplomó.

9

Cuando abrieron los ojos, Dino les lamía el rostro y se metía entre los dos dentro de la bolsa, anunciándoles, a los tiempos, un día diferente, aunque el paisaje donde habían amanecido seguía siendo el mismo o, quizás, idéntico al que precediera su encuentro con el Gran Simún, lo que significaba que no habían avanzado absolutamente nada, que no había historia sino sueños en su trajinar y que la tormenta del desierto se repetiría irremediablemente y luego, el viaje en las garras del Apu Kuntur, la isla flotante de Eolia, la lluvia de arena sobre Albanuma, esas cosas que quién sabe si llegaron a ocurrir o si estaban adelantadas en la memoria, en una suerte de presagio fatal. Mientras bebían de las totumas de agua que les trajera Dino y lidiaban con las ya duras tortillas de maíz, descubrieron una pequeña y casi imperceptible nube blanca, o más bien, transparente, sobre el horizonte. Si se habría anunciado así el Gran Simún no lo recordaban, aunque tenían la impresión de que aquello, visto a contraluz, había sido un manchón amarillento y luego, castaño, y de que al día siguiente, el viento culebreaba sobre el arenal y, en fin, si esta jornada se diera diferente, aún con la alegre presencia de Dino, nada cambiaría, pues todas sus sorpresas no serían más que una reposición que se alimenta en la substancia de los sueños. No había apuro, no había ruta a seguir ni nada que alcanzar, salvo la meta cotidiana del lugar para pasar la noche a resguardo del viento y, quizás, el ánimo necesario para esperar imperturbables las visitas periódicas de Dino, con el que celebraban una pequeña fiesta, correteando por aquí y por allá, en el juego de las escondidas, hasta que el animal desaparecía. En este último recreo, sin embargo, José se detuvo bruscamente, dejando que la niña y el perro se le vinieran encima y los tres cayeran de bruces sobre la arena. El muchacho se levantó, miró un rato el horizonte y pidió a la chica que le mostrara de nuevo las hojas de papel pautado en las que su padre de ella había borroneado, supuestamente, algún mensaje. Solo quedaba una, arrugada y con sus trazos desvaídos por el trajín, y al parecer era una de las últimas láminas dibujadas por don Francisco Axitimbay, al menos eso podía deducirse del número treinta y seis que constaba en el lado de la pauta y la palabra fin, donde terminaba la notación. El chico tomó la hoja, la estiró sobre sus piernas y empezó a recorrer con el índice el camino que esbozaban las torpes garrapatillas, comparando de rato en rato su movimiento con la línea que trazaban los montículos en el horizonte. Luego, acercando la lámina a su rostro, dedujo que aquellos garabatos no eran ni hormigas ni garrapatas sino gotitas de agua dibujadas con detenimiento a pesar de las limitaciones físicas de su autor. Quizás fuera lo único que pudo hacer el hombre en el proceso de su metamorfosis, y lo tomó como símbolo de su mensaje, pero también como recurso para ubicar en el papel los puntos exactos que unirían el trazo que no pudo realizar. José estiró de nuevo la hoja sobre sus piernas, tomó un puñadito de arena y empezó a regarla sobre la lámina siguiendo la línea sugerida por los puntos de agua y rellenando, como si pintara, los espacios que encerraban esos trazos. Y allí estaba, delineada con precisión, la cadena de altozanos con su perfil bajo y ondulado y, casi en el centro, como un cuerpo extraño y desligado del resto de elevaciones, una montaña solitaria, se diría una quimera, con la forma casi regular de un cono truncado, coronada por esa insólita nube fantasmal.

—¡El Urku-Yaku! —dijo María, reprimiendo su emoción.

—¡La Montaña del Agua! —confirmó gritando José.

Se abrazaron, gritaron como si lo anunciaran a todo el mundo, saltaron, bailaron levantando polvareda, se revolcaron en la arena, rieron como chiflados estrenando nuevos tonos en sus carcajadas y buscaron a Dino para darse volteretas también con él, pero, claro, el animalito había desaparecido como siempre, y es posible que se les hubiese adelantado, aún desde su primera visita, y que fuera de allí, del Urku-Yaku, de donde traía su cargamento de agua y tortillas. No hubiese sido nada extraño que alguien, pariente o vecino, ya instalado en el lugar y valiéndose de la inteligencia y fidelidad de un animal, se hubiera dedicado a socorrer a las gentes escapadas del diluvio de arena sobre Albanuma. Sí resultaba inconcebible, en cambio, que no los guiara de una vez por todas a ese lugar y que desapareciera sin dejar rastro, como si cumpliera una misteriosa consigna de alguien que estaría sacando provecho de una situación absurda y cruel. Aún ahora, cuando María y José se habían trazado una meta precisa y llevaban cinco días caminando a marcha forzada pero alegre hacia ese lugar, aquel ente sagaz parecía burlarse de ellos trastocando la perspectiva y las distancias, como si las cosas se mirasen en un espejo convexo de ciento ochenta grados. Eso sí, no se olvidaba de enviar a su emisario oportuno y generoso, con la ración indispensable para mantenerlos con vida, quién sabe hasta cuándo, o, a lo mejor, a cambio de algo que no se alcanzaba a comprender y que tampoco se especificaba en los recados o señales de este pequeño heraldo. Apareció de nuevo y con su mismo cargamento al empezar el sexto día, cuando los niños despertaban para comprobar, una vez más, que la Montaña del Agua seguía ahí, claro, pero inalcanzable, como si al final de cada jornada, ya con las sombras, recuperara su distancia o, tal vez, como si algún ángel guasón los narcotizara durante la noche y los regresara al punto de partida. Esas jugarretas omnipotentes parecían, desde siempre, pues ya no había data para el inicio de este suplicio errante, el ejercicio del más exquisito ensañamiento, por el que quizás alguien debería de estar riendo a carcajadas, y hasta se podría decir que en las noches, a medio camino del insomnio, se han podido percibir las convulsiones de un festejo perverso que se estaría dando en las entrañas de la tierra. Antes de iniciar la caminata diaria, sin consultar con su compañera y sin saber exactamente por qué lo hacía, José tomó una de la totumas vacías, la llenó de arena, la envolvió con la última hoja de papel pautado y la dejó como señal en el punto de partida. De rato en rato regresaba a ver para comprobar cómo la pequeña calabaza se iba quedando atrás y, cuando la perdió de vista, se puso a memorizar el perfil de las elevaciones del horizonte que rodeaban a la Montaña del Agua, donde lo único que había cambiado era la forma y la consistencia de la nube, la que apenas se veía, o se creía ver conociendo su ubicación, como un pequeño aro lechoso sobre la cumbre. Y así se mantuvo durante toda la jornada, bajo la mirada vigilante de José, quien la tomó como centro de su ángulo visual, merced al cual pudo establecer como balance del día que dos elevaciones de su izquierda y una y media de su derecha ya no cabían en ese campo y que, habiendo quedado atrás la señal de su punto de partida, era evidente que habían avanzado. Sin embargo, mientras preparaba la bolsa para descansar y se acurrucaba junto a su compañera, no dejó un solo instante de mirar con desconfianza el horizonte, pues algo no muy claro lo seguía inquietando, y quería estar alerta hasta el último segundo, cuando lo venciera el sueño y se desataran en pesadilla todas sus abusiones. Esa noche, de sobresalto en sobresalto, le pareció escuchar el rumor del contubernio de los espectros subyacentes, quizás sus carrerillas, tal vez sus carcajadas, sus pasos sigilosos y el cuchicheo burlón que se repite de boca en boca. Al alba, el muchacho se deslizó subrepticiamente dentro de la bolsa hasta que pudo salir sin despertar a

María, caminó arrastrando los pies y recorrió, centímetro a centímetro, toda la superficie de la meseta donde habían pernoctado, sin encontrar la totuma que dejara como señal en su punto de partida. Aparentemente, todo estaba en orden, y el balance de la noche que concluía con la certeza de su avance se corroboraba una vez más en el horizonte que ya se columbraba con los primeros haces de luz, fenómeno todavía mágico y engañoso que, de pronto, como un salto ilógico entre fotogramas, incluyó las tres colinas y media restadas el día anterior de su campo visual, las que volvieron a aparecer como si se tratara de un telón de escenografía, sin profundidad, que se reubica de acuerdo a los requerimientos de un montaje escénico.

—¡Las dunas se mueven, Señor! —exclamó José, cayendo de rodillas sobre la arena.

Quizás para ver la realidad de esta manera haga falta un estado de delirio que bien puede sobrevenir después de una noche de sobresaltos entre el sueño y el desvelo, aunque la monotonía del paisaje, los soles intensos, la sed, la desnutrición y la angustia de no saber hacia dónde se va ni para qué, también podrían provocarlo. Qué se puede esperar, entonces, de un muchacho que ha perdido la fe en lo palmario y que deambula como dentro de un tambor de cristal, que gira mientras se camina, y que le muestra miles de veces, como a conejillo de laboratorio, el mismo panorama. Sin embargo, si el delirio no justificara tales visiones, éste podría ser el desconocido desierto de Dandain, aquel lugar alucinante situado en un mundo extremo, sin ubicación geográfica precisa por su condición inestable, con sus arenas movedizas y sus criaturas energúmenas, siervas de un engendro titánico y atroz, mezcla de toro con rinoceronte, que responde al nombre de Behemot. Allí, llámese como se llame el lugar, José seguía arrodillado sobre la fría arena, mirando crecer la luz sobre los promontorios colmados de enigmas, esperando que el viento le seque las lágrimas vertidas en soledad, cuando sintió que María se arrodillaba también y lo abrazaba por detrás, uniéndose a su silencio. Si el profeta Enoc, mientras alucinaba con su desierto de Dandain, hubiese vislumbrado allí la presencia de estas dos criaturas, consideradas inocentes por su dogma, es posible que hubiese cambiado sus predicciones y que la lucha feroz entre sus demonios Behemot y Leviatán se hubiese postergado hasta más allá del juicio final. Pero los signos de los tiempos anunciados, al parecer, no cambiarían, y estos dos muchachos serían las primeras víctimas de un error profético. Allí seguían de rodillas los inocentes, observando cómo el Urku-Yaku, otra omisión en el libro de Enoc, iba tomando forma en el centro de las colinas todavía borrosas, y cómo su pequeña nube se había convertido en una especie de fumarola, un poco más arriba de su posición habitual.

—Nos estamos alejando como esa nube —dijo María, apoyando su mentón sobre el hombro de José.

—Y no vamos a llegar nunca si seguimos durmiendo —dijo él con aplomo.

A partir de ese día, siguiendo un plan concebido por José, caminarían también durante la noche, vigilando cada elemento del paisaje, atentos a cualquier cambio o juego engañoso, y turnándose para mantener siempre en la mira al Urku-Yaku, como si un coloso de semejantes proporciones pudiera desaparecer o cambiar su ubicación de la noche a la mañana. Desde entonces, como si la hubiesen arponeado y un brazo fuerte dominara sus estertores y convulsiones, la Montaña del Agua se mantuvo siempre en el mismo lugar y allí fue creciendo y revelando su extraña factura, aunque en las noches, como si se rebelara a la luz de inexplicables y escurridizos fulgores, daba la impresión de fundirse con la silueta negra del horizonte, en la que desaparecía por instantes y reaparecía, siempre allí, donde la habían atravesado con la mirada. Un juego de sombras correteaba por los callejones de la noche y se escondía detrás de los promontorios para asaltar a otras sombras y estallar en cientos de manchitas iridiscentes que se escurrían por el rabillo del ojo, buscando distraer la atención de María y de José, como lo hacía el rumor sordo de la noche que los jaloneaba desde atrás con murmuraciones de espantos, falsas aprensiones y una suerte de eco que se multiplicaba en escala ascendente hasta el agudo castañear de dientes. Sobre las crestas del lomerío, donde el viento helado laceraba la piel y los huesos, con sus bártulos al hombro y cubiertos desde la cabeza hasta medio cuerpo por la frazada, los chicos avanzaban obstinadamente, a paso lento, sin pestañear, sin comentar nada, aferrados a la frazada que el viento quería arrebatarles y a la idea de llegar por fin a algún lugar. Por momentos, cuando las ráfagas heladas se entretenían en pequeños remolinos, una agradable sensación de calor les recorría el cuerpo, y era como la brasa menuda que se esconde bajo la ceniza y que no termina de morir, y que espera que al día siguiente una mano caritativa la alimente y la reavive. Era una pequeña y agónica tulpa la que ellos llevaban dentro y avivaban con el resuello y las oraciones silenciosas, aquellas invocaciones breves que se quedaban detrás de los labios, con el gustillo de las bienaventuranzas que les duraba hasta la salida del sol. Las veces que habría salido para socorrerlos no se podían contar sin la pausa breve, que es como un parpadeo, que marca el alba y el ocaso, pero allí estuvo cuando hizo falta para templar la piel y desentumecer los huesos, para develar los detalles del gigante que iba creciendo y hasta para recordarles que la dotación de agua que Dino les había dejado se estaba acabando. Ya vendrá de nuevo, se dijeron, mientras bebían el último sorbo, muy seguros de que el animal los encontraría siempre y en el momento de mayor necesidad o, por lo menos, hasta que llegasen a la Montaña del Agua, aquel coloso que, en un solo y compacto bloque, ya se iba revelando como una singular urbanización. Mientras disfrutaba de las últimas gotas de agua, José sintió un pequeño cuerpo duro bajo sus piernas, y hasta le pareció que algo se movía bajo la arena donde se había sentado.

—¡No pierdas de vista al Urku-Yaku! —ordenó José, presintiendo una nueva mala pasada de los espíritus del desierto.

De un salto se puso de pie, tomó distancia y esperó a que apareciese por fin alguno de esos seres socarrones que le habían cuchicheado confusiones y temores al oído, que se habían burlado de su angustia y lo habían torturado con imprecaciones en sus noches de insomnio febril. La cercanía de la Montaña del Agua lo había envalentonado y ahora se preparaba para enfrentarse a lo que fuese, incluida su propia sustancia pávida, a fin de liberarse de esa presencia que lo inquietaba como lastre. El viento suave de la tarde pulía de nuevo la cresta de la duna levantando una suerte de virutas de polvo, y era lo único que se movía, hasta que el muchacho regresó con recelo, arrastrando los pies, al sitio de sus sospechas y empezó a remover la arena, buscando desenterrar el objeto de su desafío. Algo se quebró, de pronto, debajo del talón de su pie izquierdo, y allí estaba, tal como la había dejado atrás, hacía no sé cuántos días, envuelta en el último papel pautado con el croquis del Urcu-Yaku , llena de arena y ahora hecha añicos, la mínima totuma, la señal de cuanto habían avanzado. O el juego falaz de las arenas movedizas acababa de dar un nuevo golpe de efecto, con toda la saña reservada para encajar en la conciencia el toque final de la paranoia o, quizás, por fin se entendería que aquí, en los que definitivamente parecían los dominios de Behemot, carecía de sentido caminar, porque nunca se llegaría a ninguna parte. Desencantado, sin haber encontrado al ente que lo hostilizaba y contra el cual habría descargado su rabia, su impotencia, su desazón, y le habría gritado su desacuerdo con los perversos designios que lo martirizaban, su rebeldía, su renuncia a la vida, porque ya no aguantaba más, José se dispuso a descargar su irritación con un puntapié que levantaría el polvo y esparciría los restos de la totuma por donde fueran a caer, pero algo lo contuvo y lo puso de rodillas frente al pequeño objeto, al que empezó a examinar pedazo a pedazo. La arena que aún quedaba en su interior tenía otro color, se diría más obscuro, y estaba ligeramente húmeda.

—¡Estamos llegando al agua! —gritó el muchacho, buscando con la mirada a su compañera y bailando alrededor de la totuma.

Pero María ya no estaba en su lugar.

José recogió rápidamente los restos de la totuma con la arena que aún contenían, los envolvió de nuevo en la hoja de papel y corrió en dirección de la Montaña del Agua, de la que ahora apenas se veía, detrás de las colinas, la cumbre coronada por su pequeña nube. Por esa misma cresta por la que ahora se hundían los trancos desesperados de José habría avanzado, es un decir, su compañera y, claro, no estaría lejos, puesto que el tiempo que estuvo sola no habría pasado de unos dos minutos. Pero no había rastro de ella, es otro decir, a menos que estuviera ahí, detrás de la primera duna o de la segunda, que hubiera rodado al fondo donde se juntan los promontorios o, por qué no, que se hubiese quedado atrás o, como en el caso de la totuma, que se hubiese quedado adelante. La carrera del chico había logrado rebasar tres de las colinas arenosas que se enfilaban hacia el Urku-Yaku, y ahora, cuando lograba la cima de la cuarta, alcanzó a divisar, al final de la cresta que ensartaba tres promontorios más, la figura pequeñita de María, detenida en lo alto y coronada, gracias a la perspectiva, por la nube de la Montaña del Agua. Antes de que las cosas pudieran cambiar, sin dejar de mirar a su compañera para que no se le escapara, José redobló su esfuerzo y estuvo corriendo por alrededor de una hora con la misma sensación de no avanzar, aunque con una cierta y extraña seguridad de que llegaría no al lugar sino al acontecimiento, como si presintiera que las cosas habían venido ocurriendo solo en el tiempo y no en el espacio de ese lugar inconmensurable y sin coordenadas. Cuando cayó de bruces, ya sin aliento, al pie de su compañera, y cuando supo que ella no se había movido del lugar donde se quedara con la mirada prendida del Urku-Yaku, comprobó que ese dominio, con sus arenas retozonas, le había vuelto a jugar una mala pasada. Sin embargo, esta vez, nadie se estaría burlando de la suerte del muchacho, porque ahora, frente a la vista impresionante de una edificación portentosa que cubría todo el panorama, José Robles, junto a su compañera María Axitimbay, sentía que había llegado.

10

El sol había rebasado ya su cenit y se colocaba de este lado para iluminar en toda su grandiosidad la Montaña del Agua que se levantaba entre un círculo de colinas de cangagua, exhibiendo una sólida estructura de piedra negra, al parecer volcánica, con ribetes blancos de naturaleza incierta. Un cono truncado de esas dimensiones, con apariencia rústica y natural, había sido el escenario para un encuentro interplanetario de cierta película de ciencia ficción, y, seguramente, no pasó de ser una maqueta gigante, pero quizás lo que más se acercaba por su forma a esa colosal construcción era la Torre de Babel, en la versión surrealista de Pieter Brueghel el Viejo, concebida como una sucesión interminable de arcos de medio punto que se elevaban en espiral en busca del cielo. Sin embargo, mucho tenía de natural esta maravillosa Montaña del Agua, y llevaba este nombre porque, seguramente, sus arcadas ojivales, sus columnas ramificadas como grandes higuerones, sus techos ondulados siguiendo la línea del follaje y sus contrafuertes enraizados se veían incrustados en la roca viva, o nacían de ella, como una sola y monumental escultura para ser habitada. Se diría que allí estuvieron diseñando cada detalle primoroso los arquitectos del Art Nouveau, aunque, por la elevación mística de sus arcos de estilo neogótico, por sus columnas de esbeltas y estilizadas palmeras y sus capiteles en forma de racimos y nervaduras vegetales, bien pudo estar ahí con su refinado talante el genio de Antonio Gaudí. Aquí hubo, se deduciría, como razón fundamental de sus creadores, un ejercicio religioso elevadísimo, una entrega total al acto de comunión con un dios que, aparte de las ojivas, carecía de símbolos e imágenes que identificaran su devoción. Pero qué manera tan excelsa ésta, la de orar cotidianamente, año tras año, con cincel y martillo, construyendo una obra, que no era templo ni mezquita, para la glorificación de una entidad sin identidad ni forma, a la que debió de dársele, no obstante, la categoría de divina. Mientras descendían de la colina, ya casi al pie del monumento, José y María descubrieron que aquellos arcos y columnas, dispuestos escalonadamente no sostenían absolutamente nada, no enmarcaban ventanas o vitrales ni eran hornacinas para ningún santo. Habían sido esculpidas sobre la inmensa roca, siguiendo su movimiento natural y no una lógica constructiva, igual que la inmensa portada, con un arco central coronado por la figura de un jarrón inclinado del que salía un hilillo de agua que caía sobre el graderío. Había un graderío amplio, en forma de media luna, con una veintena de escalones que terminaban en un supuesto portal, pero no había puerta ni acceso de ninguna clase. Tampoco las cuatro cimbras que escoltaban el arco central, inclinándose a sus flancos, daban entrada a ninguna parte, aunque sí permitían que por su porosidad se filtraran cadenillas de agua, como rosarios que se entrelazaban en su caída. Se podría decir que aquí los fieles, por el misticismo de su obra, se gastaron la vida taladrando la roca, buscando cómo penetrarla para llegar a su esencia, y habría sido como tocar empecinadamente una puerta que nunca se abriría, que jamás hubo respuesta para satisfacer las ansias de su feligresía, a menos que por tal se entendiera la magnificencia de la propia obra y el arrobamiento que produce el contemplarla, en cuyo caso, habría sido solo un respuesta de la forma. Sin embargo, si esta disquisición resultara convincente para un peregrino, no lo sería para el constructor del templo y oficiante de la ritualidad derivada de su obra. Es que, además del santuario físico o lo que fuere, estarían los cánticos, oraciones y todo el ceremonial que, de alguna manera, buscaría una suerte de transustanciación por la que se pudiera ser uno con la invocada esencia divina. El tabernáculo para este ejercicio espiritual vendría a ser, ciertamente, el escenario en media luna que se extendía al final del graderío, pero el objeto depositario de la esencia sería este elemento mágico y sin forma que brotaba como si fuese el alma misma de la piedra. Su símbolo estaba allí, en ese jarrón inclinado que intentaba darle forma y dominarla; pero el agua, tomada como elemento sagrado y purificador por muchas civilizaciones, ha corrido siempre libre en el Ganges o en el Jordán e incluso en los cenotes que la protegen bajo tierra, hasta donde habían penetrado los mayas para adorarla, es decir, para convertirla en entidad divina. Aquí, en el Urku-Yaku, el agua había vuelto a ser una deidad, y su caída religiosamente vertical trazaba la línea de su jerarquía omnipotente.

José y María habían llegado al pie de la Montaña del Agua y, habiendo observado cada detalle con fascinación, mientras descendían, aún miraban arrobados la excelsitud de la construcción, deteniéndose ahora en esos ribetes que afloraban desde el fondo cincelado de la roca, como extrañas enredaderas de color blanco alabastrino. La mayoría de esas cenefas colgantes llegaban hasta el suelo arenoso, donde se fundían con una inmensa costra de rebordes estrellados que rodeaba a toda la edificación y que, en sus partes laminadas, dejaba adivinar el fondo yermo del desierto. El hilo de agua del portal se distinguía ahora con claridad sobre el fondo obscuro de la roca, se escuchaba el sonido armonioso de sus golpecitos en el graderío y hasta se podía oler su frescura irresistible. José y María corrieron hacia el chorrito que parecía llamarlos con su melodía de claves agudas, pero, como a unos veinte trancos, al sentir que la costra cristalina se quebraba bajo sus pies, se detuvieron y observaron cómo sus pasos habían quedado marcados con una gravilla blanca sobre la arena, producto de la moledura de ese delicado material. José se agachó, tomó un pedazo de esa postilla, lo observó con curiosidad y se lo guardó distraídamente en el bolsillo. Y si todo fuera así, como un frágil cascarón, si esa montaña se derrumbara con solo tocar su graderío, entonces esto no sería más que la espuma de un hermoso encantamiento, y hasta la disgregación de toda esta estructura sería parte de la misma alucinación. Avanzaron con cuidado unos pasos más, comprobaron que allí, donde el material se engrosaba y perdía su transparencia, la costra podía resistir el peso de sus cuerpos, lo que les dio un poco de seguridad, pero no la suficiente para caminar al ritmo de sus ansias. Con esa cadencia retardada tuvieron tiempo de descubrir unos pequeños canales, en realidad huellas, por los que descendían de rato en rato unas cadenillas de agua que iban a perderse irremediablemente en la arena, donde el sol terminaba de evaporarlas y señalaba el sitio exacto donde moría todo el milagro de la Montaña del Agua. Ellos regresaron a ver varias veces ese movimiento agónico de la vida y, cuando quisieron retomar sus pasos, sin saber de dónde había salido, apareció Dino, el pequeño animal que fuera, hasta la última visita, el enviado de la Providencia, gruñendo de forma amenazante como si cumpliera el papel de Cerbero. María se le acercó extrañada, levantó su mano para acariciarlo y recordarle la fidelidad, rozó apenas su oreja izquierda, pero tuvo que retirar violentamente su brazo para evitar una mordida del animal más enrabiado que se pudiera conocer. Aullaba, mascaba espuma, mostraba sus colmillos afilados y lanzaba dentelladas al aire, defendiendo un espacio probablemente lleno de pitanzas destinadas a otros seres, o a uno solo, aquel que habría fungido de tutor de peregrinos mientras los tuviera lejos. Qué clase de Providencia es ésta, se dijo María, enfrentó al animal con imprecaciones, tratando de amedrentarlo, lo amenazó con golpearlo en la cabeza y se atrevió pasar. No avanzó sino dos pasos. El perro saltó detrás de ella, la atenazó con sus mandíbulas por el tobillo, la derribó, la arrastró hasta el arenal y allí la soltó gruñendo y vigilando sus movimientos. Un puntapié certero en la panza del animal lo levantó y lo tiró lejos, donde cayó aullando malherido. Había llegado la hora de la crueldad, y no había alternativa, y resultaba doloroso para José que las cosas tuviesen que resolverse de esa manera, agrediendo brutalmente a su fiel mascota, cuando aún no quedaba claro el cambio de su comportamiento. Todavía mirando acongojado cómo el animal se retorcía en la arena, con lágrimas en los ojos, el muchacho se acercó a María, la ayudó a levantarse y caminó con ella, sin apuro, hasta el pie del chorrillo de agua.

La tocaron y sintieron su frescura. María se colocó bajo la caída, abrió la boca, se atragantó con la primera buena buchada, pero la segunda la escupió lejos, asqueada de su sabor. José tomó un poco en el cuenco de su mano, la probó, se la tragó y, aceptando que, a pesar de su sabor salobre, le podía saciar su sed, volvió a beber un poco más. Luego, adosando sus labios a la piedra, probó las gotitas que salían de los resumideros de las cimbras y se quedó allí bebiendo y disfrutando del agua más dulce que jamás había probado. Allí, arrodillados sobre la piedra húmeda, los niños estuvieron largo rato bebiendo hasta la saturación y tratando de llenar sus totumas vacías, como si se prepararan para seguir su camino, presintiendo que en esos dominios custodiados con tanto celo por algún energúmeno y por un perro rabioso no se quedarían por mucho tiempo. Tarea inútil la de llegar hasta aquí, sorteando las trampas del desierto, para beber un poco de agua, llenar las totumas si se pudiera y regresar a correr la misma suerte, sin saber hasta cuándo se resistiría en ese periplo o qué nueva peripecia les estaría reservada. En todo caso, era necesario llenar esos recipientes a como diera lugar y, para eso, empezaron a recorrer la edificación por la izquierda, al pie del muro irregular, buscando una vertiente que les pudiera servir para su propósito. Habrían caminado alrededor de unas dos cuadras cuando la inmensa roca empezó a presentar una depresión irregular, se diría sin la intervención de los constructores, al tiempo que se sentía un ambiente más húmedo y se escuchaban los sonidos de pequeñas olas que chocaban contra la roca y de mínimas caídas de agua sobre pozuelos resonantes. Pronto se abrió ante ellos una especie de gruta o tronera de unos tres metros de diámetro, con un camino rústico, más bien un viejo lecho de arroyuelo, que parecía introducirse hasta el mismo corazón de la roca. Al pie del camino y en sus bordes interiores se veían desperdigados unos cuantos adoquines rocosos de tallado grueso, quizás las únicas señales de presencia humana en el sitio o la evidencia de que hasta allí llegó, ya cansada, su civilización. No se veían huellas de tránsito reciente de ninguna especie en el sitio, y los únicos vestigios de vida parecían ser unas carachas musgosas de color verde claro que aparecían entre las junturas de las piedras, a manera de parches de argamasa. Ese lugar, ciertamente, no era el refugio ni la ermita de ningún individuo que pudiese ser el amo de Dino, y menos, de alguien que se dedicara a enviar subsistencias atadas al cuello del animal. Pero, entonces, a quién obedecía el pequeño can, cuál era la explicación de aquel recibimiento tan poco hospitalario y, ahora que reparaban en ello, de qué manera había desaparecido del lugar en el que había quedado malherido y quejumbroso. Quizás los hechos que estaban por venir les darían alguna explicación.

Frente a la boca de la gruta, los sonidos del agua eran nítidos y tentadores, así como el halo de frescura que venía del interior, en el que hasta se percibía un agradable olor a yerbas aromáticas y hortalizas, con lo que, a lo mejor, si las cosas se dieran como se insinuaban, podrían quedarse allí por largo tiempo o hacer del lugar su centro de operaciones para incursionar en otros derroteros. Tal vez don Francisco Axitimbay tuviera razón en obsesionarse con el Urku-Yaku, como el único refugio posible después de la invasión del desierto, y, aunque nunca pudo alcanzarlo para sí, quizás su misión habría sido la de encaminar a su hija en ese cometido, para quien se esforzó en dibujarle decenas de veces el mismo esquema, con esos garabatos que, vistos en el terreno, bien pudieron ser ojivas. Pensando en su padre, María tomó la mano que la invitaba, ya desde el interior del socavón, a descubrir un mundo recóndito, pero acogedor por sus aromas, en el que quizás, y considerándolo como la última oportunidad de ser amparados, se pudieran afincar con lo poco que traían. Tomados de la mano, avanzaron unos cinco metros en línea recta por un ligero declive, afirmando sus pasos en las pocetas del riachuelo seco que parecían estar llenas de arena, y se detuvieron para acostumbrarse a la obscuridad que esperaba apostada detrás del primer recodo, donde era necesario sentirse el uno junto al otro para vencer el miedo natural a lo invisible y avanzar a tientas. Desde allí, como señal de confianza, sintieron que caminaban sobre un piso regular y casi horizontal, quizás cubierto por los adoquines que se habían visto desperdigados a la entrada, lo que indicaba que por allí anduvieron también los constructores poniéndoles un límite plano a las tinieblas. El choque contra un muro rocoso y húmedo les hizo saber que el túnel cambiaba de dirección hacia un corto tramo en el que ya se adivinaba otra vez la luz, sobre todo al final, donde un manchón de claridad vibrátil, como de olas luminosas, señalaba un nuevo recodo. Los muchachos corrieron hasta allí y se detuvieron hipnotizados por la luminosidad que les golpeaba el rostro y por una sinfonía de sonidos del agua, la que caía como en cajas pétreas de resonancia, por ponerles algún nombre, dispuestas por la naturaleza en la base y los laterales de esta cueva que ahora descendía de forma abrupta, como si fueran escalas musicales de un fabuloso hidrófono, con sus notas graves en lo profundo del acantilado. Sin embargo, lo que realmente los había extasiado hasta inmovilizarlos era la inmensa burbuja de granito, con estalactitas incluidas, que se abría ante ellos, iluminada por un cono de luz que se filtraba desde la cumbre de la montaña y que caía sobre una gran laguna de aguas inquietas, de alrededor de una cuadra de diámetro. Las pequeñas olas que partían del centro y besaban una estrecha playa de roca verde obscura alternaban sus colores, sin mezclarse, entre un amarillo ferroso y un turquesa intenso, como si quisieran conservar hasta el final las características de su probable origen diverso. Aquello era una especie de cenote o caverna de agua, con todas sus maravillas y sus misterios sobrecogedores, donde cada rincón parecía echar una especie de sortilegio en el que se jugaba la vida de quien se atreviera a hollar su virginidad. Nadie, según parecía, habría sobrepasado el límite natural donde se habían detenido los chicos, al filo de una caída de unos veinte metros hasta el nivel de la laguna, sitio privilegiado para que algún sacerdote, no María ni José, oficiara el rito de adoración a la diosa del agua o a los dioses del Xibalbá, el inframundo de la civilización maya. Los muchachos, simplemente, se dieron a probar el agua que caía en los resonadores agudos del hidrófono y, comprobando que a la derecha estaba el agua salobre y a la izquierda, la dulce, comenzaron a llenar resignadamente sus totumas, mientras el sol inclinaba su cono de luz e iluminaba un gran nicho en el que se veían acumulados una serie de huesos humanos, sobre todo de niños, a juzgar por la forma y tamaño de las calaveras. María los descubrió primero, pero, antes de que pudiera comentar nada, una tenaza articulada de aspecto duro y calcáreo la sujetó por su brazo derecho, la levantó y la colgó en vilo sobre el abismo, provocando sus gritos aterrorizados, que se repitieron en todas las cavernas de la gran burbuja pétrea. La totuma que había estado llenando cayó al abismo y, antes de perderse en las aguas del cenote, tocó el filo de una poceta de sonidos graves y se partió en cuatro pedazos. José la vio romperse, tragó saliva para asegurar el equilibrio y vencer el vértigo, pisó el filo del desfiladero, se estiró lo que más pudo, tomó los tobillos de la niña y empezó a jalarla hacia el interior del túnel, en una lucha tenaz en la que se puso en juego, más que su fortaleza física, su inteligencia y su arrojo. Teniendo a la gravedad de su parte, logró colocar a su compañera en terreno firme y provocar que el engendro que la tenía aprisionada, un enorme *jauriyashka*, perdiera el equilibrio y rodara aparatosamente hacia la laguna. Ya se disponía a reanimar a la niña con el agua que había recogido cuando otro de estos seres monstruosos saltó hacia la tronera, atenazó a María por los hombros, levantó su cola venenosa y lanzó su aguijonazo, que fue a quebrarse sobre un adoquín que José logró interponer antes de que perforara el vientre de su compañera. Una serie de golpes lerdos fueron interceptados hábilmente por el muchacho, ante una veintena de *jauriyashkas* que, asomados a la boca del túnel, parecían azuzar con sus chirridos las acometidas del engendro, hasta que, de pronto, un coletazo de otro de esos seres sacó al niño de combate y pasó a ocupar su lugar. Entonces se entabló una lucha brutal entre los dos escorpiones descomunales, un combate que empezó cuerpo a cuerpo procurando arrancarse sus extremidades y que, tomando distancia el uno del otro, se fue transformando en una suerte de esgrima de palos, en la que se lanzaban golpes con sus tenazas, pero sobre todo, con sus colas articuladas, sus armas letales, que se buscaban sus coyunturas para inyectarse el veneno. El público de *jauriyashkas* amontonados en la boca de la tronera metía una bulla infernal con sus chirridos destemplados y esa especie de aplausos que daban, haciendo sonar sus tenazas y sus patas contra la roca. Los engendros de la riña, esquivando sus golpes, volvieron a trenzar sus colas y, dando un giro violento, se amarraron con sus patas y tenazas, probando fuerzas e inmovilizándose por un momento, lo que fue aprovechado por José y María para tomar sus pertrechos y salir en carrera del lugar. Tropezando con las paredes de la gruta, rodando por el lecho viejo del riachuelo, no pararon hasta alcanzar la entrada de la gruta, saltar hacia la costra exterior y resbalarse dando volteretas hasta dar con la arena. Desde allí observaron cómo uno de los escorpiones había arrancado la cola y una tenaza del otro y lo había arrastrado hasta el acceso del socavón, donde ahora, refugiado en la sombra, lo empujaba hacia la costra recalentada por los rayos del sol. Allí cayó gemebundo el cefalotórax, resbaló unos metros, se detuvo incrustando sus patas en las grietas de la costra, pero no pudo regresar porque ya su cuerpo inflamable empezaba a echar humo y se desvanecía en llamas, bajo el sol ardiente de la tarde. El otro *jauriyashka* hizo algún gesto con sus tenazas, dio media vuelta y se perdió en la caverna. Uno de los dos, con toda seguridad, era el Maestro Shalva. María y José lloraron por él y por el fiel Dino, que había tratado de detenerlos antes de que entraran a ese infierno.

11

Cuando María abrió los ojos, José le limpiaba con agua sal las heridas de su brazo y de sus hombros y le aplicaba delicadamente una pasta castaño obscura que había sacado de aquella fruta llamada *lozumbe*, el manjar prohibido del paraíso que provocara tantas disputas entre los dos, pero que ahora, hecha una pasa arrugada, traía solo recuerdos. Al amanecer, buscando algo entre sus cosas que pudiera servir de cicatrizante, había descubierto que aquella costra de la Montaña del Agua, de la cual había guardado un fragmento en su bolsillo, no era otra cosa que sal apelmazada y endurecida por el sol, y, mientras disolvía un trocito en un bocado de agua, preparando el fomento para las heridas de su compañera, había reparado en la idea absurda, que algún momento se le pasara por la cabeza, de echar una semilla donde jamás crecería nada. Ahora, mientras la niña se adormecía con las aplicaciones curativas y refunfuñaba pidiendo que la dejara dormir un poco más, José empezó a cavilar sobre la situación, aparentemente sin cambios, en la que habían quedado después de superar los azares de la Montaña del Agua. Estaban, ésa era la sensación, sobre la misma duna en la que habían amanecido cientos de veces, rodeados por una idéntica monotonía de colinas bajas, sin saber adónde ir ni hasta cuándo tendrían que peregrinar errabundos. La sucesión de hechos fantasiosos, si no fueron alucinaciones, parecía haberlos regresado siempre al mismo lugar en el que hicieron esa suerte de balance del desencanto, aunque ahora, después de haber dejado atrás al Urku-Yaku, este monumento seguía allí, a sus espaldas, marcando el pasado, mientras al frente, como si fuera un reflejo desvaído, se vislumbraba el mismo perfil de la colosal montaña. Si alejándose regresaran a ella, ya sabrían lo que les esperaba, pero, al menos eso estaba claro, jamás la perseguirían, aunque les saliera al paso cientos de veces o se volviera esquiva como la primera ocasión. De todas maneras, tener esta pequeña certeza parecía proporcionarles un sentido a lo poco que pudieran hacer de aquí en adelante, aún a sabiendas de que en ello se agotarían sus provisiones y su resistencia física y, más que eso, la esperanza. Con un escondido estoicismo, José tomo la mitad de la fruta y se la ofreció a María, diciéndole que se la merecía pero que no se comiera el hueso que había quedado en su ración, y vio cómo ella, sonriente, guardaba la pepa en su mochila, dividía su pedazo en cuatro partes, guardaba las tres y disfrutaba lentamente de su pequeña porción.

—Mañana también tendremos hambre —dijo María.

Y, como si eso fuera parte del alimento, la niña sacó de su mochila la bufanda, el ovillo y las agujetas que rescatara de Albanuma, pasó un pedazo de lana por la última hilera de puntos, los amarró con un laso y rescató las delgadas varillas. Con ellas, tomando el ovillo de lana verde que también guardaba en su bolso, anudó un primer punto, luego otro, y así inició la tarea de reconstruir su saco de colegiala. No había ningún apuro ni necesidad de ponerse de pie, liar los bártulos y echar a andar a donde fuera, como lo habían venido haciendo rutinariamente. Tejer resultaba, entonces, una forma de avanzar. Si el tiempo, esa vaga noción de encadenamiento de noches y días, no prometía nada nuevo, Ella, María Axitimbay, parecía querer contarlo nudo a nudo, asegurándose de su acontecer, y encontrarle una respuesta al sujetar el punto final. Quizás fuera una necesidad inmediata disfrazada de ilusión, y, aunque el final esperado estuviera ahí, a la vuelta de cualquier colina visible, en las noches siempre haría frío, y prevenirlo con algo tan humilde que, por lógica, duraría años, era ciertamente una acto de fe, como lo sería también el hecho de racionar el alimento y, en el caso de José, el ritual inútil de contar sus nueve semillas, pasándolas una a una, diariamente, de un bolsillo a otro de su pantalón. De todas maneras, el ejercicio de caminar libre de apremios, como sobre una banda sin fin, volvió a ser parte de las actividades cotidianas aceptadas quizás para romper la monotonía, aunque se le agregara cada mañana, como un ingrediente dulzón, la ruta imaginaria marcada por la brújula que, ajena a la difidencia de su dueño, seguía señalando el sur con el extremo plateado de su aguja. Teniendo al sol naciendo siempre a su izquierda, el reflejo de la Montaña del Agua, o lo que fuera, estuvo invariablemente esperándolos al sur, al parecer, definiendo día a día sus contornos, a pesar de que la consigna de llegar a ella en algún momento nunca estuvo en la mira de los caminantes.

Habían pasado nueve días y María había anudado nueve hileras de puntos en su tejido cuando José, de manera inconsciente, pasaba la última pepita de chirimoya de su bolsillo izquierdo delantero al izquierdo trasero, preparándose para iniciar una larga jornada de ayuno, que quién sabe cuánto tiempo resistirían. Había iniciado un giro hacia el lado de su compañera, con el afán de tender un puente hacia el último sueño, cuando sintió un aliento cálido en su oreja derecha y un lengüetazo afectuoso que le cubrió toda la cara y terminó de despertarlo. Salió del bolso disparado y se lanzó gritando a abrazar a su Dino, el animalito que había dado por muerto o desaparecido y que ahora brincaba de alegría y se le escurría entre las piernas para correr a retozar con María e iniciar el alboroto en el que los tres rodaron abrazados sobre la arena, perdonándose las agresiones y jurándose no volver a dudar de la fidelidad. Mientras le desataba su acostumbrado cargamento de agua con tortillas de maíz, mitigando en sus lágrimas el cúmulo de emociones que lo atolondraba, José miró al cielo y agradeció por esta nueva providencia, ya sin preguntar de dónde venía, pero sí demandando una razón a quien la enviara acerca de la insistencia en socorrerlos, como si algo, aún sin señales, los estuviera esperando en algún lugar. Quizás fue con esta idea, o con aquella entereza para aceptar que ya no había nada en cierne, que José tomó una calabaza vacía y la arrojó al aire, pidiéndole a María que la atrapara y se la devolviera de la misma manera, proponiendo el juego del corre gato, en el que Dino fuera desafiado a quitarles el objeto. Jugaron los tres durante largo rato, hasta que Dino atrapó la totuma y salió en carrera, insinuando que lo siguieran, pero ya los muchachos estaban agotados y apenas si alcanzaron a seguirlo hasta el filo de la cresta, donde, como siempre, el animalito desapareció sin dejar rastro. Volvería a aparecer, claro, así como probablemente estaba predestinado, y lo hizo al alba del día en que la niña ya rebasaba la mitad de su tejido y cuando, como si fuera una señal de avanzada, el supuesto reflejo del Urku-Yaku empezó a aparecer con un ligero tinte verdoso es sus contornos. Atrás, el pasado parecía iniciar un proceso de desvanecimiento, pero ni aquél fenómeno visual ni éste podían aceptarse como confiables, y bien podría tratarse de un nuevo juego de los genios del desierto, a pesar de que en la brújula, firme en las manos de José, el pasado seguía quedando a sus espaldas, y allí se mantuvo durante mucho tiempo, como si fuera la materia de los malos recuerdos y se negara a desaparecer. Hubo tiempo, entonces, para que María terminara su saco de colegiala, hiciera fiesta por ello y continuara el tejido de la bufanda que había iniciado su madre, con lo que pretendía, además, contagiar a su compañero de esa pequeña ilusión, sin objeto preciso, que había empezado a rondarla desde que iniciara esta suerte de labor doméstica. Por su lado, José continuaba con sus temas de contar y las pepitas negras y el de observar atento cualquier cambio que pudiera producirse en ese juego de luces y sombras que lo esperaba todos los días en su horizonte, en la dirección del sur. Una mañana, sin embargo, se levantó con el tema de enviar un mensaje a quien quiera que fuera su ángel del socorro, suponiendo que estaría por ahí, a un día o dos de camino, o, quién sabe, en alguna dimensión de la que iba y venía su fiel amigo Dino. Tomo, entonces, la hoja de papel pautado que guardaba en su bolsillo, la dividió en cuatro partes, pidió a María que le diera el bolígrafo con el que su padre había dibujado tantas veces la Montaña del Agua y, aunque la tinta reseca ya no fluía bien, empezó escribir su recado. Por el amor de Dios, ya sáquennos de aquí, decía el texto, y en él se revelaba de nuevo la esperanza, como si los mínimos cambios observados en el horizonte, en la nueva montaña que empezaba a revelarse con sus propios contornos, le dieran razones para ello.

Dino llegó como siempre y fue recibido con la misma alegría, los saltos, los abrazos y las revolcadas en la arena, pero esta vez el muchacho, después de desatar el siempre esperado encargo, amarró al cuello del animalito una totuma que contenía el pequeño rollo de papel con su mensaje. Dino dio unas volteretas, saltó varias veces, se revolcó, tratando de deshacerse de esta carga que no estaba programada, pero solo consiguió que sus amigos se fijaran con mayor atención en sus movimientos y descubrieran, por fin, su forma de desaparecer. Como si el recado escrito constituyera una pesada carga, en lo que dura un parpadeo, lo vieron deslizarse ladera abajo y dirigirse por el fondo bordeando la hilera de dunas, dejando apenas una mancha de polvo que se disipó inmediatamente, hasta que, con un giro violento hacia la derecha, desapareció detrás de un montículo de arena. José y María, con sus aperos ya liados, corrieron siguiendo la dirección trazada al pie de la cadena de colinas, pero tuvieron que hacerlo durante unos diez minutos para llegar exhaustos al lugar donde el amigo había desaparecido, y donde, como si ése fuese finalmente su rastro, se encontraron con dos hermosas y grandes plumas, roja y azul, clavadas en la arena, junto a la totuma del recado, pero llena de agua. Los chicos alzaron a ver al cielo, y les pareció que a media distancia entre el cenit y la línea de horizonte volaban dos aves fabulosas en dirección al sur, pero, claro, solo era una sensación, y había que desvirtuarla echando un vistazo al cielo de vez en cuando, tarea que desde entonces agregaron a su rutina cotidiana.

Según las cuentas de María, desde que se encontraron con la sorpresa de las plumas, llevaban seis días de caminata, pero, de acuerdo al registro de las pepitas negras de José, solo habían andado cinco. Lo que contaba ahora, sin embargo, eran los últimos tragos de agua de las dos totumas y las migas de sus tortillas de maíz, de los que disfrutaban sentados en la ladera de una duna, cuando el sol ya se inclinaba del lado del poniente. Quedaba aún la tercera totuma llena, aquella del regalo de última hora que les dejara Dino, pero, de acuerdo al rigor del racionamiento que se habían impuesto, debían guardarla hasta que apareciera de nuevo su perro salvador. Discutían todavía sobre la cuenta de los días, miraban de vez en cuando al cielo y aventuraban teorías sobre las supuestas aves fabulosas, cuando una brisa que se arrastraba sobre la cima empezó a insinuar el sonido de algunas cuerdas que parecían tocadas por un arco sin fin. Era un solo acorde largo y cansino de algún pequeño instrumento musical que iba y venía con el suave juego del viento, un armónico en graves y agudos metálicos y, a ratos, hirientes, secos, como si alguien los pisoteara, como si vibrara solo su caja de resonancia llena de arena. María y José se pusieron de pie de un salto, cargaron bolsa y mochila y empezaron a caminar guiados por ese sonido que, de todas maneras, resultaba cordial, imaginándose de varias maneras al ser humano que andaría por ahí, dejando, si ello fuera posible, la huella sonora de su ruta. Era la dirección del sur la que aparentemente perseguía, y quién sabe si la meta de él estaría más cerca que la de estos muchachos o, lo más probable, si sería la misma, es decir, la que resultare creíble. Habrían caminado alrededor de unas dos horas con el mismo sonsonete en sus oídos, cuando una dura ráfaga de viento puso al acorde en un trémolo forte, como un desmoronamiento, que arropó finalmente sus vibraciones e impuso el silencio. Y fue como si la ruta se interrumpiera de pronto, como una súbita sordera que despojara al caminante de su sentido de orientación. La brújula, sin embargo, seguía marcando el sur con precisión, y en el horizonte se vislumbraba aquella montaña de tintes verdosos y azulados, que había dejado de ser un reflejo y que, por su color, ya se distinguía del resto de la cadena. Siguiendo firmes en esa dirección, y habiendo caminado unos diez minutos, los muchachos se detuvieron ante un objeto negro que sobresalía de la arena y que estaba a punto de desaparecer. Era un clavijero de madera obscura de unos veinte centímetros de largo, con ocho clavijas de caoba, láminas y tornillos metálicos y una encordadura que se enterraba en la arena con el resto del instrumento. José se arrodilló, tomó el objeto y empezó a desenterrarlo con delicadeza, cuidando que la arena no lastimara la fina madera del brazo y la caja de resonancia que iban apareciendo, igual que el forro de cuero blanco que cubría parte de la caja, a manera de tamborcito, y un nuevo clavijero, perpendicular al anterior y adosado al cuerpo principal, con dieciséis clavijas pequeñas y sus respectivas cuerdas. No tenía trastes en el mástil, pero ahí estaban las huellas de quien tocara esas cuerdas para arrancarles algo más que ese acorde natural que volvió a sonar al paso de la tímida mano de José. Nunca habían visto un instrumento de esa naturaleza, y, claro, su dueño sería también un extraño, de algún lejano país, y estaría por ahí perdido, preguntándose cómo es que ha venido a parar por estos lugares, quizás de la misma manera que José y María, estos muchachos que ahora corrían buscándolo y gritando para llamar su atención. Un pedazo de tela liviana de color azul claro, atrapada en un extremo por la arena, flameaba más allá como una señal de auxilio y, tal vez, como un nuevo hito para localizar al músico, que iría dejando sus prendas en el camino, mientras se arrastrara buscando protección. Allí mismo, sin embargo, yacía el cuerpo de una persona de piel tostada, envuelta en esa larga tela de organdí, mostrando su espalda desnuda y su pelo caoba rojizo recogido atrás con un lazo elástico de color castaño. Con su cabeza clavada en la arena, respiraba con dificultad y balbuceaba frases en un idioma desconocido, pero, al presentir que alguien la socorría, intento incorporarse apoyándose en su mano izquierda, en la que empuñaba algo de lo que, seguramente, no quería desprenderse. Ayudada por los dos niños, logró ponerse boca arriba y mostrar un hermoso rostro desencajado por el agotamiento, pese a lo cual lucía todavía su aspecto de muchacha de alrededor de dieciséis años, de ojos grandes y ambarinos, nariz y boca regulares, labios bien delineados y pulposos, lastimosamente agrietados por la deshidratación. Además del sari azul claro con cenefas verdes estampadas que envolvía su cuerpo, llevaba un choli amarillo oro, algo como blusa sin mangas ni espaldar, y unas viejas y raídas sandalias de cuero negro. Las primeras gotas de agua abrieron sus labios y le arrancaron una tímida y dulce sonrisa.

—*Thanks to my Lord Shiva; thank you very much, my friends* —dijo antes de pasar el primer trago de agua.

Con pequeñas frases en inglés, pero sobre todo con gestos, dijo que venía de un pequeño pueblo llamado Anantapur, en el Estado de Andhra Pradesh de La India, que no se acordaba cómo, de la noche a la mañana, se había visto involucrada en una peregrinación de cinco niños por el desierto de Rajasthán, hacia el Mountain's Water, donde habían perecido sus cuatro compañeros, aplastados por unos seres monstruosos y rastreros. Antes de seguir su relato, seguramente pensando en sus compañeros, abrió su mano izquierda, dejó ver una pequeña imagen impresa de Shiva, la colocó sobre su falda, juntó sus manos y pronunció una oración en hindi, su idioma original. Luego, tomando un sorbo más de agua, dijo que el Señor Shiva le había llenado siempre su cantimplora y le había puesto bollitos de arroz en su bolsa, pero que en los últimos días, quizás por alguna falta desconocida, se había sentido desamparada por la deidad. De todas maneras, como si fuera una reliquia, llevaba en un pequeño bolso el encargo que le había hecho su dios, aunque no sabía cuándo debía entregarlo, ni dónde ni a quién, razón por la que debía seguir peregrinando en el desierto de Rajasthán, hasta descubrir tales acertijos. Contando estos y otros detalles de su *kumba-mela*, una suerte de penitencia shivaíta, no se había movido de la posición en la que había quedado para beber el agua, y no pudo hacerlo cuando intentó acomodarse el sari para cubrir sus partes desnudas. En ese esfuerzo dejó caer un pequeño talego de tela que llevaba atado a la cintura, y, al intentar recogerlo, lo tomó por el lazo que lo mantenía cerrado, con lo que consiguió que se regara un buen puñado de diminutas semillas de mijo dorado, las que quedaron esparcidas sobre la arena. Se lamentó a gritos, levantó las manos hacia el cielo, lloró, pidió perdón al Señor Shiva, rezó en su propio idioma y luego, con la ayuda de José y María, empezó a recoger, hasta el último grano, la ofrenda de su Dios. Con esa tarea fue cayendo la tarde y el viento helado empezó a recorrer el lomerío, jugueteando en pequeños remolinos desde el fondo hasta la cresta de las dunas, levantando la arenilla hiriente y arrojándola al rostro de los peregrinos. Había llegado la hora de refugiarse y de compartir, en ese mismo sitio, bolso y frazada para tres, y debían hacerlo inmediatamente, puesto que la noche había empezado y el frío se ensañaba amoratándoles la piel. José tomó la gran funda de polietileno y María, la frazada, e invitaron a la muchacha hindú a ingresar a la cápsula protectora o, mejor dicho, a dejarse enfundar, puesto que sus movimientos estaban todavía limitados. Un nuevo lamento prorrumpió la chica para explicar que recién ahora se daba cuenta de haber perdido su mochila, su *sleeping bag* y hasta su *sarod*, el utensilio con el que ofrendaba melodías a su Señor Shiva, pero estalló de alegría cuando José le mostró el instrumento que había rescatado cuando ya se lo tragaba el desierto. Muy emocionada, pidió que la ayudaran a sentarse, tomo delicadamente el *sarod*, sacó de entre su ropaje una especie de vitela y empezó a tocar una melodía suave y dulce, con un dejo melancólico, que pareció detener el viento para darle paso a la tibieza que emanaba de la tierra. Con las últimas notas, entró el sonido de la quena, que las repitió en adagio hasta aprehenderlas, y luego las transformó en la muletilla de un albazo, al que se sumó la voz de José poniéndole frases de la Canción del Pajarillo, y de nuevo sonaron las cuerdas de *sarod* acoplándose a la carrerita de la tonada, y los tres jugaron alargando las notas, persiguiéndose unos a otros e integrándose a una nueva melodía que duró hasta que se cerró la noche. Entonces se enfundaron los tres en cápsula y frazada y, con María en centro, se acomodaron de tal manera que hasta el *sarod* tuvo su sitio.

—*Thank you, thank you very much, my friends. Nice to meet you. My name is Susheela.*

El cielo estaba resplandeciente con todas sus constelaciones en primer plano y con la Cruz del Sur casi tocándoles la punta de los pies, pero no era el cielo de María y de José, tampoco el de Susheela. Así, bajo el hermoso y extraño firmamento, se quedaron dormidos.

12

Cuando abrieron los ojos, ya bien entrado el día, Dino los observaba desde un pequeño promontorio, atento a los movimientos que revelaran el despertar de sus tres amigos. En su última visita había traído su cargamento de tres totumas de agua y tres tortillas de maíz, y había jugueteado con Susheela como si fuera su amiga de toda la vida, y ella lo había llamado por su nombre, como si Dino fuera un genérico para nombrar a las mascotas serviciales, y más, como si en la experiencia de cada peregrino hubiese siempre un animalito de esta laya. Hoy, sin embargo, Dino no traía absolutamente nada atado a su cuello, y tampoco se había acercado a olisquear a sus amigos y a repartirles lengüetazos con ese talante jovial y un poco atolondrado que lo había caracterizado. Cuando vio que los tres muchachos lo descubrieron y se incorporaron para salir de su cápsula dormitorio, se paró en sus patas traseras y empezó a ladrar mirando al cielo, como si alertara sobre alguna presencia extraña en el lugar. Los chicos alzaron a ver y descubrieron asombrados a dos gigantes y hermosas guacamayas que revoloteaban sobre sus cabezas y ejecutaban con cabriolas y trazos envolventes una hermosa danza que a ratos descendía con vuelos rasantes a circundarlos a ellos, como si los invitaran a participar de su alborozada fiesta, y regresaba al cielo dibujando series de signos, adornos y cenefas de un imaginario palacio de cristal que permanecía por instantes en el aire, como una estela de filigranas, una alucinación, un encantamiento irresistible. Los vivos colores de sus plumajes daban pinceladas maestras en el fondo celestial y describían una brillante sinfonía que parecía penetrar en el tiempo con sus notas fogosas y su armonía vital, con su ritmo andante majestuoso y ese remate *allegro vivace* descendiendo en las alas batientes rojas y azules que tocaron tierra. Junto a la orgullosa figura de Dino, las dos guacamayas hicieron una especie de paseíllo, pisando apenas la arena, moviendo sus cabezas adornadas con penachos amarillos y, quizás, conjugando signos de un complicado lenguaje gestual. De pronto, levantaron el vuelo, dieron tres vueltas alrededor de los muchachos y se fueron enrumbadas hacia el sur, hasta perderse en el horizonte marcado por una baja cadena montañosa, donde ya se distinguía por su gama de verdes azulados aquella elevación que había empezado a materializarse siendo apenas un reflejo. Ninguno de los tres chicos, que habían quedado como alelados, salía de su arrobamiento hasta que Dino se lanzó sobre ellos y empezó a repartirles sus húmedas caricias y a jalarles con sus dientes la bolsa de polietileno para obligarlos a terminar de salir de su refugio. Qué buenas nuevas anunciaba este inesperado acontecimiento, o qué mal presagio, quizás solo Dino podía saberlo, y tocaba descifrar esas señales que lo mostraban más contento que de costumbre, correteando por aquí y por allá, saltando sobre ellos, mientras liaban sus aperos y se preguntaban por las raciones de subsistencia que no llegaron o por qué el animalito se había quedado con ellos más de la cuenta, sin sus apuros por desaparecer.

El día había empezado diferente, pero nada señalaba que debían cambiar de rumbo o quedarse en el lugar, y menos ahora que Dino se les había adelantado en la caminata y esperaba al inicio de la siguiente duna, insinuando que lo siguieran y advirtiendo con sus gestos que de allí en adelante él sería el guía seguro. Aún sin saber adónde los conduciría, confiaron en él y lo siguieron, procurando no desentonar con el ritmo de marcha forzada al que fueron sometidos y con la prueba de resistencia, sin agua ni alimentos, que los arrastró hasta el límite de la agonía. Sería alrededor de las cinco de la tarde cuando Susheela cayó pesadamente sobre las huellas de sus compañeros, con la cabeza y las rodillas clavadas de impotencia en la arena, abandonándose a lo que Lord Shiva dispusiese en ese trance. El sarod había quedado nuevamente atrás, como a una cuadra de distancia, pero Dino les llevaba alrededor de dos de ventaja, y esperaba impaciente que lo alcanzaran, forzándolos, se diría, a tomar decisiones drásticas e impostergables. María y José se miraron, sopesaron las disyuntivas y decidieron que ella seguiría a Dino, procurando retrasarlo, y que él se quedaría a reanimar a Susheela y avanzaría con ella hasta darles alcance, si fuera posible. Dieron sus primeros pasos para separarse, se detuvieron para preguntarse si habían decidido lo razonable, se hicieron alguna señal de despedida, se desearon buena suerte y cada quien tomó por su camino. Nunca se habían distanciado así, deliberadamente y con aprensión por lo que pudiese sobrevenir en el trayecto del otro, alguna desgracia irremediable de la que se sentirían culpables y que, de solo imaginarla, producía una sensación angustiosa que ya empezaba a lastimar y que les aullaba por dentro diciéndoles cuánto se necesitaban el uno al otro. Al recoger el *sarod*, sintiendo que lloraba, José corrió de regreso para gritarle a María que se detuviera, que ya verían la forma de seguir en la ruta de Dino y que, por último, si se extraviaban, quedaba el sendero que los dos descubrirían, así como lo habían hecho tantas veces para salir de los meandros escabrosos. Corrió hasta el final de una cresta que ensartaba cinco dunas alargadas, pero ya María había desaparecido en la noche, y el abrazo con el que le pediría que regresara quedó postergado para una nueva encrucijada, si sus caminos se volvieran a encontrar.

13

Cuando María abrió los ojos, se descubrió acurrucada en un pequeño hueco de arena, con su saco de lana verde cubriéndole la cabeza y los brazos, su bufanda roja enredada en las piernas y el cuerpo de Dino cruzado sobre su pecho, a manera de cobija. Apenas la sintió despierta, el animal le lanzó su aliento cálido en la cara, le lamió el cuello, salto delante de ella, se sacudió la modorra y, dando tres vueltas a su alrededor, se colocó de nuevo en actitud de marcha. María, sin reparar en sus insinuaciones, desenredó la bufanda de sus piernas, se puso de pie de un salto y corrió hacia un pequeño y duro promontorio de cangagua, desde donde se podía ver el tramo inmenso de desierto que había dejado atrás. Allí se quedó largo rato, recorriendo con su mirada las líneas sinuosas que formaban las crestas del lomerío, por donde aparecerían su compañero José y su amiga Susheela, tal como había sido prometido tres días atrás. Desde entonces, siguiendo a su guía en exigente caminata, había tratado de memorizar los ligeros cambios en el paisaje, con el fin de regresar, si fuera necesario, en busca de sus compañeros. De todas maneras, se había propuesto no dar un paso más sin ellos, y, si le tocaba volver, estaba segura de poder hacerlo, y hasta le parecía haber identificado con toda claridad la cadena de dunas, sus interrupciones y sus ramales por los que había andado, siempre mirando atrás de trecho en trecho, buscando a sus compañeros, y memorizando el camino de regreso. El ladrido impaciente de Dino la hizo volver al sitio donde había pernoctado y descubrir, recién ahora, que de ahí en adelante la ruta parecía marcada sobre la colina de cangagua que se levantaba unos cien metros más adelante, en la que se veía, como pintado con tierras amarillas, un camino zigzagueante que conducía hasta la cumbre. Había tomado una determinación, y este descubrimiento que le anunciaba que, tal vez, ya no necesitaría más la guía de Dino, la hizo ratificarse en ella, por lo que se dio modos para darle a entender al animal que hasta allí había llegado su misión, que podía continuar solo por el camino que había tomado de regreso a casa, y hasta le pedía que anunciara la llegada de tres peregrinos. Sin saber por qué inspiración, ella se imaginaba que al final del camino, al coronar la colina, estaría finalmente la casa de Dino, quizás una mansión de hacienda y, claro, también el hacendado y amo del animal, aquél ser bondadoso que la había amparado durante todas sus peripecias. Ese optimismo la hizo hablarle así al animalito, como si fuera capaz de entender razones tan elaboradas, derivadas la mayoría de su angustia y, al mismo tiempo, de su buena fe. La niña cargó su mochila al hombro y, mientras Dino avanzaba cuesta arriba, caminó parsimoniosamente los cien metros que la separaban de la colina, buscó un sitio que le resultara cómodo y se sentó a esperar. Luego, mirando de reojo a su guía, que se había detenido intrigado, abrió su bolso, sacó su quena de carrizo y se puso a sacarle notas que pronto se convertirían en una tonadilla alegre y retozona, apropiada para jugar con arreglos y variaciones, con la que se abasteció de tareas para acelerar el tiempo. Así empezó a escarmenar sus recuerdos más queridos, aquellos que durante mucho tiempo parecieron abandonarla, quizás porque no encontraron cabida en su desesperanza o porque tuvo que vivir sucesos como si fuesen de otra historia que hubiese empezado sin ella, sin necesidad de su memoria. Quizás ese par de agujetas recuperadas de un hogar enterrado le hayan servido para hilvanar de nuevo la amorosa cotidianeidad en la que su madre le había contado historias, mientras tejía bajo el durísimo sol del desierto, anudando a un tiempo puntos, pasos y recuerdos, como si fueran la comidilla del día que habría compartido con José. Ahora lo esperaba con afán de seguir en la misma cantilena monótona y vital para sobrevivir en el desierto, pero quizás el chisme del día hubiera venido cargado de otra substancia, de otra sonoridad, como la que se había ido derivando desde la improvisada melodía hacia la Canción del Pajarillo que, al parecer con nuevas alas, sonaba como si estuviese de regreso. Al menos ahora, cuando habían caído las primeras sombras de la noche, así respondía el eco, o quien quiera que haya sido, en la misma tonalidad, con reflejos suaves sumándose al desafío sonoro y proponiendo una armonía integral con toda la tesitura de sus cuerdas. Bien pudo haber sido una reminiscencia, una alucinación o aquel fantasma sonoro que suele arrimarse a la melodía como una sombra delicada o como una frase consabida, pero el sonido que regresaba, aunque tardó en llegar a la conciencia, tenía el cuerpo y el estremecimiento de las cuerdas de un sarod. Con el corazón armándole jolgorio por adelantado, María dio las pautas para que entrara en el concierto la voz de su compañero, que andaría por ahí, también alborozado, pero sobrada era la conmoción como para que José reprimiera el grito y entonara sus frases a tiempo.

—¡Axitimbay María!

—¡Por acá, Robles José!

Parecían haber surgido de la arena, desenterrados por las luces de la noche, y caminaban al filo de la última cresta, arrastrando los pies, como si el desierto quisiera tragárselos de nuevo. En realidad, quien caminaba era José, y avanzaba lentamente con Susheela colgada de su cuello, la bolsa de sus enseres al hombro, el *sarod* en su mano derecha y la cintura de la chica sostenida por su brazo izquierdo. Guiados por la quena de María, avanzaron unos veinte metros más y cayeron de rodillas, vencidos por el agotamiento, pero firmes en la idea de llegar a la cita a como diera lugar. Entonces, de nuevo con el *sarod* en sus manos, Susheela volvió a rasgar los acordes desesperados que imploraban ayuda, hasta que, pasados unos cuantos minutos angustiosos, viendo aparecer por fin la figura de María, clavó una vez más su cabeza en la arena y se entregó a la conmiseración de sus compañeros.

—¡Ñaño del alma! —dijo con voz temblorosa María.

—¡Me has hecho llorar, ñañita! —alcanzó a pronunciar José.

Se abrazaron y lloraron sin decirse una palabra más, sintiendo que todo aquello que habían rumiado en la ausencia estaba sobreentendido, incluida la promesa velada de no separarse nunca más, vinieren como vinieren las circunstancias que estuviesen aguardando. En ello había, ciertamente, un acto de fe, una suerte de clarividencia que les anunciaba que su largo periplo tendría un nuevo giro y una ruta diferente, tal vez marcada por esa montaña de tintes verdes y azulados, en la que tendrían que perseverar juntos. Se miraron o, mejor, se intuyeron y, siendo la mejor forma de entenderse, se dieron modos para cargar a Susheela hasta el pie de la colina, donde se acomodaron de nuevo los tres dentro de la bolsa y, viendo a la Cruz del Sur apoyada sobre la cima de la colina que escalarían al día siguiente, se quedaron dormidos profundamente. Nada interrumpió su sueño hasta la madrugada, quizás cerca del alba, cuando sintieron que la tierra temblaba con breves sacudones a intervalos de unos treinta segundos, como si soportara los pasos de algún ser lerdo y descomunal. Pero el cansancio de los tres era tal que, a la voz de alguien que dijo entre sueños que no era nada de cuidado, se volvieron a quedar dormidos, hasta que el sol los cacheteó para levantarlos a mirar cómo la colina se había retirado unos doscientos metros, más o menos, de donde la habían dejado antes de acostarse. Pasada la sorpresa, y a instancias de José, tomaron rápidamente sus aperos y corrieron a darle alcance, sospechando que ese collado que tenían previsto remontar, se estaría apartando de la ruta que Dino había dejado señalada. Al llegar de nuevo al pie, María detuvo a sus compañeros para señalar con extrañeza que el camino zigzagueante de tierras amarillas que había visto el día anterior se había multiplicado, por decirlo de alguna manera, en una serie de tramos cortos que se cruzaban unos con otros formando una serie de polígonos irregulares, en un diseño laberíntico que parecía no conducir a ninguna parte. Había la probabilidad de que se tratase de una nueva trampa del desierto, cebado en echar por tierra toda la buena fe de los muchachos, y quién sabe si de ésta podrían reponerse o quedar definitivamente en el camino, con sus pequeñas ilusiones muertas. José recorrió con su mirada la colina que ahora presentaba el aspecto de una coraza dura y plomiza, regresó a ver a sus compañeras y, luego, al inmenso desierto que había dejado atrás y que lucía exactamente como el primer día que lo conoció al despertar. Había pasado mucho tiempo tratando de salir de él, trazándose rutas imposibles de mantener, soñando con salvaciones milagrosas, sufriendo las más horribles pesadillas, luchando contra inasibles criaturas que pudieron enloquecerlo y penando por la desaparición de su Albanuma, hecho real o alucinado en el que había quedado enterrada definitivamente su niñez. Admitir ese hecho en la conciencia significaba que había dado por ciertos los aún inexplicables acontecimientos que lo pusieron a deambular por años en un desierto, donde la arena se encargaría de limar sus recuerdos, hasta desvaír un largo tramo de su historia vital. No quería volver atrás, donde ya nada le quedaba, pero tampoco seguir entregado a los zarandeos de un insólito fenómeno que, con sus varias aristas, lo había vapuleado tanto. Quedaba descartada, entonces, la opción de doblegarse ante el miedo que imponía ese extraño e inestable collado de cangagua y bordearlo para seguir en el mismo periplo angustioso. Al pie de la otra disyuntiva, teniendo ante sus ojos el laberinto de senderos amarillos, José sacó sus pepitas de chirimoya, las empuño con fuerza en su mano derecha, besó su puño como si echara una cábala, guardó de nuevo esas reliquias, miró a sus compañeras y dio un salto hacia la colina. Un estremecimiento lo derribó y estuvo a punto de arrojarlo sobre la arena, pero el muchacho logró agarrarse de una costra, avanzar a rastras unos metros, ponerse de pie y equilibrarse sobre esa gigantesca plataforma movediza, que se desplazaba dejando a las chicas atrás.

—¡Corran, compañeras! —gritó José.

Las dos muchachas, rezagadas como a unos veinte metros y todavía pasmadas por el acto portentoso, echaron a correr con lo que tenían encima, dejando abandonada la bolsa plástica con todos los enseres que llevaba dentro. María se detuvo dispuesta a regresar por ella, pero un grito de José la hizo desistir y retomar la carrera, justo en el momento en que ese promontorio animado se interrumpía haciendo una pausa en su desplazamiento. Con el *sarod* en alto en su mano derecha, Susheela se acercó a gran velocidad, entregó su instrumento en manos de José, al tiempo que tropezaba con el borde de la mole y se daba de bruces en el caparazón. De todas maneras, se aferró a las apófisis rugosas y, arrastrada por el ser descomunal que daba un nuevo paso, logró embarcarse en la aventura que se iniciaba. María había quedado de nuevo atrás, y corría, ya sin aliento, con la mochila a sus espaldas, solo animada por los gritos de Susheela y José. Estaba a punto de agarrase de la mano que le extendía su compañero, cuando tropezó con su propia desesperación y cayó de bruces sobre la arena. Inmediatamente, sin dudarlo ni un segundo, José salto a la arena, corrió a socorrer a su amiga, la ayudó a levantarse, la tomó de la mano y la animó a hacer el último esfuerzo para alcanzar al ente que se deslizaba irremediablemente. Sin embargo, al dar los primeros trancos, descubrieron que avanzaban igual que el coloso, sin necesidad de caminar ni correr. Eso sí, debían mantenerse firmes para no resbalar ni caer sobre la arena que iba quedando atrás, pues ahora al movimiento de avanzada se sumaba otro más bien oscilatorio, de izquierda a derecha, como una especie de balance a los pasos del gigante fabuloso que los llevaba. Poco a poco, mientras la arena se escurría, fueron apareciendo las placas amarillentas con tintes castaños de una suerte de apéndice, quizás una cola, en la que habían caído. Tenía una forma triangular, con el vértice hacia atrás, y las placas, como escamas de un gran pez, cubrían una piel durísima de color blanquecino. José y María, ya sosegados, caminaron como sobre un tejado hasta la base de la cola y allí, con la ayuda de Susheela que les tendía la mano, se encaramaron sobre el caparazón. Ahora les quedaba la pesada tarea de trepar por las faldas de esa colina hasta la cima, donde podrían ver hacia dónde los llevaba este coloso que se arrastraba nivelando las dunas del desierto. Hacía días que no habían probado bocado de nada ni bebido una sola gota de agua, por lo que la caminata pendiente se les venía mucho más dura, y quién sabe si tendrían la energía necesaria para llevarla a cabo. Los primeros pasos que buscaban asegurarse en los relieves de la costra fueron una especie de prueba para desentumecerse, pero luego, tocados por un extraño arresto que parecía subirles desde los pies, empezaron a ganar terreno subiendo a veces por los caminos relativamente horizontales y a veces agarrándose de las rugosidades del carapacho. No tenían ni hambre ni sed, solo curiosidad por descubrir qué clase de entidad descomunal los transbordaba desde un arenal inhóspito hacia quién sabe qué soñadas regiones, tal vez aquellas donde crecían los *lozumbes*, entre cientos de torrenteras de agua cristalina, o quizás el edén, también soñado, sobre la cabeza de Quetzacóatl. Algo de eso les daba vueltas en cabeza cuando, ya cerca de la cumbre, alcanzaron a divisar abajo, bien abajo, las gigantescas patas traseras que se movían alternadamente bajo la coraza, exhibiendo sus muñones parduscos y escamados y sus uñas bruñidas y amarillentas. En realidad, parecían aletas ovales, como pencas de nopal, y se justificaban en ese ejercicio de traslación a nado sobre el oleaje del desierto.

Serían las cinco de la tarde cuando llegaron a la cumbre y empezaron a caminar, casi a correr, sobre un terreno relativamente plano, igualmente formado por plataformas poligonales, delimitadas por gruesos canales amarillos. Desde allí se veía venirse el horizonte de elevaciones ondulantes y, detrás de ellas, inamovible, la silueta verde azulada del cerro que se había convertido, quizás desde que dejaran la Montaña del Agua, en el punto de referencia para alejarse del infierno de arena en el que habían vivido tanto tiempo. Más adelante, cuando el terreno empezó a tomar la curva descendente, pudieron ver las aletas delanteras que remaban incansables y una fabulosa cabeza de obleas amarillas y castañas, de ojos laterales negros y saltones, moviéndose dulce y tímida al ritmo de la caminata.

—¡Es una tortuga! —dijo María emocionada.

Un sol dorado y horizontal que caía tras las colinas de la derecha la iluminaba dándole la mágica tonalidad que acompaña a los seres fabulosos, y entre ellos se contaba ahora también a las dos guacamayas que aparecieron como sostenidas por el último rayo, hicieron un vuelo rasante sobre el lomo de la Gran Tortuga y se perdieron como descolgadas por el haz de luz que se extinguía. Ya en las sombras, el enorme reptil seguía su marcha, y el lento vaivén de sus aletas mecía su gran caparazón, y era como si arrullara a sus pasajeros y los invitara al sueño. Los tres muchachos, ya rendidos por la gran jornada, se acomodaron en uno de los canales amarillos y se durmieron sin más protección que la del amplísimo y luminoso cielo.

14

Cuando José abrió los ojos, buscó instintivamente a sus compañeras, pero, al estirar sus brazos, se encontró con la suave textura de una sábana de algodón y con la tibieza de una manta de vicuña. Sonrió, suspiró aliviado, se metió bajo la cobija y cerró los ojos buscando canalizar de nuevo su despertar, para que no hubiera desviaciones y amanecer de nuevo en su cama, holgazaneando cinco minutos más antes de correr al baño y, en fin, sacó lentamente su mano derecha para asegurarse a tientas que en su velador estuvieran las partituras para el ensayo de ese día, pero se topó con una superficie dura cubierta por algún tapete y con unos objetos que al chocar sonaron como vajilla metálica. Se incorporó rápidamente hasta quedar sentado sobre una cama de piedra, con un colchón flexible, almohadones esponjosos y un finísimo tapete con motivos geométricos colgado del espaldar. Cuando se puso de pie para hacer un reconocimiento del lugar, se descubrió casi desnudo, con una tela sedosa envuelta en la cintura y las ingles, sujetada con un pequeño tupo de plata, a manera de calzoncillo. El sitio era un cuarto amplio con paredes de piedra azulosa, muy bien iluminado por una serie de tragaluces, con elementos decorativos muy sobrios que sobresalían de la misma roca y una especie de pebeteros de cobre colgados en las esquinas. Tenía entradas por los cuatro costados, puertas y ventanas amplias, sin cerraduras de ninguna especie, por lo que se podía ver parte de los pasillos o quizás otros aposentos, igualmente construidos con piedra. A ratos, daba la impresión de que esos bloques de granito, muy bien tallados y milimétricamente adosados, tenían una especie de transparencia que dejaba ver su intimidad y, quizás, las paredes aledañas, por las líneas marcadas en su complexión y el juego de planos azulados como veladuras de acuarela. Algo semejante le parecía haber visto a José, insinuado en las estelas que aquellas dos guacamayas habían dibujado en el aire, pero el rango solemne, casi místico, del palacio o templo maravilloso solo se hacía evidente ahora, con un muchacho recorriendo tímidamente su recámara. Tenía ansiedad por saber de sus compañeras, pero no se atrevía a salir sin ropa a buscarlas ni a llamarlas a gritos como lo habría hecho en el desierto, pues el lugar le imponía respeto y hasta cierto sometimiento a viejas normas para un sitio que suponía ceremonial. Sin embargo, cuando se había detenido a escuchar el clarísimo sonido de una arroyo que parecía correr cerca, como para contradecirlo en su valoración, irrumpieron las risas de Susheela y María que, al parecer, correteaban por ahí, en algún salón colindante. José corrió hacia una de las ventanas y se asomó a un amplio espacio abierto al cielo y delimitado por altos muros de piedra, detrás de los cuales crecía una abrupta vegetación de palmeras, guaduales, chirimoyos y esa especie de higuerones de los que pendían los ya conocidos *lozumbes*. Al interior, como cavadas en una gran plataforma rocosa, había varias pocetas y una hermosa piscina circular, alimentadas todas por un canal de agua clara que las unía, partiendo de la alberca, en una suerte de espiral. De la mano de una hermosa doncella de piel cobriza, con un espléndido tocado de plumas azules y amarillas en su cabeza, llegaron hasta allí María y Susheela, luciendo unos bañadores de dos piezas, en realidad, lienzos amarrados al cuerpo, de los cuales se reían candorosamente. La doncella condujo a las chicas hasta la alberca, les entregó una pequeña botella de oro y dos esponjas naturales, les indicó que podían bañarse y se alejó del lugar. Ya más tranquilo, José vio que sus compañeras entraban a la piscina, empapaban sus esponjas con algún líquido de la botella y se frotaban todo el cuerpo, riendo de nuevo y haciendo comentarios.

—Bienvenido a nuestra morada —dijo una dulce voz femenina.

José se dio la vuelta sorprendido y trató de cubrirse con las manos su cuerpo desnudo. Frente a él estaba otra doncella, o quizás la misma pero con otro tocado en la cabeza, sonriendo y ofreciéndole en una bandeja de oro un vaso de chicha, un platillo de frutas picadas y otro de tortillas de maíz. Tenía hambre y sed, pero no podía dejar de mirar a esta bella adolescente, quizás sacerdotisa de este extraño templo, que vestía una túnica simple y sin mangas de color blanco que la cubría hasta las rodillas, sandalias de algún tejido grueso, zarcillos de oro circulares en sus orejas pequeñitas y un pendiente del mismo metal con el símbolo de la chacana colgado de su cuello. El tocado rojo con penacho amarillo que adornaba su cabeza era de plumas lustrosas, pero éstas, como si fueran su cabello, nacían de la misma piel y se amoldaban a la redondez craneana lo mismo que a la cerviz. El muchacho se había quedado como hechizado frente a la vestal que le seguía sonriendo y ahora, con un gesto elegante de su cabeza, lo invitaba a sentarse cerca de la cama que ya lucía tendida, donde se veía una mesa baja de piedra con un mantel y dos banquetas cubiertas con jerga y varios almohadones. Bebió la agradable chicha fresca, devoró las tortillas y, mientras disfrutaba de un pedazo de chirimoya, se llevó instintivamente las manos a los bolsillos y se puso de pie, buscando su ropa. La adolescente también se puso de pie y le entregó una pequeña talega de lienzo, dentro de la cual estaban sus pepitas negras que lo habían inquietado, pues ahora, como una corazonada, estaba seguro de su fidelidad a la consigna de guardarlas, y de recoger otras semillas donde las hubiere. Quiso aprovechar, entonces, la nueva oportunidad y se acercó a la mesa donde había comido, con la intención de acrecentar sus reliquias, pero ella, amablemente y sin razones, le dijo que nada estaba permitido sacar de ese lugar. Con ello quedaba claro, además, que esta suerte de oasis idílico no duraría mucho tiempo y que, más temprano que tarde, tendría que volver a su peregrinaje. Resignado, mas no desencantado, José depositó la bolsa sobre el velador y miró a la adolescente con su rostro marcado de interrogantes.

—¿Hasta cuándo va a durar este sueño?

Ella volvió a sonreír, tomó la mano del muchacho, caminó con él hasta sacarlo de la habitación y lo condujo a la alberca, donde María y Susheela seguían disfrutando de su baño. Allí le entregó una esponja, le tocó ligeramente las sienes con sus dedos para sosegarlo y lo invito a unirse al juego de sus compañeras, que ya lo llamaban entre bromas y risas. Con la esponja en la mano y sin saber qué hacer con ella, entró a la piscina y se quedó en un margen, donde el agua apenas le llegaba a las rodillas, observando a sus compañeras, sobre todo a María, a quien, solo ahora se daba cuenta, se le había abultado ligeramente el pecho insinuando su pubertad. Comparada con Susheela, se podría decir que, más o menos, tendría similar edad, y, claro, él mismo, por los años vividos en el desierto y por la dura experiencia de sus peripecias, había dejado de ser un niño. Quizás se sintiera más responsable, a pesar de que nunca había dejado de serlo, y un poco menos juguetón, pero ahora cuando sus compañeras lo tomaron de los brazos y lo llevaron hasta lo hondo, no tuvo más remedio que entrar en ese juego y dejarse ayudar en la tarea de su limpieza. Susheela le quitó la esponja, la empapó en el líquido jabonoso que quedaba en la botellita de oro y empezó a frotarla por donde más podía en el cuerpo de José. María le desató el cabello, que alguna vez le había amarrado hacia atrás con un pedazo de soga y que ahora se veía casi tan largo como el suyo, lo untó con el líquido de la botella y empezó a lavarlo. Los tres reían con sus bromas simples, se echaban agua en la cara, se perseguían y, en una de esas tironeadas, Susheela se abrazó de José, juntando su rostro con el de él, y hasta ahí llegó el juego. María se abrió espacio bruscamente entre los dos, abrazó a su compañero y se lo llevó hasta la orilla, donde puso más líquido en su cabello y siguió lavándolo rudamente, mientras la hindú se retiraba llorando hasta el otro extremo de la alberca. Desde allí vio cómo José le reclamaba a María y cómo ella le daba explicaciones mientras, al parecer, lo tiraba de los pelos, se los lavaba de nuevo y le mostraba el suyo, quizás comparándolo, y cómo se iban acalorando los dos en una discusión en la que ella, Susheela, se sentía culpable. Se lavó la cara para disimular sus lágrimas y se fue acercando poco a poco, temerosa y sin saber cómo arreglar esa desavenencia.

—*Sorry. Please forgive me! I beg you!* —dijo suplicante, sin saber si le entenderían.

—¿No crees tú que debe cortarse esos pelos? —dijo María como respuesta, haciendo unas tijeras con las manos.

—*Oh, yes!*

María abrazó a Susheela y le pidió que ella también la disculpara. Y allí mismo, usando el filo de la botella de oro y extendiendo el cabello sobre la piedra de la orilla, entre las dos empezaron a trasquilar a José, a pesar de sus protestas por la rudeza del método. Largo tiempo estuvieron en esa tarea, chacoteando despreocupadamente, disfrutando de sus chanzas sencillas, sin reparar en la mesa servida de alimentos y bebidas que había sido dispuesta por las anfitrionas al borde de la alberca. Cuando se dieron cuenta de aquello, tomaron la mesa por asalto y empezaron a devorar los delicados bocadillos de maíz tierno, las presas de carne de guanta y de cuy, los dulces de ocas, las frutas y la chicha que allí se les ofrecía, y volvieron de nuevo a la piscina y a la algarabía, y el tiempo se les fue pasando placenteramente, sin urgencias, como si todo estuviera dispuesto para una larga vida, hasta que mesa y alberca quedaron vacías de manera inexplicable. Fue entonces cuando aparecieron al borde de nuevo las doncellas, la del plumaje rojo y la del azul, invitaron a los jóvenes a salir del estanque, los vistieron con las mismas túnicas que ellas usaban y los condujeron por una galería tallada que parecía internarse en la roca, hasta un gran salón iluminado por candelabros de aceite. Tres paredes, el piso y el cielo raso se veían perfectamente tallados, pero la pared del fondo era la roca viva, en cuyo centro sobresalía, como la Cruz del Sur en el firmamento, el cuadrado con su círculo interior y la cruz regular con la medida exacta de la diagonal, el símbolo milenario de los tres mundos y la sabiduría andina. Al pie de la Chacana se veía una mesa alargada cubierta por un mantel, cinco copas y un vaso de asas de oro y cinco sillas de piedra con brazos altos, dispuestas en los lados amplios de la mesa. Las doncellas pidieron a sus invitados tomar asiento, ocuparon ellas los puestos del fondo, sirvieron chicha en las copas y propusieron brindar por el Hanan-Pacha, el mundo de la luz y la sabiduría, por el Kay-Pacha, el mundo terrenal, y por el Ucu-Pacha, la matriz de donde surge el agua y se gesta la vida. Bebieron todos el fermento, y una cierta embriaguez pareció envolver a esa especie de ejercicio ritual, confiriéndole menos solemnidad que la que parecía derivarse de la rigurosa parafernalia.

—¿Qué lugar es éste? ¿Podemos vivir aquí? —preguntó María de manera inoportuna.

—*We can work. We bring seeds to plant* —agregó Susheela.

Se hizo un incómodo silencio, quizás sostenido por los tres invitados, a pesar de lo cual las anfitrionas siguieron sonriendo con magnanimidad, como si esas intervenciones formaran parte de un ceremonial iniciático que se estaría celebrando precisamente para introducir a los novicios en los arcanos de una antiquísima ritualidad. Las oficiantes volvieron a servir las copas, se pusieron de pie y, mientras invitaban a seguir con la bebida, daba la impresión de que algo en su naturaleza empezaba a cambiar, que su cuerpo se reducía, aunque la dulcísima voz con la que hablaban en posta era la misma con la que habían recibido a sus invitados. Dijeron tener seis mil años y vivir en una fábula que habían creado los humanos, una región en la que ellos no pueden vivir pero que les sirve para alimentarse en los momentos de mayor necesidad. Nada de lo creado allí podía salir sin destruir el mito, por lo que pedían no llevar nada, aparte del ensueño que les permitiría a ellas también seguir viviendo. Agradecieron por imaginarlas, hacerlas bellas y generosas y adornar con oro su morada, por alimentarlas con los más ricos manjares y compartir con ellas la bebida de los dioses. Diciendo esto, volvieron a servir las copas y esta vez brindaron por la felicidad de María, José y Sushheela, por que termine pronto su peregrinaje y encuentren finalmente el Arca de Tonalpouhque, el único lugar habitable de la tierra después de la inexorable Sequía Universal. Los tres adolescentes se habían quedado dormidos, y a saber si habrían sido escuchadas las últimas palabras de las oficiantes, en todo caso allí, sobre la mesa de ceremonias, dos guacamayas fabulosas seguían metiendo sus picos en las copas de oro y brindando por su felicidad.

15

Cuando abrieron los ojos, los tres se descubrieron abrazados y casi enterrados en la arena, situación que la habrían buscado inconscientemente para protegerse del frío de la noche, aún a riesgo de terminar sepultados por el oleaje del desierto. Los tres amanecieron con un ligero malestar estomacal, con algo de nausea, como si hubiesen comido y bebido en una bacanal, y algo de eso creían recordar, sobre todo José, que les daba vueltas buscando explicaciones y, en sus estiramientos para desperezarse descubrió que le faltaba su larga cabellera. Entonces se puso de pie, se llevó las manos a los bolsillos buscando sus pepitas negras y comprobó aliviado que seguían allí, todas juntas en una taleguita de lienzo que le regalara, vamos a ver, se dijo, dudando de aquello que en principio le había quedado claro, que nada que se originara en la Morada de la Fábula podía salir. Algo de palpable tendrán las leyendas, pensó, acariciando el fardelito, y, mientras lo guardaba de nuevo, observó a lo lejos, a poco más de una cuadra, la bolsa plástica con sus aperos que habían dejado abandonada cuando corrieran detrás de la Gran Tortuga, otra fábula milenaria de la que aún quedaba la huella palmaria de su arrastre sobre las dunas del desierto. Esa señal, que parecía trazada con un gigantesco rastrillo, marcaba de manera providencial la dirección en la que los chicos venían perseverando desde hacía mucho tiempo y se desvanecía al fondo, en el horizonte de colinas grises, entre las cuales se destacaba, ahora con gran nitidez, la Montaña Verde. Tenía casi la misma morfología de la Montaña del Agua, un grandísimo cono truncado, pero su color natural y sus líneas irregulares insinuando breñales y peñascos, le daban un aire de serenidad, en contraste con la aridez que la rodeaba. Era una meta clara e incuestionable que, desde ese día, se apostó en la mira de los tres jóvenes peregrinos y permaneció allí, creciendo y restando distancias de manera terminante, sin los juegos esquivos y engañosos de otro tiempo.

Iniciaban con las primera luces su segundo día de caminata, prometiéndose avanzar pausadamente para dosificar las fuerzas, considerando que no disponían de una sola gota de agua ni de bocado alguno para alimentarse. Susheela, quien daba las mayores muestras de agotamiento, agradeció por esa decisión solidaria y, lamentándose por los retrasos que provocaba con su debilidad, se unió al paso de sus compañeros durante un largo trecho, hasta que, ya cuando el sol marcaba el medio día, se fue quedando nuevamente rezagada, lo que le sirvió para ser la primera en avistar una columna de cinco caminantes que se recortaba sobre la cresta de una colina que habían dejado atrás, como a medio kilómetro de distancia. La muchacha gritó, por supuesto, para dar aviso a sus compañeros, y se dieron nuevos gritos y señales usando la ropa como bandera, y se abrazaron los tres por la alegría de encontrarse con otros semejantes, seguramente desconocidos, pero igualmente necesitados de saberse habitantes de un planeta que aún conservaba, quién sabe con cuántos de su especie, sus signos vitales. Se sentaron a esperarlos y, de rato en rato, se ponían de pie para repetir sus señales, y se preguntaban quiénes serían y de dónde vendrían, hasta que los vieron remontar la última duna, caminando a rastras por el esfuerzo de alcanzarlos, pero felices también por el encuentro. José, María y Susheela corrieron a darles la bienvenida, como si llegasen a algún lugar acogedor, y los abrazaron uno a uno, y todos hablaron atolondradamente en sus idiomas, presentándose al apuro y manifestando su regocijo por conocerse, saberse vivos y encontrarse en la ruta cierta del Arca de Tonalpouhque. Sin embargo, entre los cinco había otro motivo de júbilo, y lo gritaban saltando y bailando, a pesar de su debilidad, y era que por fin habían completado el número de ocho convidados para partir un melón heredado de alguien que se había quedado en el camino. Eran cinco adolescentes, de entre dieciséis y dieciocho años, que se habían encontrado en la ruta y se habían socorrido unos a otros con pequeños residuos de bebidas y alimentos, pero, más que nada, con el ánimo, ese principio vital que en ciertos momentos había sido dramáticamente exiguo.

Philippe, un negro alto y robusto, que aún conservaba la ternura en su sonrisa, venía de Senegal, y llevaba en su macuto de abacá el tan mentado melón, una badea arrugada de color café y no más grande que un pomelo, reducido en su tamaño por la deshidratación. Era el tesoro que la diosa Mulukú, surgida en el punto donde tres dunas se encontraban, le había entregado a Eliane, su compañera de él en la adversidad, para que lo compartiera cuando fueran ocho en el camino, so pena de atragantarse con las semillas y convertirse en mono errante. Así llegarás más lejos, le había dicho la deidad, y así había sido en realidad, pero no había podido resistir sino hasta el encuentro con Ibrahim, un muchacho árabe que habría podido salvarla con unas gotas de almíbar de membrillo si la hubiese encontrado un día antes de su agonía. A los dos, Philippe e Ibrahim, les había pedido que no la dejaran penar como mono errante y que partiesen la fruta cuando fueran ocho en el camino, y ellos, aunque no en vida, le habían prometido que así lo harían, mientras le hacían una especie de ablución seca y recitaban los suras pertinentes del Corán. Reconociéndose como miembros de la comunidad islámica y compartiendo pedacitos de turrón y sorbos de agua, Ibrahim y Philippe habían deambulado por el desierto durante mucho tiempo, sin perder la confianza en que algún día hallarían a los seis convidados que faltaban, y en ella se habían ratificado al encontrarse, ya al caer de una tarde, con dos chicas que lidiaban por armar una pequeña carpa en medio de un ventarrón y, días más tarde, con un muchacho que insistía en enviar mensajes de radio desde una tienda de nailon, en cuya cubierta flameaba una pequeña bandera alemana. Desde entonces, juntando sus necesidades, los cinco habían compartido sus últimas reservas y se habían hecho responsables de que se cumpla la dura disposición de la diosa Mulukú. Ahora, habiendo llegado el día, los ocho convidados al banquete avanzaron hasta una hondonada, armaron la tienda del muchacho alemán, dispusieron sus bolsos y mochilas en las esquinas y se sentaron en círculo casi sin hablar como si se prepararan para celebrar un ritual. El sol dorado de las cinco de la tarde penetraba a través del nailon de la tienda e iluminaba sobre todo el centro, donde Amanda, la convidada mexicana, había puesto su rebozo blanco, doblado a manera de mantel ceremonial, y, sobre él, Jurgen, el convidado alemán, había colocado un pequeño vaso de aluminio y una navaja de varios servicios con su cuchilla abierta. Philippe, ya con el pequeño melón en sus manos, y temblando sin poder disimular su emoción, lo hizo circular entre los invitados hasta que llegara a manos de Jurgen, a quien se había delegado la tarea de partirlo. El chico tomó la fruta y la navaja, miró a todos, colocó el melón sobre el vaso para evitar que su jugo, de haberlo, se desperdiciara y se dispuso a partirlo, pero en ese momento, con lágrimas en su rostro, el senegalés se puso de pie y empezó a recitar algunos suras del Corán, secundado por Ibrahim, que repetía los versos en árabe. Todos se quedaron en silencio por un largo rato.

—*À la mémoire de ma collègue Eliane* —dijo Philippe y se sentó.

—A la memoria de mi compañera Eliane —tradujo Amanda.

La corteza de la fruta se había endurecido, por lo que hubo necesidad de hacer primeramente incisiones con la sierra de la navaja, para luego partirla con la cuchilla normal en los ocho triángulos alargados, milimétricamente iguales, que fueron depositados sobre el rebozo. No hubo líquido que recoger, por supuesto, y la pulpa, aglomerada sobre la corteza, tenía un color amoratado y la consistencia de una melaza empanizada, sobre la que se habían adherido algunas pepitas amarillentas. Jurgen invitó a todos a tomar su ración, a disfrutarla sin apuros y a guardar quizás las últimas semillas de esta larguísima romería. Hablaba una mezcla de alemán con francés, y a ratos se apoyaba en algunas palabras en inglés, y todo era traducido por Amanda al español y a un lenguaje gestual para explicarle las cosas a Ibrahim, y éste, con un inglés remendado, trasmitía los mensajes a Susheela. Entre risas por los equívocos, empezaron a comer con dificultad tratando de sacarle bocados a esa pulpa endurecida, lo cual, al fin y al cabo, era un deleite que bien valía la pena prolongarlo saboreando el dulce añejo concentrado hasta en la misma cáscara. El sol, ya cerca de su ocaso, daba de lleno sobre la cabeza y la espalda de Brigitte, la chica francesa, encendiéndole sus rizos dorados y ocultando su hermoso rostro en la dura sombra que provocaba. Con un poco más de dieciocho años, era la mayor de todos y, tal vez, la más golpeada por la melancolía y el silencio que había guardado alrededor de su compañero que, de acuerdo a los informes de Amanda, se le había extraviado en la mitad de la travesía del desierto. Hasta entonces, como siempre, había permanecido callada, pero ahora, como si fuera la ocasión adecuada, mientras depositaba una a una las pepitas de melón en el vaso de aluminio, empezó a hablar con acento conmovido, o mejor, a recitar unas hermosas frases que Amanda se encargó de traducir.

—Quisiera ser cada vez más humilde y más pequeño / siempre más grave, sin huella ni vértigo / y caer hasta perderme / en la viviente semilla de una tierra bien abierta.

No eran sus palabras sino las del poeta martiniqués,

Aimé Césaire, de cuyo libro, «Corps Perdu», había extraído ese fragmento, según explicó mostrando la portada del pequeño ejemplar, con una ilustración de Picasso, que la había acompañado durante su peregrinaje de años en el desierto. Estudiaba literatura, comentó, y no sabía cómo iba a enfrentar, de ahí en adelante, una situación que para ella continuaba todavía incierta, con noticias vagas sobre un destino que tenía mucho de fábula, igual que su civilización de origen, supuestamente extinguida, a la que, sin embargo, nunca pudo regresar. De todas maneras, cualquiera que fuera la nueva realidad que la estuviese esperando, estaba segura de que sería la misma para todos, y de que allí, en ese lugar ideal, serían fundamentales las semillas y no la literatura. Por eso, apoyada en las palabras de Césaire, había puesto las pepitas de melón en ese vaso común, como señal de humildad y de su deseo de entregarse a lo que consideraba sería una tarea comunitaria, con el oficio más pequeño que le fuera asignado. Dicho esto, Brigitte tomo el vaso y lo volvió a colocar en el centro, y allí quedó como una provocación silenciosa, esperando la respuesta de cada uno de los invitados. José Robles se puso de pie, caminó el medio círculo que la separaba de Brigitte, le dio un beso en la mejilla y, estirándose hacia el centro, depositó en el vaso sus pepitas de melón y luego, dejándolas caer una a una, también sus nueve semillas de chirimoya.

—No sabemos lo que vamos a hacer mañana —expresó José —, pero yo siento que lo vamos a hacer juntos y que, de aquí en adelante, nadie se nos va a quedar en el camino.

Lentamente se fue llenando el vaso hasta desbordarse, y luego las semillas fueron cayendo sobre el rebozo blanco, mientras María improvisaba en su quena un albazo que quería ser alegre con la ayuda del *sarod* de Susheela y luego, con la entonada voz de José, por lo que irremediablemente se fue cayendo en la Canción del Pajarillo y su melancolía, así como en la de las rancheras, y en la embriaguez de un canto coral en el que cada cual cantaba lo suyo, acoplándose al ritmo y a la nostalgia, de los cuales resultaba difícil escapar. La noche se había instalado por los cuatro costados, pero el tenue resplandor de un cielo transparente se filtraba al interior de la tienda y era como si la Cruz de Sur se hubiese fijado en los cuatro puntos de la cubierta para sostenerla o quizás para apuntalar este pequeño mundo y contagiarlo de sus misterios. Bajo ese amparo mágico se relataron esa noche todas las historias de estos muchachos que consumieron su niñez en el desierto y sobrevivieron prodigiosamente a la Sequía Universal. En ellas se deslizaron los dioses y los demonios, disputándose la fe de los peregrinos, y pusieron en sus trayectos oasis y señuelos, vientos aterradores y hálitos reconfortantes, criaturas malignas y ángeles caritativos, enigmas y certezas. En cada una desapareció una ciudad, y sus fantasmas salieron al paso de los sobrevivientes, como engendros escapados del averno en busca de una sombra fresca o, como la substancia leve, dulce y dolorosa, de sus recuerdos más queridos. Acaso de aquellos espectros colmados de mitos y abusiones se formaron los templos de la más grande obsesión de su vida, el agua, y quizás allí se concibieron aquellas mascotas que asomaron de vez en cuando, ya en límite de la demencia, con su carga de provisiones, como caídas del cielo. Todo aquello, como bagaje farragoso de esencias y de lastre, estuvo permitido en el ejercicio de la supervivencia, en el que se fue cimentando paso a paso, mientras se aprendía, su fortaleza, su buena fe.

16

Cuando abrieron los ojos, algo como un largo y monótono tamborileo, apenas perceptible, golpeaba sobre la cubierta de la tienda, y no era el flamear de la bandera de Jurgen ni cuerda suelta alguna jugueteando con el viento, mucho menos sus sacudidas esporádicas en las paredes de la carpa. Era como si una veintena de grillos estuviesen aserrando con sus patas las tensas fibras del nailon, aunque, visto desde el interior, el techo presentaba ciertos hundimientos como si algo de cierto peso se hubiese depositado en él. Intrigados por ese sonido, y a pesar del cansancio por la caminata del día anterior que les pedía un poco más de reposo, Ibrahim y José se levantaron sigilosamente, caminaron hasta la puerta, abrieron lentamente la cremallera, sacaron sus cabezas, luego sus manos y se lanzaron al exterior brincando y exclamando alborozados.

—¡Llueve! ¡Está lloviendo, muchachos! —gritó José y corrió con Ibrahim a levantar a todos.

Fue un escándalo de gritos en todos los idiomas, de saltos y bailes disparatados, piadosos agradecimientos al cielo, abrazos y parabienes, y todos querían empaparse y beber y bañarse levantando las manos, pero, en realidad, la lluvia era apenas un fino cernidillo que, a duras penas, humedecía la piel, un acontecimiento extraordinario en todo caso, después de tantos años de sequía. Pudieron beber, sin embargo, del agua que se había acumulado desde la madrugada en seis pequeñas depresiones sobre la cubierta de la tienda, y que recogieron con mucho cuidado en el vaso de aluminio y en las tres últimas totumas que guardaba María.

La neblina espesa que se levantaba como un velo, cubriendo la ruta que seguirían ese día, marcaba una especie de límite entre el amplísimo desierto que habían dejado atrás, después de tres días de marcha forzada, y este nuevo paisaje de colinas de cangagua y promontorios rocosos, igualmente árido, pero menos lacerante. Sobre las rocas, que emergían como barrillos de la tierra, se veían manchas negruzcas, unas, y azuladas, otras, de textura áspera y reseca, a manera de moho o de algún tipo de musgo, en el que se denunciaba, aunque agónicamente, la vida. Pero quizás, y en buena hora, no fuese agónica sino incipiente, y esos promontorios se encontraran cumpliendo la función de roca madre, donde se estuviese gestando de nuevo el suelo de la pachamama. Para ello, naturalmente, era necesaria esa humedad que se arrastraba pacientemente lamiendo la dura superficie de la colina y que parecía venir, con una leve fragancia, desde la hondonada todavía oculta por la niebla. Y, seguramente, detrás de ella estaría también la hermosa Montaña Verde, que se había ido revelando en todo su esplendor durante los tres días de caminata, mostrando ya sus breñales y sus peñascos profundos, su esfericidad casi perfecta y la boca que se abría en la cumbre como si fuese un gran cántaro de barro, por lo que María terminó bautizándola con el nombre de Wakuy-Urku. Estaría lleno de agua, había pensado llamándolo así, y a lo mejor tuviera razón al anticiparse a lo que ahora, con la salida tardía del sol, se iba develando mientra se disipaba la bruma. Una corona de especies leñosas adornaba la boca del cántaro, y esa vegetación verdinegra se esparcía por las faldas, llenando las oquedades con un barnizado que tendía, más bien, al verde tierra, y el lomerío que jugaba entre el verde caña, verde limón y verde oliva. Más abajo, ya cuando la neblina se había alzado y se concentraba en tres nubes que ascendían por las faldas del Wakuy-Urku, se pudo divisar el más hermoso valle que imaginación alguna pudiese concebir. Con un centenar de terrazas cultivadas, se extendía hasta los mismos bordes de la cadena de colinas que lo rodeaba, y ascendía como una escalinata circular hasta el pie de la montaña, donde se confundía con el bosque enmarañado y las quebradas que hendían sus cuchillas hasta el último desnivel. Una cinta verde, como cerca de agaves y *aguacollas*, señalaba con gran precisión el límite entre esa alfombra vegetal y la aridez blancuzca de la cangagua, en la que se entreveían, no obstante, pequeños manchones verde obscuro, quizás conjuntos raquíticos de líquenes, faiques y guayabillas, como los que se veían esparcidos casi hasta media altura de la colina desde donde se los divisaba. Tal vez visto desde una altura privilegiada, aquel conjunto de montaña y valle podría apreciarse como una estrella verde de varias puntas alargadas incrustándose en el infinito arenal que la rodeaba, ganándole terreno a la desolación, pero quizás no fuera más que una elucubración demasiado optimista sobre lo que en realidad sería apenas un punto verde en la aridez universal. Como quiera que fuera, aquello pudo ser, ciertamente, por lo que tenía de humana, la llamada Arca de Tonalpouhque, navegando en el inmenso desierto, con su cargamento de vida.

Habían acampado al filo de un despeñadero, pero solo lo descubrían ahora, cuando el manto de niebla se había levantado para mostrarles el edénico paisaje que tenían a sus pies y que, sin poder contener las lágrimas, lo recorrían una y otra vez con la mirada. Había en todos una carga de emociones que bien pudo estallar en gritos, histeria, delirio o en cualquier manifestación inaudita, pues no cabía otra cosa, después de tantos años de incertidumbre y desencanto, pero solo pudieron llorar en silencio, aspirar agitadamente el aire nuevo y echarse a tierra para contrarrestar el mareo sobrecogedor que les provocaba, como si aquello fuese en verdad una nave que tendrían que abordar en medio de una tormenta.

—Tenemos que armar un cable para bajar —comentó José en voz alta.

Hicieron jirones algunas prendas de vestir, rasgaron hasta la misma tienda de nailon, entorcharon, tejieron una larga trenza y la amarraron a la soga que José guardaba en su bolsa plástica. Clavaron las cuatro estacas de la carpa, amarraron a ellas un extremo de la cuerda y el otro lo lanzaron al precipicio. Por ahí bajaron hasta un promontorio rocoso, saltaron hacia una ladera de arenisca y se resbalaron agarrándose de los brotes de líquenes y guayabillas que aparecían a su paso y rodaron hasta la misma cerca de *aguacollas* espinosas. Detrás de esa pared vegetal se escuchaba, aunque lejano, el sonido de un arroyo, el canto de varios pájaros, el soplo de la brisa sobre la arboleda, el mugido de una vaca y el ladrido de varios perros, en un concierto jovial de la más exquisita y conmovedora armonía. Ya la paz empezaba a acariciar el ánimo angustiado de los ocho peregrinos, que ahora caminaban, sin apuro, bordeando la cerca verde, en busca de una entrada a ese lugar que parecía estar esperándolos. Pronto encontraron un camino angosto que, sin embargo, se apartaba de la cerca y parecía conducir hacia una pequeña loma desolada, en cuya cima se vislumbraba una especie de empalizada circular, con unos pilares robustos, unas cuerdas y una especie de rueca elemental de troncos de madera. Avanzaron unos cien metros por el sendero y se detuvieron sin saber si habrían tomado la dirección correcta o si les tocaría regresar, cuando vieron que desde la loma venían a su encuentro un hombre, una mujer y dos niños de entre seis y ocho años, más o menos. Vestían ropa remendada, alpargatas de algún material indefinible y sombreros de tejido grueso, pero se los veía limpios y altivos, pese a su apariencia de mendigos. El hombre, de alrededor de treinta años, era un mestizo de barba poblada que llevaba un viejo machete al cinto, sin vaina, y cargaba una calabaza seca y alargada, metida en un cesto de bejucos colgado de sus hombros. La mujer, que tendría unos veinticinco años y lucía un hermoso rostro más bien indígena, usaba una falda de jerga y blusa sin mangas, y traía unos pequeños jarros de calabaza y una talega de lienzo colgada de su hombro. Los cuatro venían sonrientes y, se diría, emocionados con la visita, pero fueron los niños los que les dieron la primera bienvenida, adelantándose en carreritas y lanzándose a abrazar y besar a cada uno de ellos, pronunciando frases amables en un idioma desconocido.

—¡Bienvenidos al Arca, hermanos! —dijo el hombre, en un español con acento indefinido.

—Los estábamos esperando —añadió la mujer, denunciando su origen indígena.

Igual que sus hijos, abrazaron y besaron emocionados a cada peregrino, dándoles palmadas en las espaldas y tratándolos, ciertamente, como si fuesen hermanos o conocidos de toda la vida. Manuel era el padre, Sisa, la madre, Naya, la hija, y Tagua, el hijo. Los cuatro brindaron ahí mismo una especie de panes cuadrados envueltos en hoja de plátano, una pasta dulzona y agradable de consistencia similar a la del turrón blando que parecía tener todos los sabores, y mates de jugo fresco de caña, que el hombre vertía desde su calabaza. Mientras se deleitaban con esos reconfortantes alimentos, Manuel y Sisa contaron haber llegado a ese lugar, haría unos doce años, en las mismas condiciones calamitosas de los ocho adolescentes y después de años de peregrinar en el desierto. Taita Tonalpouhque, un anciano patriarca del lugar, les había asignado la tarea, como a todos los miembros de la Gran Comunidad del Arca, de ganarle diariamente terreno al desierto, cuidando el agua hasta la última gota y sembrando hasta el mínimo espacio donde ella se regara. Mientras subían hacia la loma de la empalizada, informaron que ésa era la única disposición del Taita que debía cumplirse rigurosamente, pero, claro, cuidar el agua y racionalizar su utilidad comprometía a todas las actividades de la Gran Comunidad. Llegados a la cima de la colina, pudieron observar que aquella empalizada era solo un sistema de contrafuertes para sostener algo como una fortaleza circular de piedra y argamasa, rematada por una cúpula tallada en una sola pieza de unos diez metros de diámetro, con una pequeña tronera, tapada al momento por una bola igualmente de piedra. Era, según dijo Manuel, el Basural, y allí se arrojaban todos aquellos materiales y objetos, detritos de la civilización precedente, que pudiesen alterar, con sus efectos contaminantes, el equilibrio natural del Arca. Habiéndoles pedido vaciar el contenido de sus bolsos y morrales, Sisa y Manuel, usando el sistema de rueca y polea, elevaron la bola de piedra, y arrojaron al basural, entre otras cosas, la bolsa plástica de José, los binoculares de María, dos teléfonos celulares de Brigitte y Amanda y el equipo de radio con baterías de Jurgen. La bola de piedra volvió a cerrar la tronera, y, siendo como al parecer lo era, que allí se depositaban los efectos de los postrimeros sobrevivientes, con ello se clausuraba definitivamente toda relación consecuente con los últimos diez mil años de historia del hombre inteligente en la tierra.

Arrimado a la pared de esa sepultura, con la cabeza inclinada sobre la empalizada, como si aquello fuera el muro de las lamentaciones, Jurgen lloró, despidiéndose de lo que no había muerto en sus años de vida errante, la esperanza de comunicarse con alguien de los suyos, que quizás aún lo estuviese buscando. Con él lloró Susheela, que se le arrimó para abrazarlo, y los otros, que parecían haber enterrado algo más que esos simples objetos, y es que, en realidad, ahí se quedaba todo el bagaje de una cultura que se encargó de formarlos con las habilidades y atavismos necesarios para vivir en ese mundo, pero también para destruirlo. Mientras descendían por una escalinata practicada en la pendiente de la colina, jugando de manera inconsciente con las páginas de su libro de poemas, Brigitte reparó en que María llevaba abrazada al pecho su quena de carrizo y que Susheela hacía lo propio con su *sarod*. Cuántos instrumentos musicales habrían traspasado el portillo que ahora mismo franqueaba ella junto a sus compañeros, pensó, y cuántos libros se habrían filtrado de la misma manera, tan íntima como la música que cruzaba con José, como la poesía que llevaba fuera de su libro. Sonrió. Frente a un hermoso cañaveral que se clavaba como lanza en una hondonada y se abría paso entre dos elevaciones rocosas, Brigitte tomó la mano de Philippe, apoyo la cabeza en su pecho musculoso y se hizo abrazar, buscando su ternura. Desde entonces, Corps Perdu cambió de mano.

Detrás del cañaveral se levantaba un bosque de palmeras, en el que jugaba una bandada de papagayos, y, en los flancos, se veían plantaciones de cítricos, cacaotales y más frutos del trópico. Multitudes de pájaros trinaban aquí y allá y se unían al concierto de miles de animales que pululaban en las copas de los árboles, bajo la hojarasca, en el subsuelo, en el aire y en el agua, y que habían llegado allí sin que nadie los arriara. Habían entrado por fin a un mundo que, sin haberlo previsto en su real conformación, los acogía con largueza, brindándoles la multiplicidad de sus frutos, su serenidad y su pureza, y había que limpiar cuerpo y alma para recibirlos. Manuel los condujo por un sendero umbroso en medio de la maraña hasta una hondonada por donde se extendía un viejo y rocoso lecho de río y ahora corría un pequeño arroyuelo de agua cristalina, que sonaba más por sus caídas que por su caudal. En uno de esos saltos, donde el agua caía en chorrera y formaba una alberca natural, se detuvo Manuel, subió a un árbol que extendía sus ramas sobre el lecho, recogió unos frutos verdes, como uvas, y bajó pidiendo a todos que se quitaran la ropa. Luego puso los frutos sobre la piedra y empezó a machacarlos con un canto rodado, formando una pasta consistente y algo espumosa, a la que le agregó un poco de agua. Los primeros en desnudarse fueron Naya y Tagua, quienes acomodaron sus prendas en la orilla, se lanzaron alegres a la poza y se pusieron a jugar bajo el delgado chorro. Los siguió Sisa y luego, Manuel, quien sacó a Naya del agua, le untó en todo el cuerpo la pasta verdosa, que ahora parecía champú, le frotó la piel y el cabello hasta llenarla de espuma y la devolvió al agua. Los cuatro lugareños siguieron alegres con su baño, invitando de rato en rato a los adolescentes a que los siguieran en esa suerte de ceremonia, que lo sería en realidad, y que ellos, todos los habitantes del Arca, practicaban frecuentemente como un acto de purificación dedicado a la Madre Naturaleza. El agua que en ello se utilizaba no se consideraba contaminada, pues no había ningún elemento extraño en ella, y seguía su curso, entrando a los diferentes canales de riego que se sucedían de terraza en terraza. Con estas razones, los jóvenes inmigrantes se dieron las espaldas, se desnudaron, entraron tímidamente a la poza y empezaron a disfrutar de un baño que, sin eufemismos, resultó una verdadera limpieza, a la cual contribuyó como eficaz detergente ese jabón natural que llamaban *jorupe*. Ahora había que limpiar el espíritu, y debía hacerse de manera individual, dejando caer el agua sobre la coronilla, adoptando alguna postura corporal que contribuyera a la reflexión sobre todo lo que se recibía de la Madre Naturaleza, sin necesidad de encomendarse a nada, sin pronunciar palabra alguna ni oración, puesto que allí cabían todas las creencias y reverencias. Manuel juntó sus manos y puso sus dedos sobre la barbilla, Sisa puso sus manos sobre su vientre, los niños dejaron que el agua les golpeara sobre su cara sonriente, Jurgen cruzo los brazos atrás, Ibrahim y Philippe pusieron palmas y cabeza sobre la superficie del agua, María, Amanda y José pusieron sus manos palma arriba, recibiendo algo del cielo, Susheela juntó sus manos sobre el pecho y Brigitte colocó sus dedos en la frente. Nada más. Se vistieron todos, se arreglaron el pelo con un peine de plumas que, finalmente, quedó como regalo en manos de María, y siguieron su camino, pero la reflexión quedó rondando en cada uno.

Mientras andaban por los estrechos caminos bordeados de sotos, los jóvenes pudieron observar de cerca una serie de terrazas casi horizontales, separadas unas de otras por cercas naturales de pomaradas e higuerillas, y cultivadas con la más amplia gama de cereales y hortalizas. Más allá, cuando se empezaba a escuchar voces, seguramente de labriegos y de niños que correteaban, apareció un extenso prado sembrado de heno y gramalote, junto a varios corrales en los que pastaban algunos animales. Detrás de este complejo, se divisó por fin una aldea escondida entre higuerones y un camino ancho y empedrado que llegaba hasta un patio con jardineras, alrededor del cual se organizaba el caserío, con una docena de cabañas de caña guadúa y techo de hojas de palma, levantadas a dos metros del suelo sobre pilotes de madera. Entre ellas se destacaba por su tamaño un galpón con paredes a media altura y piso de caña casi a ras del suelo, construido sobre una pequeña elevación del terreno. Arribaban al caserío cuando una veintena de niños de entre cuatro y doce años, rubios, morenos, indígenas y mestizos, se les vino encima con un griterío de palabras extrañas, entre las que apenas podía entenderse una, hermano, y con abrazos en montonera y una alegría rebosante. Vinieron con ellos cuatro perros de raza indefinida, también alegres y hospitalarios, ladrando y meneando el rabo, enredándose entre las piernas de todo el mundo y reclamando un poco de atención. Uno de ellos tenía la facha exacta de Dino, su mismo tamaño y catadura, pero no su nombre, y no hacía falta que lo tuviera para que el animal, José y María, confundidos los tres, se trenzaran en grandes abrazos. Un grupo de mujeres risueñas de varias edades, entre quince y cuarenta años más o menos, adornadas con flores en la cabeza, los esperaba a la entrada del galpón, haciendo una calle de honor. Una de ellas, de alrededor de cuarenta años, guapa y de rasgos más bien mestizos, les dio la bienvenida en un español al que le faltaban los artículos y las conjunciones, y los invitó a pasar al interior, donde una serie de troncos servían como sillas. Mientras las mujeres se movían agenciosas tendiendo unos jergones sobre una especie de escenario que se elevaba a unos treinta centímetros del suelo, se pudo ver en la pared de ese lado tres pizarrones sostenidos con estacas y cabuya, posiblemente hechos de cerámica por su color ladrillo obscuro. En el primero se veían algunas operaciones matemáticas escritas con tizas amarillentas. En el segundo, y central, una serie de dibujos de tipo naturalista que reproducían escenas de la vida cotidiana de la comunidad, y que algo tenían de rupestres. La única figura abstracta que se veía como encabezando todo el contenido era una especie de estrella con un círculo en el centro, al parecer, derivada de la chacana, quizás el símbolo de la Comunidad del Arca, con dos puntas dirigidas hacia el norte, dos al oriente, dos al occidente y dos al sur. Estas últimas, trazadas solo en perfil, no tenían el relleno de color de tiza verde como las otras seis, y así, al parecer, las habían dejado deliberadamente. En el tercer pizarrón había algunas frases escritas en el nuevo idioma que parecía ser el que allí se gestaba, pero que igual se valía de los signos del alfabeto latino con algunos agregados diacríticos o, quizás, ideográficos.

El último rayo de sol se había quedado iluminando esos signos, en los que igualmente se había detenido Brigitte, y desapareció de golpe cuando las mujeres entraron portando candelabros de barro con velas de palo santo encendidas y bandejas de cerámica y calabazas llenas de granos cocidos, yucas, bananos, carnes variadas y algo como una salsa amarillenta que aún hervía en el recipiente. Con ellas entró Tom, un hombre alto y barbado de alrededor de cincuenta años, rubio y de ojos celestes, jovial y, sobre todo, paternal, aunque a todos llamó hermanos, con la única palabra pronunciada en español. Hablaba inglés de manera defectuosa, pero se hizo entender con la ayuda de dos señoras, la mestiza guapa que los invitara a entrar, al parecer su esposa, que traducía mal o bien al español, y una rubia de veinticinco, tal vez su hija, que traducía con dificultad al francés. Sentados todos sobre las jergas, alrededor de las viandas, Tom invitó a comer, tomando con sus manos las presas y el resto de alimentos y ofreciéndolos a cada uno de los convidados, luego de lo cual, y para mostrar lo que allí se estilaba, agarró una pierna de ave, la sumergió en la salsa y se la llevó a la boca desgarrándola con sus dientes. La primera en imitarlo fue Amanda. Tomó la presa, la untó en la salsa, se la llevó a la boca y se quedó quieta, sin saber cómo seguir. Tom rió de buena gana y explicó que en el Arca el único que comía carne suave y con sal era su abuelo Tonalpouhque, en consideración a su estado delicado de salud, a que ya no tenía dientes y disfrutaba muy poco de la comida.

—Mi abuelo morirá después de tres días —dijo Tom, con una extraña frialdad.

Mientras sus convidados se acostumbraban a la dureza de esa carne fibrosa y le encontraban el sabor a los granos y tubérculos embadurnados en la salsa dulzona, al parecer de maní con maíz tierno, el hombre informó que lo único que esperaba su abuelo Tonalpouhque era la llegada de estos jóvenes, últimos sobrevivientes de la Sequía Universal, para hacerles un encargo y morir en paz. Y quería hacerlo en el mismo lugar donde, al cumplir sus treinta años, se había refugiado huyendo de la civilización, en la gruta de la montaña que, desde entonces, había bautizado con el nombre de Wakuy-Urku, el mismo que espontáneamente utilizara María. Enterado Tom de esa coincidencia y, sobre todo, del nombre de la adolescente, se puso de pie, se le acercó sin poder contener sus lágrimas, la abrazó largo rato, la besó en la frente, le acarició sus cabellos y le dijo que ella era la tataranieta de su abuelo, pues él, sin haberlo revelado fuera de su parentela, llevaba el mismo apellido, Axitimbay. Nadie sabía, sin embargo, el verdadero nombre del patriarca, y ya se habían aventurado algunos, buscando descubrir la identidad que se ocultaba detrás de ese apelativo, Tonalpouhque, adoptado de un antiquísimo brujo cañari. Con ese nombre había corrido, de pueblo en pueblo, una cierta fama de un hombre montaraz que, siendo un próspero industrial, según unos, hábil comerciante, en la versión de otros, y hasta carpintero, de acuerdo a quienes habían asegurado conocerlo, había renunciado a su propio ego, es decir, a la civilización que lo había formado en sus taras y destrezas con las que se estaba destruyendo el universo. Muchas leyendas se habían construido alrededor de este personaje, y una de ellas incluía la historia de una mujer de origen inglés, sin nombre ni apellido, que, con la misma renunciación, se le había unido ya cuando Tonalpouhque había logrado implementar una agricultura de subsistencia. Viendo que su actividad era buena porque entraba en armonía con la naturaleza, y habiendo serenado su espíritu y encontrado la paz, había decretado, por sí y para sí, que aquello era la felicidad y, siendo así, había querido compartirla primeramente con su esposa y su hijo que habían quedado en la civilización. Lamentablemente, no había podido convencer ni a la madre ni al chico que, por entonces, tendría quince años, quienes lo habían tildado de chiflado e irresponsable con la familia y la sociedad. Destrozado y despidiéndose definitivamente de la sociedad y la familia, había regresado a su refugio en la gruta del Wakuy-Urku, donde la inglesa lo había esperado adornándole el hogar con los detalles de su femineidad. Tuvieron nueve hijos, continuó Tom, seis hombres y tres mujeres, y una de ellas, que se casó con un gringo aventurero que apareció por aquí, es mi madre. Tonalpouhque, la Inglesa sin Nombre, sus nueve hijos y nueve renegados de la civilización que, como cosa de cuento, aparecieran por la cada vez más aislada reserva, habían fundado la Comunidad del Arca, y a ella se habían ido sumado alrededor de doscientos peregrinos, renunciantes y desterrados, náufragos y locos, creyentes y ateos, hombres y mujeres de buena fe, para formar esta especie de gran falansterio que, quizás ahora, no tendría la oportunidad de contaminarse. Allí trajinaba esta gente buena, si la hubiese visto Fourier, cada cual con su mundo de sueños, mitos y deidades, descubriendo la manera de adoptar como suyos los dogmas de los otros, a través de un sincretismo que, más allá de las estructuras de la fe, había empezado a asignar condiciones divinas a la madre naturaleza.

Conmovida por la historia de su tatarabuelo, María no pudo dejar de pensar en su padre, Francisco Axitimbay, quien, probablemente, quiso conducirla a este lugar, aunque, con las coordenadas cambiadas, terminara convertido en *jauriyashka*, como quizás pudo ocurrirle también al Maestro Shalva. Y también pensó en su madre, como lo estarían haciendo el resto de sus compañeros con sus seres entrañables y aún con ciertas cosas, pequeñas o grandes, propias de una dulce cotidianeidad, en el hogar, en el colegio o en el barrio, costumbres que, trasladadas a este sitio, si fuera posible en vez de la nostalgia, qué daño podrían causar. Resultaba difícil llegar al Arca en estado puro, y así habría sido también para esos doscientos inmigrantes de los que había hablado Tom. Con ellos habría llegado el abecedario, los números arábigos, la poesía, el machete de Manuel, los telares templados entre cuatro estacas debajo de las casas, las hamacas y hasta el pedazo de espejo colgado en la pared de cañas que ahora relucía a la luz de los mecheros de aceite del lugar en el que pasarían la noche los nuevos pasajeros del Arca. Era la cabaña de huéspedes y estaba dotada de cuatro camas de carrizo adosadas a la pared de cañas, a un lado de la puerta, cuatro colchones de lana de ceibo, un jergón sobre cada uno y una tela burda y remendada a manera de cobija. Los muchachos miraron esos lechos y se quedaron algo cohibidos sin saber cómo proceder, puesto que, si bien habían dormido juntos en una suerte de cama general, ahora el escenario era diferente y provocaba un cierto pudor, quizás por el hecho de tener que quitarse la ropa para meterse a la cama o por la obligación de escoger con quién compartirla. A ello se sumaba la conciencia de su pubertad, descubierta en circunstancias no propicias, aunque quizás matizadas por ciertos gestos espontáneos que bien pudieron pasar por insinuaciones. Pero tenía que estar allí Tom para seguir con las alusiones, hablándoles de las picaduras de los mosquitos, que se filtraban por entre las rendijas de la caña que, si bien molestaban un poco, no dejaban sino una leve comezón pasajera, puesto que virus y bacterias infecciosas también habían muerto con la civilización. Las otras picaduras, que también venían volando, pero inquietas, eran las que provocaban cosquilleos en la intimidad, y había que tomarlas con alegría, sin resistencias, porque eran las que podían mover la pasión más dulce, el afecto y la solidaridad entre la gente.

—Vas a tener que casarte conmigo —dijo Amanda, tomando la mano de Ibrahim.

Se lo llevó a la primera cama, le abrió la frazada, lo sentó delicadamente sobre el borde, le quitó los zapatos, apagó el candelabro que tenía cerca, le dio las espaldas y le dijo que podía desvestirse y acostarse. Mientras tanto, Philippe y Brigitte, con una ceremonia parecida, ocupaban la cama del extremo y apagaban otro de los mecheros, creando la penumbra para que Susheela y Jurgen hicieran lo suyo con más comodidad. María y José habían quedado de pie frente a la última cama, y, mientras se filtraba en el ambiente un vaho tibio con olor a miel de caña, se miraban sin recelos, sonrientes, con esa ternura que les había florecido bajo los soles calcinantes y en los momentos más duros de su larga travesía, cuando más se habían necesitado para resistir, turnándose en el desaliento y en los actos de valor, y compartiendo mendrugos y cobijo. Durmiendo juntos y abrazándose con desesperación para combatir el frío, caminando el uno bajo la sombra del otro, habían aprendido a quererse en silencio y a descubrir el significado exacto de cada uno de sus gestos. Por eso José paso su mano por el cabello de María y ella se le arrimó poniendo la cabeza sobre su pecho y él la abrazó con ternura y los dos apagaron el último candelabro y la lluvia que se había iniciado silenciosamente empezó a arrullarlos con su monotonía.

17

Según había comentado Tom durante la cena, para la mayoría de los habitantes del Arca, que eran los que allí habían nacido, el mundo era como una estrella verde de ocho puntas, en medio de la inmensidad del arenal, zona insondable que nadie se atrevía a recorrer más allá de medio día de camino para ir y medio día para volver, pues, de acuerdo a unas cuantas leyendas, estaba llena de fantasmas, de seres monstruosos y devoradores, unos, y encantadores, otros, que vivían al acecho de cualquier intrépido que atravesara la barrera del medio día, para atraparlo y llevarlo al mundo de las tinieblas subarenales. Los pocos que habían desafiado a esos seres del inframundo, a veces confundido con el Ucu-Pacha, el Mundo de Adentro, no habían podido regresar jamás y andarían rondando la estrella como almas en pena. Siendo así el mundo, ellos, los hermanos de la Comunidad del Arca, serían los primeros seres humanos del universo y no los últimos, como aseguraban ciertas versiones echadas a correr al descuido por algún nostálgico inmigrante. En todo caso, para quienes sabían del mundo que había sucumbido y de los miles de años de su historia, había resultado vital negarla como un acto de purificación para entrar en la Comunidad, y así habían adoptado lo que, de alguna manera, resultaba la versión oficial de la estrella y sus primeros habitantes. Los ocho adolescentes eran los hermanos de otra estrella, muy lejana, y habían descendido al desierto como predestinados para, después de luchar durante años con los engendros subarenales, arribar a la Comunidad del Arca y entregarse a la tarea que les sería encomendada por su padre Tonalpouhque. Quizás ésta no fuera la razón para que los recibieran con tantas muestras de afecto y los consideraran sus hermanos, pues ese desprendimiento estaba en su propia naturaleza y se prodigaba igual entre los suyos, pero esa pizca agregada de idolatría, el interés por escuchar a los hermanos de la otra estrella aunque no entendieran nada, se debía, con seguridad, al mito creado alrededor de su origen y de sus peripecias. Con todo ese enredijo de creencias, temores y abusiones, se advertía, no obstante, que aquella cosmovisión primigenia resultaba incuestionable, no porque tuviera cimentación alguna sino porque, en el ejercicio de la libertad, a nadie se le hubiera ocurrido especular en su favor. La gente discutía, ciertamente, y cada cual aventuraba sus conjeturas, pero, a las cansadas, todos terminaban acomodando su fe a la única verdad irrefutable, la de la Madre Naturaleza. Si la gran incógnita sobre dios y el origen del universo no había sido resuelta en miles de años en el mundo que sucumbiera, no se iba a dilucidar en el mundo de la estrella que recién empezaba, donde las prioridades eran otras y el sincretismo práctico derivaba en una especie de religión más bien animista. Al menos eso se adivinaba en los dibujos del pizarrón, aunque la estrella de ocho puntas sugiriera elucubraciones de más altura, como las que ahora rondaban en la mente de Brigitte, que había madrugado a columbrar desde un gran ventanal el paisaje todavía en bruma.

Las últimas gotas de la lluvia de la noche se escurrían por el techo de palma y caían sobre la acequia, marcando un compás alegre que se sumaba a la armonía matinal de trinos, mugidos y rebuznos. Un vapor cálido se levantaba del suelo y se perdía en la neblina espesa que se había estacionado en las copas de los árboles y más allá, sobre la cima de la cadena de colinas, donde el sol se abría paso lentamente. Los adolescentes, aún adormilados, se asomaron al gran ventanal donde Brigitte, absorta en sus cavilaciones, parecía ignorar la rutina de la vida que ya despertaba a esa hora. La ventana daba al patio del caserío, y allí, desde haría cuánto tiempo, un grupo de alrededor de cincuenta aldeanos se movían silenciosamente, entrando y saliendo de las casas, llenando alforjas con víveres y cargándolas en cuatro burros amarrados a un pilar. Allí estaban los hombres que no habían visto a su llegada, pues, según les informara Tom, se habían amanecido en una jornada de molienda de caña, para dejar hecha la tarea, estar presentes en la despedida de los Muchachos del la Otra Estrella y acompañarlos durante una jornada en el viaje que les esperaba. Había llegado la hora de partir y parecía que solo se esperaba la presencia de los ocho huéspedes para iniciar la caminata de dos días hacia la gruta del Wakuy-Urku. Sin embargo, cuando los muchachos bajaron apurados, todos los vecinos se agolparon para saludarlos con abrazos, regalos e invitaciones a tomar el desayuno en diferentes cabañas, hablando a gritos en quién sabe qué dialectos y armando un alboroto al que se sumó una bandada de niños que salieron del galpón con sus pizarras de mano, a mostrarles sus proezas escolares. Cuatro mujeres pusieron, a manera de poncho, cuatro alforjas nuevas sobre los hombros de los cuatro adolescentes, y allí metieron los vecinos frutas, panelas de raspadura, conservas, carne seca, calabazas llenas de miel y jugo de caña, y luego se los llevaron individualmente a las cabañas para brindarles los potajes que tenían preparados como desayuno. Al salir, ya los esperaba la caravana organizada, pero aún debían recibir dos regalos adicionales, quizás los más necesarios para la tarea que se les encomendaría, un hacha vieja y bien afilada, que Tom entregó a Philippe, y el machete que Manuel sacó del cinto y se lo dio a José.

Caminaron durante toda la jornada, haciendo tambos en otras aldeas, donde los esperaban con alimentos y atenciones especiales para los ocho adolescentes, a quienes abordaban con grandes abrazos de bienvenida y la curiosidad de saber un poco más de lo que ya se venía comentando de boca en boca. Al caer la noche, cuando ya los acompañantes se habían despedido, les tocó pernoctar en un villorrio de casitas de bahareque y techo de paja, tal vez el más grande del Arca, enclavado entre los breñales subtropicales. Allí los aldeanos los recibieron con bebidas calientes y jergones tendidos en un corredor cubierto, donde los acompañaron con sus charlas amenas hasta bien entrada la noche, y madrugaron con ellos y se sumaron como cincuenta romeriantes a la nueva jornada. En el camino, de allí en adelante cuesta arriba, volvieron a la charla y a contar anécdotas del Patriarca Tonalpouhque, a quien le atribuían poderes proféticos, aparte de su gran sabiduría. Las terrazas de cultivos se iban estrechando mientras se ganaba la cuesta, y algunas de ellas, las que lindaban con la vereda zigzagueante, se distinguían apenas, ocultas detrás de sus barreras protectoras de alisos, molles y capulíes. De trecho en trecho, algunos labriegos saltaban al camino ofreciendo chicha de maíz, mientras otros los saludaban desde las sementeras, agitando sus manos y gritando. Ahora se caminaba sobre el mismo Wakuy-Urku, poblado de especies leñosas en sus grietas y de infinidad de huertos de frutas serranas y cereales, los que formaban un gran manto de retazos verdes, zurcidos por sus barreras naturales y por infinidad de *chaquiñanes* que los agrupaban en una sola red. Desde allí se dominaba gran parte de la estrella, el inmenso mar de arena que la rodeaba y, más arriba, casi sobre sus cabezas, un pueblito al que llamaban Zandeleg, con alrededor de cincuenta casas blancas colgadas de los peñascos. Para llegar hasta arriba, se abría una calzada empedrada, casi una escalinata rudimentaria, que serpenteaba y se perdía entre las breñas, de tramo en tramo, y que se abría en tres ramales antes de la entrada al pueblo. Las casitas eran de bahareque con revoque de cal y techo de paja, y tenían casi todas un corredor cubierto entre pilares y un pretil de mediana altura que servía de asiento y de protección contra las ventiscas. Serían las cinco de la tarde cuando la caravana arribó al lugar y tomó por la callecita central que, después de una curva que seguía por el borde de un peñasco, arribaba a una plazoleta circular, rodeada de diez casas, quizás las más viejas del lugar, y un solo corredor que las unía. Por el lado izquierdo de la plazuela, entre la tercera y cuarta casas, se interrumpía el corredor y continuaba la calzada cuesta arriba, pero, en realidad, se trataba de un estrecho sendero que se abría paso entre la tupida vegetación montañosa. Mucha gente había estado esperando en la calle, si no todo el pueblo, y, al paso de la caravana, se había lanzado a acompañarla cuesta arriba, saludando indiscriminadamente con quien estuviera a su paso, pero buscando terminar con el abrazo y la bienvenida a los ocho jóvenes inmigrantes que, sin proponérselo, habían pasado a encabezar la marcha. Al llegar a la plazuela, sin embargo, la gente se detuvo en las esquinas y dejó que avanzaran solo los adolescentes, con la guía de Tom y Manuel, hasta la cuarta casa, donde esperaban sentados en el corredor nueve ancianos de entre ochenta y noventa años, más o menos, seis hombres vestidos con sayales blancos, ponchos de jergón color de tierra cocida, alpargatas de cabuya y sombrero de fieltro crudo, y tres mujeres con sayales talares, alpargatas de jergón y chalinas de punto. Los nueve se pusieron de pie, apoyándose en sus bastones de bejuco nudoso, y levantaron sus brazos invitando a los chicos a acercarse para abrazarlos, y, mientras lo hacían, se pusieron a llorar como niños y a sonreír al mismo tiempo, acariciándoles la cabeza, besándolos y murmurando frases conmovidas. María Axitimbay, reconocida enseguida por esa parentela insospechada que ya la trataba como hija suya, devolvió el afecto con humildad, los abrazó a todos y, con una sonrisa franca preguntó quién de ellos era su tatarabuelo Tonalpouhque, esperando que alguien la abrazara nuevamente y le hiciera esa revelación. La única respuesta fue una sonrisa del que parecía el mayor de todos, el de los rasgos más indígenas, quien hizo una señal, luego de lo cual se abrió la puerta de la casa, un panel de varas entretejidas con una jerga cubriendo las rendijas, por la que aparecieron, uno tras otro, nueve ancianos más, seis mujeres y tres varones, igualmente emocionados con las visitas, pero, evidentemente, ninguno de ellos era el tatarabuelo.

—Papá quiso pasar su última noche en el Ukupacha-Punku —dijo el mayor de todos— Lo llevé esta mañana y me pidió que lo dejara solo —añadió con la voz quebrada por el dolor.

María entendió muy bien que aquel lugar era la antesala del mundo subterráneo, y era allí, en el Ukupacha-Punku, donde su tatarabuelo se había refugiado y había pasado los primeros años de su nueva vida. En un principio, aquel lugar habría sido simplemente una caverna emplazada en la roca del Wakuy-Urku, pero designarla con tal nombre significaba atribuirle condiciones especiales dentro de una cosmogonía de ancestros muy antiguos, cuyo sistema apenas habría sido revelado a ciertos anacoretas, y quizás Taita Tonalpouhque fuera uno de ellos. En todo caso, según comunicara una de las ancianas, la que ahora se veía junto a su hijo Tom, su padre Tonalpouhque se había despedido ya de su familia y de su pueblo y no regresaría más, pero estaría esperando que su tataranieta y sus compañeros de ella lo acompañaran a lo que sería su última morada, allá, abajo, en el Ukupacha-Punku. Esa noche la pasarían en casa, en compañía de los dieciocho abuelos que ahora se esmeraban por atenderlos y por contarles detalles y anécdotas de cómo había nacido la Comunidad del Arca, construyendo la primera terraza de cultivos de cebada y chochos, la primera casa, ésta que los guarecía, y en la que la Inglesa sin Nombre, madre y suegra de todos ellos, había puesto su amor y su sentido práctico.

Ya no vivía la Gran Señora, la habían enterrado hacía cinco años al pie de un capulí que ella había regado desde su llegada, mientras sus hijos se hacían hombres y mujeres, hasta que diera frutos. Ahora pasaba por allí el canal de regadío, el primero que habían hecho cambiándole el curso a una vertiente que salía de la montaña y se lanzaba inútilmente por un despeñadero. Ahora llovía en todo el territorio de la Estrella Verde y, a veces, hasta más allá, sobre las colinas de cangagua, y eran ellos, los abuelos, los que habían inventado la lluvia, así como las herramientas de palo, los trapiches y el arado, y la sopa de maíz tierno con maní que ahora servían y disfrutaban, igual que los bollos de plátano con rallado de limón grueso y raspadura, y los demás bocadillos envueltos en hojas de bijao con los que llenaban las alforjas de los muchachos hasta reventar. Es que el camino que les esperaba era largo y, aparentemente, de acuerdo a insinuaciones que ninguno de los ancianos se atrevió a confirmar, no había forma de regreso, como si la misión predestinada no fuera más que convertirse en parte del ajuar funerario de Taita Tonalpouhque, desenterrando viejísimos ceremoniales para acompañar en su último viaje a caciques y grandes señores. Ahora resultaba que su larguísimo peregrinaje, sorteando peligros de toda laya, poniendo a prueba su fortaleza moral, su instinto de supervivencia y su buena fe, llegaba a su fin, sin pena ni gloria, de manera tan desdichada, rodeados de un siniestro consejo de ancianos sonrientes que los empujaba hacia el abismo. De pronto, toda esta hermosa historia de la Estrella Verde y la Comunidad del Arca, tan bien estructurada con patriarcas y fundadores y todo el sistema de organización basado en el principio del hombre bueno, se convertía en el más largo encantamiento del que, como siempre, despertarían a la única y lacerante realidad del infinito desierto. O quizás, para conceder finalmente la redención de sus padecimientos, se tratara ciertamente del último y más doloroso sueño, del que jamás regresarían, y acaso fuera tarde para dar el grito de rebelión, aquel que pudo darse con el primer paso sobre el arenal.

—*I don't want to go, I am afraid*—murmuró Susheela, mirando a todos sus compañeros.

—*I don't want to go either*—acotó Jurgen.

Bajo la luz vacilante de los cuatro candiles de aceite que habían sido encendidos, la incertidumbre pareció contagiar a la mayoría, pero nadie más se atrevió a confesar sus temores, por lo que resultaba difícil prever quiénes, llegado el momento, se echarían atrás y quiénes tomarían con firmeza la decisión de continuar hasta el final, como lo estaban haciendo, con una actitud franca y sin decir palabra alguna, José, María y Brigitte. La charla se había interrumpido con aquellas frases en inglés, y ni siquiera los ancianos se atrevían a romper el silencio perturbador que parecía abatirlos a todos, incluida la gente que se había acercado, ya terminada la cena, con nuevos presentes para los Muchachos de la Otra Estrella. José se puso de pie con cierta severidad, abrió su alforja, sacó lentamente la talega de semillas que todos le habían encomendado y las regó sobre el piso de tierra apelmazada. Recordó que las suyas y las de María habían sido recogidas sobre el lomo de Quetzacóatl, unas, arrebatadas al olvido, otras, y a los sueños, las últimas. Siempre supo, quizás por inducida ciencia, cómo sería el lugar para entregarlas a la tierra y las guardó de todo mal, como guardara su vida, hasta encontrar la melga que las recibiera, y, ciertamente, no sería un arenal, pero tampoco el Ukupacha-Punku, la antesala del mundo subterráneo, pues aquella reliquia que se encomendara en manos de ocho inocentes no estaba destinada al entierro sino a la siembra. En todo caso, recordó el muchacho, detrás de ese conjunto de semillas había un pacto de vida difícil de revocar, y si persistía finalmente la voluntad de romperlo, los retó a que intentaran reconocer las de cada cual, las recogieran y se retiraran, si ésa era su voluntad. Susheela se arrodilló escondiendo la cara, recogió un puñado de semillas, las puso en la bolsa que aún tenía José en sus manos y se abrazó a él llorando y pidiendo disculpas. Así, recogidas al calor de la reconciliación, volvieron las semillas a la talega y, con ellas, la certeza de que la alianza que se había renovado era algo más que un emotivo episodio de abrazos y lágrimas El resto de la noche la tuvo el viento para ulular entre los corredores, rozando apenas los jergones de lana, bajo los cuales dormían los ocho adolescentes.

Nadie, aparte de Taita Tonalpouhque, la Inglesa sin Nombre y sus nueve hijos, había entrado al Ukupacha-Punku, pero quien había visitado permanentemente esa caverna, llevando ofrendas de chicha y granos tiernos, era el Patriarca que lo había descubierto y habitado durante varios años. Quizás esas ofrendas hicieran del lugar una suerte de templo iniciático, por lo que, aún sin mediar una disposición expresa, la gente lo consideraba vedado para profanos, aparte de que los dieciocho ancianos se habían encargado de mitificarlo aún más, asignándole la condición de ser el centro y el origen de la vida de la Estrella Verde. Sin embargo, alrededor de esta categoría ciertamente sagrada del Ukupacha-Punku, no había ritualidad alguna ni culto organizado, aparte del que oficiaba Tonalpouhque, acompañado de alguno de sus hijos, en épocas de siembra y de cosecha. Quizás quienes recibirían algún mandato de ese orden fueran los ocho adolescentes, hijos de la otra estrella, que habían sido llamados por el Patriarca hasta la misma entraña donde estaría el ara del supuesto culto, pero aquello del viaje sin retorno parecía señalar que las supuestas ceremonias seguirían en el cavernoso arcano. Quizás por ello, mientras los muchachos liaban sus bártulos, apareció entre sus objetos de viaje una estela de barro cocido, algo como una lápida circular con el signo de la estrella de ocho puntas, deslizada por alguno de los vecinos que madrugaron a darles la despedida. Como si supiese de qué se trataba aquel objeto, Tom pidió a María que lo llevase con mucho cuidado, envuelto en un trapo grueso de algodón, junto con un hato de astillas de palo santo, dos pedernales blancos y un pedazo de yesca de tallo de maíz. Ella tomó el encargo en sus manos, lo envolvió con un extremo de la bufanda roja que colgaba de su cuello y lo arrimó a su pecho para protegerlo como si fuera una reliquia, en un acto más de su buena fe, para el que no hacían falta mayores justificaciones. En realidad, nada tuvo para ella una explicación racional desde que se viera de la mano de su padre en una marcha absurda sobre el arenal infinito, buscando una montaña milagrosa que la salvara de su condena. Ahora, aparentemente, la había encontrado, y así lo confirmaban las últimas señales que le dieran la tierra fértil, el agua y la buena gente de la Comunidad del Arca. Sin embargo, como parecía estar dicho y entendido, el mundo de la Estrella Verde no sería para ella ni para el resto de sus compañeros inmigrantes que peregrinaron tantos años para llegar hasta aquí, a este edén construido por otras manos en medio del infierno, para que lo disfrutaran sus fundadores y quienes allí nacieran. Así parecía ser la nueva justicia del universo que se aplicaba sin contemplaciones y que arrojaba a los Hijos de la Otra Estrella a seguir errabundos en el fondo de una caverna, con provisiones limitadas y un puñado de reliquias absurdas, lápida, pedernales y semillas, que nadie sabía a ciencia cierta para qué les servirían. Para entrar allí, al Ukupacha-Punku, hacía falta quizás el último refuerzo de la buena fe, la confianza en que, finalmente, sus dioses jamás los abandonarían o en que algo de sensatez le quedaría al mundo para no convertirse definitivamente en una condenación.

Hacía frío y lloviznaba cuando los ocho peregrinos, guiados por Tom, se internaron en el sendero que empezaba entre la tercera y cuarta casas y ascendía inmediatamente bajo la enramada espesa de las leñosas, que se abrazaban con sus raíces a un solo y resbaladizo peñasco. Nadie dijo una sola palabra mientras subían agarrándose de las ramas nudosas y de las aristas de la roca que se ofrecían como piso y asidero al paso de los excursionistas, concentrados en el golpeteo del agua que corría escapándose de la caverna y en el gorjeo bronco de quién sabe qué pajarracos que parecían picotearles los oídos con una letanía de advertencias. Parecía que aquel viaje hacia el interior del mundo, el Ucu-Pacha, envolvía a los seres que se adentraban en sus profundidades con un manto de silencio para que nada se escapara, ni queja ni angustia, para que nadie escuchara los gritos de arrepentimiento y la travesía terminara serenamente, deslizándose hacia la propia y tenebrosa intimidad. Entrar al Ucu-Pacha significaba hundirse, y, de pronto, como si algo provocara sutilmente los sentidos, quizás cuando los rumores de la montaña se habían apagado misteriosamente, tuvieron la sensación de estar descendiendo en la obscuridad, tocando un terreno húmedo pero firme, como si un ángel de las sombras los condujera por una vereda segura, recibiendo en sus manos cada uno de sus pasos. Así caminaron, tal vez durante unos cinco minutos, aunque el tiempo parecía alargarse en las tinieblas, hasta que los iluminó el hachón de palo santo que Tom había logrado encender, allí mismo, frente a una concavidad esférica abierta en la pared derecha de la roca, en cuya base se veía esparcida una gran cantidad de paja seca, como si aquello fuera el nido de un ave fabulosa. Junto a esa guarida, se veía un nicho más pequeño, con un fogón de tres piedras que conservaba su rescoldo aún caliente, unos leños a medio consumir y unos tiestos de barro, en uno de las cuales se desleía un pedazo de raspadura. Entre las grietas de la piedra habían sido incrustadas unas ramas secas de naranjo, yerbabuena y limoncillo, y, entre las dos hornacinas, colgaba un viejo jergón de lana, como la última evidencia de que allí había vivido por algo más de tres años un renegado de la civilización llamado Tonalpouhque. Se respiraba muy bien en ese lugar y hasta se sentía un vientecillo fresco que venía del interior de la caverna y que jugaba con la llama de la antorcha, provocando manchones inquietos de luz amarillenta sobre las paredes musgosas de la gruta. Más adentro, como si se abrieran y cerraran con el juego de claridades, se veían varios socavones que parecían marcar infinidad de rutas, y desaparecían cuando la luz los golpeaba de lleno o se dividían multiplicando los túneles, insinuando una red laberíntica imposible de seguir. Allí se detuvo Tom y, diciendo que su tarea de guía había concluido, pues no le estaba permitido seguir más allá de esa encrucijada, entregó la tea a José y le recomendó seguir adelante por donde soplara el viento, puesto que la lumbre se mantendría viva únicamente en la ruta hacia el Yanahuasi, la mansión del agua, donde su abuelo Tonalpouhque los estaría esperando.

—Cuando se fundan las dos puntas vacías con la Estrella Verde, nos volveremos a ver, hermanos —dijo Tom, abrazando a cada uno y augurándoles mucha suerte.

La antorcha estuvo a punto de apagarse varias veces, hasta que José pareció afinar su intuición, para evitar esa suerte de agujeros negros que parecían querer tragarse la luz, y enfilar por el hilo de aire, que ahora traía un olor fresco como de flores de montaña y el ruido del agua, cada vez más nítido, chocando en su oleaje como en una fuente de cristal. Esa misma percepción había tenido Susheela poco antes de perder a sus cuatro compañeros en las tenazas de los *jauriyashkas*, hace tiempo, en las entrañas de la Montaña del Agua, y había corrido en la obscuridad hasta que el mismo túnel la había arrojado de bruces sobre la costra de sal, donde el sol ardiente había puesto freno a sus engendros perseguidores. De la mano de Jurgen, temblaba y lloraba en silencio, reprimiendo sus temores, hasta que ya no pudo más y se lanzó a sus brazos pidiéndole que no la dejara gritar, que la abrazara hasta dejarla sin aire, que le tapara la boca, porque no quería delatar su miedo ante nadie más. Esos susurros entrecortados, sin embargo, se escucharon en toda la caverna y se repitieron en eco de tal manera como si cada adolescente los pronunciara en sus adentros, reviviendo el mismo escalofrío y la sensación de haberse detenido o de caminar sobre una banda sinfín, con las mismas aristas rocosas flanqueando la caravana, sin más movimiento que los temblores provocados por la endeble claridad del hachón. Era una llama agonizante que parecía apoyarse en sus reflejos para mantenerse viva, pero esas manchas de luz amarillenta sobre la roca húmeda ya no regresaban a su fuente y se iban muriendo una tras otra, hasta que, de golpe, como un zarpazo de la noche, la tea se quedo en silencio y se apagó. Instintivamente, los muchachos se tomaron de la mano de quien tenían más cerca, y se quedaron así, inmóviles, respirando con dificultad, contando el tiempo que pasaba lenta y desesperadamente, como si también necesitara del aire para avanzar. El único que se movía en la obscuridad, dando manotazos a las sombras, buscando el camino entre tantos boquetes profundos, era José, y se desplazaba pausadamente, trazando una especie de espiral, palpando el vacío centímetro a centímetro. Habrían pasado, uno a uno, alrededor de quince minutos, cuando empezó a escucharse, quizás a la izquierda de donde esperaban, el golpeteo de los pedernales con los que José intentaba recapturar el fuego. Allá, en el fondo, se adivinaban los chispazos, pero aquí, donde faltaba el aire, empezó a sonar despacito la quena de María, como si hubiese guardado para tiempos difíciles su aliento mágico, como si sustentara el espacio con su melodía, librándolo de espectros y abusiones. Así se hizo de nuevo la luz, las cosas se fueron asentando en su lugar y la música comenzó a elevarse.

Habrían avanzado sin tropiezos por alrededor de unos treinta minutos, cuando un extraño resplandor los sorprendió de golpe, como si arribaran al final del socavón donde otro paisaje los esperara, pero quizás no fuera el final sino el centro luminoso de una serie de ramificaciones que partían de allí a quién sabe qué profundidades. Parecía, ciertamente, la fuente de la luz y del agua, con su cúpula rocosa casi perfecta, iluminada por una lumbrera cenital que arrojaba un inmenso cono de luz sobre la superficie de una laguna circular que abarcaba toda la base de ese hemisferio y lo reflejaba, dando la impresión de que aquello era una inmensa burbuja llena de agua hasta su línea ecuatorial. Pequeñas olas que partían desde su centro, donde parecía manar el agua a borbotones, chocaban con la orilla y provocaban un sonido agudo y acompasado que jugaba a marcarle el adagio a las líneas melódicas de los ocho arroyuelos que nacían allí mismo y se internaban perforando la roca hasta sus confines. Eran ocho vertientes, y parecían distribuidas matemáticamente para que señalaran los puntos de una rosa de los vientos o, quizás, los de la Estrella Verde, el símbolo mítico de la Comunidad del Arca. Pero había, además, una corriente extraña que, aparentemente, no se originaba en la fuente, y recorría, apareciendo y desapareciendo como un pespunte, todo el perímetro de la laguna, llevando un líquido ferruginoso en su propio canal de piedra, sin principio visible ni final. Sería tal vez un elemento misterioso depositado allí por la Madre Naturaleza, como el fiel de un delicado equilibrio que podría romperse con cualquier desacierto o, quizás, el agua sal que podría desbordarse de su cauce, como habría ocurrido en la Montaña del Agua. En todo caso, está impresionante burbuja tenía en su entraña los mismos elementos de aquel cenote guarida de los *jauriyashkas*, la misma belleza sobrecogedora, pero, además, guardaba en su seno la serenidad.

—Bienvenidos, hijos, al Ukupacha-Punku.

Sonó esa voz casi como un susurro, pequeñita pero

clara, se diría articulada y modulada en la misma fuente de agua, y emitida por esa inmensa caja de resonancia, como si hablara el mismo cenote. El hombre que hacía el recibimiento levantaba sus brazos desde la mitad de la orilla derecha, y solo entonces se pudo descubrir que su figura no era un reflejo de luz como parecía sino un pequeño ser vestido con un ligero sayal blanco, erguido en un leve promontorio sobre el agua, como si flotara. Tenía su piel tostada adherida a los huesos, pero en su rostro, atravesado de arrugas en todas las direcciones, aún se distinguían sus rasgos indígenas y, sobre todo, la dulzura serena de un padre de tantas generaciones, a quien los treinta lustros de su historia le habían dibujado ese noble y delicado semblante, adornado por una cabellera blanca recogida hacia atrás como cola de caballo y una escasa barba encanecida que colgaba de su mentón. Tenía los ojos negros, pequeñitos y profundos, casi escondidos entre las grietas de sus párpados, y se diría que lloraba, mientras acariciaba con sus manos temblorosas la cabeza y el rostro de cada uno de los jóvenes, pronunciando sus nombres una y otra vez, para que esas cavernas infinitas los grabaran y repitieran por largo tiempo.

—María Axitimbay —dijo Tonalpouhque, finalmente. Y repitió ese nombre, y abrazó a la muchacha contra su cuerpo helado, trémulo.

—Tiene mucho frío, abuelo —dijo ella, sollozando apenas.

María se quitó la bufanda roja que llevaba enredada en su cuello y se la puso a Tonalpouhque, cubriéndole especialmente el pecho y, luego, envolviendo sus manos con los extremos y frotándolas suavemente hasta sentir que entraban en calor y que, con ellas, la abrazaba nuevamente contra su pecho, para que sintiera que también él estaba llorando.

Algunas veces había soñado con éste, su último día en este mundo, en el Kay-Pacha, y siempre lo había imaginado así, frente a su tataranieta de la que nunca nadie le había dado noticias, pero, claro, soñarlo significaba concebirlo para que así llegara a ocurrir. Ahora que la tenía consigo empezó a disfrutar de la paz infinita, aquella que, saldando la última deuda, se desliza ya sin rémoras hacia el cielo interior, el Ucu-Pacha, el de las entrañas de la tierra, el mundo uterino de donde emerge el agua y se gesta la vida. Ahora sería parte consustancial de ese mundo, pero siempre estaría de regreso para asistir a su inmensa descendencia a través de las *pacarinas*, esos ocho vasos comunicantes que de nuevo proveerían de agua a la tierra. Así estaría con la energía vital, el espíritu universal de la Serpiente Emplumada, la fuerza que se mueve entre los dos puntos de luz del universo, el Hanan-Pacha, arriba, y el Ucu-Pacha, abajo y adentro. Sin embargo, habiendo concebido así su final, o su principio, necesitaba de la ayuda de sus últimos herederos, y para eso los había llamado hasta aquí, para que llevaran su cuerpo hasta la otra orilla de la laguna y lo condujeran hasta el camino que desciende vertical hacia su morada interior. El rumor de la vida de adentro les señalaría el lugar exacto de mi tumba, les dijo, y les advirtió que las dos orillas no se juntaban, por lo que debían cruzar de alguna manera la laguna, evitando ser arrastrados por las corrientes que iban y venían de su fondo inescrutable. No se veían bajo el oleaje mínimo de esas aguas aparentemente mansas ni se adivinaban turbulencias en el fondo, pero, ciertamente, se presentía complicada la travesía, tal vez por esos manchones de agua, o de otro elemento, ligeramente más obscuros que, poniendo un poco de atención, se percibían bajo las ondas cristalinas, dando la sensación de varias profundidades. Como un viaje sin regreso, porque el escarceo de la laguna tenía su sesgo imposible, Tonalpouhque había hecho varias veces esa travesía a nado, siguiendo el arco de la única ola que tocaba las dos orillas y moría de golpe dejando una estela fugaz en el agua, siempre en el mismo sitio, pero solo visible desde esta orilla. Ésta había sido para él una suerte de ceremonia periódica de regeneración, como si hubiese cruzado, sin ayuda de barqueros, la Laguna Estigia y, al tocar la orilla del infierno, resucitara en cuerpo y alma y se escapara por una *pacarina* hacia el Kay-Pacha. Es que, como lo dijo ya agonizante, cruzar la laguna del Ukupacha-Punku significaba bañarse en el útero de la Madre Tierra, gestarse de nuevo en su vientre y renacer. Morir con la semilla, ser el embrión y la planta en un solo ritual era el desafío inmediato para los ocho adolescentes, pero, si lograban salir de ese trance, debían encarar una dura tarea para la que necesitarían, a tiempo completo, el resto de sus vidas.

—Vayan al sur y siembren todos los días hasta poblar las dos puntas que le faltan a la Estrella Verde —dijo con el último aliento.

El anciano giró lentamente y, apoyándose en los hombros de José y de María, caminó unos metros por la orilla hasta una hornacina horizontal que se abría en la roca, a unos treinta centímetros del nivel del agua, donde había colocado una especie de camilla hecha con troncos secos de pita amarrados con cabuyas. Allí, apoyándose en el brazo de su tataranieta, se acostó boca arriba sobre el lecho duro, sonrió, cerró los ojos, tomó la mano de María, le dio un apretón y se fue. Entonces cayó de golpe la noche. José prendió el hachón de palo santo y, con esa luz, las cavernas repitieron el sermón de Tonalpouhe hasta que amaneció.

18

Pendiente de la aparición y muerte de la ola fundamental, José recogía los pedazos de tronco de pita que habían quedado al pie de la hornacina y los arrojaba a la corriente, para comprobar cómo esos retazos de yesca flotaban en el agua, dejándose llevar, de oleada en oleada, hasta la otra orilla. La camilla en que yacía el cuerpo del anciano, por lo tanto, les serviría como balsa para transportarlo y, quizás, como apoyo para que los jóvenes se impulsen desde los flancos, agitando piernas y brazos, tal como habían planificado durante la noche. De todas maneras, por sugerencia de Jurgen, se vaciaron dos calabazas de agua y dos de miel, se las taparon con tucos de yesca y se las amarraron, por debajo y en calidad de boyas, a los cuatro extremos de la camilla. Con ello, puesta esa barca improvisada sobre el agua, lograron mantenerla flotando a unos diez centímetros de la superficie, pero luego, al colocar alforjas, zapatos, ropa y más aperos sobre el cuerpo del Patriarca, la parihuela descendió hasta el nivel del agua, la que, al parecer, se inquietaba con ese contacto. Había llegado la hora de invocar en silencio el amparo de todas las deidades y santos que cada cual mantenía en su devoción y de echarse a la corriente, a lo que se viniera. Philippe y Susheela, que declararon ser expertos nadadores, se pusieron delante, donde ya no se tocaba piso, para conducir la balsa; José y María la impulsarían desde atrás; Brigitte y Amanda bracearían por el flanco derecho y Jurgen e Ibrahim lo harían por el izquierdo. La ola maestra, estudiada tantas veces, empezó a formarse en el centro de la laguna, con el mismo ímpetu con el que se hacía reconocible, y se dio a engullir a las que la precedían, una tras otra, hasta robustecer su gran arco con el que tocó decidida las dos orillas. Era el momento que esperaban los muchachos para lanzarse y embarcarse en su estela. Lograron su objetivo con el primer impulso y avanzaron unas cinco brazas en la ruta del arco, antes de que desapareciera su huella espumosa. Pudieron seguir tal vez una braza más, pero, en cosa de un segundo, se transformó todo en una dantesca tempestad, con las corrientes agitadas que salían en gruesos chorros hacia la superficie y se lanzaban al fondo, buscándose unas a otras, formando un tejido infernal, como si el propio Leviatán hubiese aparecido batiendo sus aletas colosales y haciéndose nudos con su cola. No eran olas, sin embargo, las que provocaban semejante convulsión sino masas de agua que subían y bajaban como si un demonio sacudiera la inmensa burbuja del cenote, en medio de la cual, sin opción de regreso, se batía una frágil barca con su barquero dormido y ocho almas en pena, flageladas por no pagar su óbolo, pugnando por despertarlo. Rotos los maderos y las amarras, los adolescentes terminaron agarrándose a las extremidades del Patriarca, y él, como si fuera Caronte, pareció ponerse de pie sobre la inestable balsa y, levantando los brazos y batiendo una larga vara a diestra y siniestra, logró aplacar la tormenta. Entonces, como un chicotazo, apareció de nuevo la ola fundamental, los arrastró en su cresta y los arrojó violentamente contra las rocas de la orilla.

El tiempo de la travesía resultaba incalculable, pero habrían pasado unas dos horas después de ella, cuando un sol cálido que descendía por la lumbrera empezó a despertarlos y a escurrirles la ropa y el alma. Parecían regresar de un sueño, sorprendidos de la calma en la laguna, de sus olas tranquilas y juguetonas, del canto de las *pacarinas* y del cuerpo de Tonalpouhque a buen recaudo sobre la parihuela y ésta, en perfecto estado, sobre las calabazas aún amarradas a sus extremos. Alguien debió de colocarlos en la playita, lejos de la orilla, con todos los aperos en su lugar, o quizás ellos mismos, en un estado de subconsciencia, antes de caer agotados en el sueño profundo que habría borrado toda huella física de la tempestad. En el ánimo quizás las cosas fueran diferentes, pues aún les daba vueltas aquella sacudida endemoniada, larga y tormentosa, que los había llevado al borde de la locura, arrancándoles por momentos la conciencia, y quién sabe si la vida. En ese recuerdo, que los implicaba a todos, había, por decirlo de alguna manera, una especie de lagunas negras que se repetían periódicamente como retazos de la muerte, en medio de los cuales se levantaba imponente la figura de Tonalpouhque, luchando a varazos con las tinieblas, hasta conseguir que se batieran en retirada, reduciéndose vertiginosamente y convirtiéndose en un punto que estallaba en luz, y la luz era la ola maestra que aplacaba la tempestad y los empujaba hacia la orilla. Fueron cinco los episodios en el inframundo, quizás el Xibalbá, la comarca de la nada, y de allí regresaron redivivos, con esa huella en la conciencia.

—¿Alguien quiere miel? —preguntó María, mientras levantaba los bártulos que aún quedaban sobre el cuerpo de su tatarabuelo.

Con su sayal blanco recién lavado y la bufanda roja cubriéndole el pecho y el vientre, Tonalpouhque se veía rozagante y en la misma posición en la que se había quedado al despedirse de su tataranieta con un apretón de manos. Eso sí, tenía el cabello y la barba alborotados, pero María se encargó de acomodárselos con el peine de plumas que le regalara Sisa, pasándoselo una y otra vez con amorosa paciencia, mientras sus compañeros, sentados alrededor de la camilla, disfrutaban en silencio de su miel con panecillos de maíz. Aquello, ciertamente, aunque se diera de manera espontánea, era una ceremonia de despedida, con alimentos, libaciones y responsos, en la que cada cual, en un mismo susurro, dijo lo suyo para encaminar el alma del Patriarca. Luego María llenó un mate de chicha, hizo una dedicatoria a la memoria de su tatarabuelo, dejó derramar un choro de esa bebida como ofrenda a la Pacha Mama, bebió un buen trago y puso el mate a circular para que sus compañeros hicieran lo mismo. Claramente emocionada y a punto de llorar, la muchacha sacó su quena y empezó a sacarle unas notas largas y dolientes, buscando la armonía que se acoplara al cortejo fúnebre que ya se organizaba detrás de ella y de Susheela, la chica del *sarod* que se le acercaba bordoneando las cuerdas y ofreciendo los acordes para acompañar la melodía. Los hombres cargaron las alforjas, levantaron la camilla de Tonalpouhque e iniciaron la marcha, seguidos de Brigitte y Amanda, que cerraban el cortejo portando dos hachones de palo santo encendidos.

La marcha, pausada y solemne, se adentraba sin contratiempos por el laberinto de cavernas, como si la ruta estuviera trazada, y aún en la obscuridad, precedida ahora por Amanda que se orientaba exponiendo la llama de su tea a la corriente de aire, se desplazaba serenamente hacia el lugar que el anciano había revelado, con referencias enigmáticas, como su cripta. El rumor de la vida de adentro, les había dicho, señalaría el lugar exacto, y sería un camino que desciende vertical hacia su morada interior. La marcha fúnebre habría recorrido todas sus variaciones y estaría regresando a su melodía primordial cuando María dejó de tocar su quena e hizo una señal para que el cortejo se detuviera. Entonces, bajo los últimos acordes del *sarod*, se pudo distinguir una sorda marcha acompasada, un ruido de engranajes profundos, quizás una usina frenética produciendo quién sabe qué savias fundamentales. Y allí mismo, frente al grupo de adolescentes, el túnel se bifurcaba en un ramal que se desviaba un poco a la izquierda y en otro, marcado con una hilera de pedernales blancos, que descendía ligeramente y avanzaba unos cinco metros, donde se interrumpía abruptamente frente a una roca obscura como obsidiana. José pidió a Brigitte la tea, le encomendó cargar su lado de la camilla y se dirigió hasta el fondo del último túnel, donde se puso a investigar las posibles señales dadas por el anciano. Aparentemente no había nada que le llamara la atención, pero, de pronto, tropezó con algo en el suelo, se inclinó, apoyó el hachón en el muro de obsidiana y removió una piedra pulida de unos cuarenta centímetros de espesor, y allí estaba la entrada del camino que descendía vertical, con una abertura circular por la que salía un vaho caliente como de una chimenea, que lo arrojó de espaldas sobre el muro. Mientras se reponía del impacto, el sonido de la usina parecía que se modulaba agregando a la marcha acompasada un adagio bajo de violoncelo con algunas notas de vientos de madera. A una señal hecha con la tea, el cortejo avanzó hasta el fondo, donde se depositó la camilla del otro lado del boquete, inclinándola un poco sobre el muro y dejando los pies del Patriarca a un paso del camino vertical. La consternación pareció marcar ese silencio largo y difícil que precede al acto final del sepelio, en el que no se acierta cómo proceder y en el que quizás podría irrumpir el llanto de los deudos, pero el silencio fue más lejos y solo dio cabida para que María se abrazara al cuerpo de su tatarabuelo y los demás, tocando los hombros de ella, se despidieran finalmente del Patriarca. Lo demás solo fue cosa de acercar los pies del anciano al estrecho agujero y dejar resbalar su cuerpo, que pareció alargarse para abrirse paso y descender lentamente a su morada interior. Mientras Ibrahim y Jurgen cerraban la tumba con la piedra pulida y Amanda y Susheela trazaban una corona de pedernales a su alrededor, María y Brigitte acomodaron la estela de barro cocido en la que habían grabado durante la noche, bajo la estrella de ocho puntas, las palabras del poeta.

Quisiera ser cada vez más humilde y más pequeño
siempre más grave, sin huella ni vértigo
y caer hasta perderme
en la viviente semilla de una tierra bien abierta.
A la memoria de Taita Tonalpouhque.

Era un texto que allí, en la penumbra, solo podía leerse recorriendo con los dedos cada una de sus letras, y quién sabe si, más allá del tiempo, cuando la historia se empezase a contar de nuevo, alguien las volvería a descifrar si llegara a pasar accidentalmente por el lugar. En todo caso, no era un documento para la historia sino un alegato para el alma, y allí quedaría grabado para apuntalarla cuando hiciera falta, para acompañar a los Hijos de la Otra Estrella en su camino de salida hacia la luz y rondarles la memoria con el susurro de la semilla viviente cuando les tocara pernoctar en las hornacinas de las cavernas y romper los primeros surcos sobre la cangagua que antecede al desierto, ese paisaje familiar que ahora volvían a contemplar desde la boca de la gruta a donde habían llegado pasado el medio día. Allí estaban, en el flanco sur del Wakuy-Urku, como refugiados en el vientre materno, escuchando el sonido de la caída del arroyuelo que los había acompañado en el último tramo de su viaje, sin atreverse a salir como esa corriente que se precipitaba en una de las pacarinas, lanzando inútilmente su torrente de agua al vacío o, tal vez, al interior de la misma montaña, donde apenas unas ramas musgosas y retorcidas se aferraban a la roca para beber de la espuma que les salpicaba. La otra vertiente referida por Tonalpouhque estaría quizás a un kilómetro de distancia, posiblemente corriendo la misma suerte, mientras unos raros brotes, quizás morales y guayabillas, buscaban refugio entre las piedras, huyendo del desierto que ya les tomaba sus raíces, como lo había hecho con estos ocho adolescentes. Y quién dispuso que a ellos, después de sortear la muerte tantas veces, se les diera como recompensa la dura tarea de subsistir enfrentando al mismo erial del que habían huido siempre, y cómo lo harían quienes nunca en su vida habían sembrado ni un grano de hinojo y ahora se escondían, unos detrás de otros, mirando de reojo la inmensidad. De pronto, José dio un salto y corrió ladera abajo, levantando polvo y piedrecillas, hasta una especie de rellano natural, donde se arrodilló frente a algo que había descubierto.

—¡Es un capulí! —Gritó y agitó sus brazos llamando a sus compañeros.

Con la punta de su machete empezó a remover la dura tierra alrededor de una matita de unos diez centímetros, mientras María dejaba caer un delgado chorro de agua de una calabaza, procurando reblandecer la cangagua. Así tocaron la tierra que, melga a melga, debía convertirse en vergel, hasta poblar de vida las dos puntas que le faltaban a la Estrella. Quizás llegarían a viejos en su cometido, no lo sabían, pero estaba decidido que allí empezaba para ellos la tarea de reinventar el mundo.

CPSIA information can be obtained
at www.ICGtesting.com
Printed in the USA
LVOW13s1036270217
525513LV00008B/94/P

9 781987 819397